幽霊城の魔導士

佐藤さくら

JN091293

魔導士の訓練校ネレイス城は百年前に反乱を起こし処刑された王子たちの幽霊が出るという城。夜になると目撃される不気味な幻、どこからともなく聞こえる声、人が消えるという噂。だがこの城には、もっと恐ろしい秘密が隠されていた。孤児として育てられ、虐げられたせいで口がきけなくなってしまった少女ル・フェ、聡明で不正を見逃せず、妥協を許さないがゆえに孤立してしまったセレス、臆病で事なかれ主義の自分に嫌悪を抱いているギイ。ネレイス城で出会った三人が城の謎に挑む。『魔導の系譜』の著者が力強く生きる少年少女の姿を描く感動作。

登場人物

ル・フェ
ネレイス城の
下働きの少女

セレス・ノキア
ネレイス城の訓練生

ギイ
同、訓練生

リューリ・ウィールズ
同、訓練生。ギイの友人

ソル
同、教師

サイモン
ネレイス城の学長

ローレン
ル・フェと
親しくなった
少年

アレンカ
同、監督生

レミ ……………………… ネレイス城の監督生
ヴァレル ………… 同、監督生
アンセル ………… ネレイス城の副学長
ウィラー ………… ネレイス城の教師
リース ……………… ネレイス城の書庫番
ドナ ………………… ネレイス城の使用人の束ね
モーリーン ……… ネレイス城の使用人の少女
ケイト ……………… 同、使用人の少女
ジェフ ……………… ネレイス城の家畜番の老人
マーゴ ……………… ネレイス城の年老いた機織り女
リシー ……………… ドーン村の少女。香草を育てて売っている
エミル ……………… ドーン村の幼い少年
ニック ……………… エミルの弟
エメリン ………… ル・フェのかつての師。聖導女

幽霊城の魔導士

佐 藤 さ く ら

創元推理文庫

THE SECRET OF THE HAUNTED CASTLE

by

Sakura Sato

2023

幽霊城の魔導士

魔導士とは、ラバルタにおいて最も下賤《げせん》な身分である。

この世は、人の目には見えないありとあらゆるものを構成する力、〈魔〉と呼ばれるもので満ちている。その〈魔〉の流れを〈魔脈〉と呼び、この魔脈と自身とを繋《つな》げることのできる、不可視の特殊な体内器官を〈導脈〉と呼ぶ。一般的には、この〈導脈〉を持つ者のことを魔導士と呼ぶが、厳密には魔導士とは、〈導脈〉を持つ者の中でも、自身の〈導脈〉を通じて〈魔〉の一部を操り、自分の意思で現象を起こすことのできる者を指す。

多くの者は、〈導脈〉があるとわかった時点で師の下で訓練を受け、魔導士となり、各町のギルドに所属して、周辺の治安維持等の任務に当たることになる。

たとえ身を粉にして働き、その命を懸《か》けて人々を守ったとしても、〈導脈〉を持ち、〈魔〉

を操る力を持つ者たちは、忌《い》み嫌われる。彼らは穢《けが》れた力に身を染めた穢れた存在だと古くから信じられ、ラバルタの国教であるバルテリオン教の教えには魔導士とは存在自体が罪だとある。

魔導士である以上、結婚し、子を育て、穏やかに老い、子や孫に看取られながら死んでいく、というごく普通の幸せな一生を望むことはできない。常に蔑視《べっし》に晒《さら》され、恥辱に耐え、迫害に怯え暮らすことになるのだ。

だから、〈導脈〉を持って生まれた者にとって、その忌まわしき才能で地位を得ることだけが唯一の望みであり、それ故に魔導士であれば誰もが一度は夢見る場所がある。

それが、〈鉄《くろがね》の砦《とりで》〉である。

魔導士の中でも、ごく一部の、類稀《たぐいまれ》なる才能が認められた者だけが集められる、魔導士の最高機関。魔導士の精鋭集団。

首都リアンノンにあるその場所へ、高みへ、誰もが一縷《いちる》の望みをかけ……大抵の者は、リアンノンの城壁すら見ることなく一生を終えるのだ。

真紀九〇〇年　ネレイス城

1

なぜこの城にはこんなに広い地下空間が広がっているのか。

彼は鉄格子のはめられた小部屋の並ぶ暗い地下道を進みながら、考える。その間も、うわごとのように助けを求める声や、すすり泣く声、呻《うめ》き声がずっときこえてくる
ただ城主の脱出路を確保するだけなら、こんなに広い空間はいらない。だからきっと、最初からこの城では、あれらを隠し、あわよくば研究することが想定されていたに違いない。

（すべて燃やして灰にしてしまうべきだった。何としてでも）

でも、できなかった。そんなことは自分の分を越えたことだったし、主《あるじ》に……兄に逆らうことなど、そもそも自分にはできなかった。

そのせいで、彼らまでもが苦しむことになってしまった。

か細い声がきこえて、彼は止まった。ひとつの小部屋に、少女が力なく横たわっていた。

「……あなたなの？」

血の滲《にじ》む包帯が顔や手足に巻かれており、その姿はあまりに痛ましかった。

「もうすぐ、君の友人が助けに来る」

そう告げると、少女が息を呑む気配が伝わって来た。そんな、と漏らした声には、喜びと恐怖が入り交じっている。

これは危険な賭けだ。まだ年若い未熟な魔導士だけで、この広い地下空間へ侵入し、仲間を救って再び日の光射す地上へ抜け出すなど……。そんなことを許すほど、行き過ぎた権力欲と名誉欲に支配されたあの連中も、愚かではない。

それをこの少女もわかっているから、助けが来ることを喜びながらも、自分のせいで友人たちを命の危険に晒《さら》すことに怯えているのだ。一瞬でも喜んだ己を嫌悪してもいるのかもしれない。

「君たちが無事に、外へ出られることを祈っているよ」

自分には何もできない。この鉄格子を開けてやることはもちろん、彼女の友人たちに安全な道を知らせてやることも。彼の声がきこえ、その姿を見ることができるのは、なぜかこの少女だけなのだ。

彼らが少女と合流さえしてくれれば、誰にも見つからないように地上へ導くことができるのだが。

少女と別れ、再び通路へと戻る。

どれくらい経っただろうか。闇を彷徨《さまよ》う身には、時間の感覚が薄い。

不意に周囲の気配が騒がしくなったのに気づいた。

争うような声と悲鳴。

早すぎる、と思わず目を伏せた。見つかるのがあまりに早すぎる。

地上へと続く道の方向へ闇の中を飛ぶように進むと、憤怒《ふんぬ》の形相の魔導士に必死に抵抗する三人の少年の姿が見えた。彼らは顔に恐怖の表情を貼りつかせたまま、それでも背後の通路に魔導士たちを行かせまいと奮闘している。

危険なのは承知していたはずだ。だが、地下は広く暗い。広さと暗がりに紛れてしまえば、なんとかなると思っていたのだろう。確かに、少女たちが捕らわれている場所を探り出すまでは上手くいったのだから。

問題は、そのせいで魔導士たちが侵入者に気づいたことだ。出入りした隠し扉に痕跡でも残っていたのだろう。彼らは警備を強化し、それを少年たちは知らなかった。

彼らを助けたいと思った。しかし、それは無理な望みだった。小石を動かす程度の力しかない自分では。

急いで少女の元へ向かう。しかし、鉄格子はすでに開けられていた。他の部屋も同じだ。捕らわれていた全員を連れ出そうとしたのか。それはあまりに無謀だ。少女を含め、まともに動けない者ばかりだというのに。

通路をひたすら進む。どんなに暗くても、自分には関係がない。ただ音を、声を頼りに少女たちを探す。

やがて、闇に呑まれた通路に横たわるいくつもの死体が見えてきた。すべてまだ年若い。それらを越えて、まだ声のする方へ急ぐ。

行け、行け、と焦ったようにただそれだけを叫ぶ声がきこえた。

ふたりの少年とひとりの少女が追手を押しとどめようとしている。その先に、あの少女がいた。助け出されてまだ動ける者はもう彼女しか残っていない。

「こっちへ！」

彼らの脇をすり抜け、自ら闇の中を先導する。この先には、あの魔導士たちがまだ知らないはずの抜け道がある。そこを使えば城の外に出られるはずだ。自分は出られないけれど。

足を引きずりながら、少女がついてきているのは音でわかった。

「イネスっ……ラザール、イーグ……急いで！」

少女が掠《かす》れ声で必死に背後へ呼びかける。しかし、背後に続く足音がないことも、彼にはわかっていた。

少女まで足を止めてしまうのではないかと恐ろしくて、少女の隣に並び、呼びかける。

「あと少し、あと少しだ……どうか、君は生きのびてくれ……！」

涙を溢れさせ、嗚咽《おえつ》と雄叫びのまじったような声を上げながら、少女はよろよろと走った。

やはり魔導士たちはこの道を知らなかったらしい。追手の気配がなくなって、更にしばらく進んだころ、目の前に蔦《つた》の這う木の扉が現れた。古いその扉はすでに朽ちており、少女が倒れ込むようにその扉を開けようとすると、崩れてぽっかりと穴が開いてしまった。外へと通じる穴だ。入り口を覆う蔦の隙間から、微《かす》かに月明かりが射し込んでいた。

一度だけ少女がこちらを振り返った。その目には感謝と悲しみと、それから決して消えぬであろう怒りの炎が宿っている。彼女はこちらに向かってひとつうなずくと、踵《きびす》を返して足を引きずりながら月明かりの下へと出た。

また、多くの人が死んだ。

かつては、理不尽な運命に抗うことすら思いつかなかった憐れな者たちが。今度は、抗いもがこうとした者たちが。

その事実に、全身が引き裂かれるような痛みを感じるのに、どんなに嘆こうとも、この身はもはや涙ひとつ流さない。

2

真紀九一〇年　ネレイス城
金風節一の月二十五日　ル・フェ

石でも踏んだのか、車輪がひときわ大きく跳ねた。その衝撃で、荷馬車の上のル・フェははっと目を覚ました。乗り心地の悪さにも慣れ、数日の間に溜まった疲労のせいでいつの間にか転寝《うたたね》をしていたらしい。ちらりと左後方を見ると、たくさんの荷物の間に座る老婆も黒い頭巾に沈むようにして寝入っているようだ。表情は見えないが――そもそも常に頭巾を鼻の辺りまで降ろしているので、きちんと顔を見たことはない――頭が揺れている。

顔を上げると、辺りは寂しい草原だった。そのまま視線を後方、つまり荷馬車の進行方向へ向けたとき、ル・フェは驚きに目をみはった。行く手には高く聳《そび》える城壁が延びており、荷馬車はその城壁の楼門《ろうもん》へと向かっていた。

(あれがネレイス城だ)

古いお城へ連れて行かれるときかされてはいたが、こんなに大きいとは思っていなかった。今まで暮らしていた聖導院の、何倍の大きさがあるのだろう。楼門だけでも聖導院の半分程度の大きさはありそうだった。

荷馬車は空堀に渡された細い木製の橋の前で止まった。御者はル・フェたちに下りてついてくるように指示し、手にいくつかの荷物を持って橋を渡っていった。橋は狭く、荷馬車がぎりぎり通れる幅しかない。あの落ち着きのない馬では渡れないのだろう。

そうっと足元を見下ろすと、堀はかなりの深さだった。落ちたらただではすまないだろうし、自力で這い上がることもできないだろう。堀の底でもがく自分の姿を想像して、ル・フェは寒気を感じて身震いした。……寒気の原因は、それだけではなかった。

城壁の方から視線を感じたのだ。ひとり、ふたりのものではない。無数の視線を。まるで城壁にずらりと並んだ人々が、一斉にこちらを見下ろしているかのような気味の悪さに鳥肌が立った。もちろん、城壁の上には誰もいない。ただ、楼門にはいくつも狭間《さま》が設けられており、一瞬それらが目に見えた。この城を生き物に例えるなら、確かにあれらは侵入者、あるいは来訪者を見張る複数の目といえるのかもしれない。

城は冷ややかに新たな住人をじっと見ている。その視線はとても歓迎しているようには感じられなかった。

(こんなの、全部妄想だ)

古い孤児院の隅に、闇が凝《こご》った得体の知れない化け物がいると思い込むようなものだ。本当は化け物なんていないのだ。小さな子どもでもあるまいし、何を怯えているのだ。

ル・フェは微《かす》かに震える足を踏み出し、先を行く御者と杖を突いた老婆の後を追った。

「確かに、人手が足りないとはいいましたけどねえ、先生」

明らかに困惑というより辟易《へきえき》した様子で、汚れた前掛けを着けた中年女性はため息をついた。ドナと呼ばれた彼女が、教師でも訓練生でもないことは服装からわかる。

話の内容からすると、ドナは女性の使用人を取りまとめている立場にあるらしかった。つまり、ル・フェはこれから彼女に従うのだ。だが、城の無言の視線以上に、ドナがル・フェを歓迎していないことはわかった。

「人手が足りない、機織り女もいないといったら、寄越されたのがひとりは足元もおぼつかない老人で、ひとりは自分の面倒も見られないような歳の子どもだなんて。それも、セルディア人じゃないですか」

ドナの視線を感じ、ル・フェは俯《うつむ》いた。

十二歳にしては身長が低く、体のどこも女性らしい丸みはないから、実年齢より若干幼く見えるらしい。はっきりいって、ル・フェは痩せぎすだ。しかし、生まれつき骨格がしっかりしているためか、本来よりがっしりして見える。それは別にいいのだが、この体格と鉄を思わせる硬質な黒髪はラバルタでは非常に嫌われている異民族の特徴を表していた。

「マーゴは元々この城で働いていた、スネル村の有名な機織り女よ……まあ、十年前に引退したけれど。この子は幼く見えるけど十二歳らしいし……それに仕事をきちんとしてくれれば、セルディア人だろうが異国人だろうが構わないでしょう」

「あの世に片足踏み入れている婆さんに、まともな仕事ができれば文句はいいませんけどね……」

ドナは小声でぶつぶつ文句をいいながら、厳しい視線をル・フェに向けてきた。ル・フェがその老女以上に役に立たないだろうと思っていることが、その目からわかった。

「それから、この子は口がきけないそうです。知能も少し足りていないとか。読み書きもできないようです」

「なんですって？」

淡々とした説明に、ドナは視線を空へ向けた。呆れ果てたとでもいいたげに。

ル・フェはちらりと正面に立つドナを見上げ、それから視線を隣へ移す。ル・フェが門番に師からの手紙を見せたところ、だいぶ待たされた末に引き合わされた人物だ。黒髪をきっちりと結い上げているので、冷たい印象の横顔がよく見える。彼女がソルという名だというのは、聖導院を送り出される際に、師であるエメリン聖導女からきいていた。師と同門の魔導士で、今はずっと南にある〈鉄《くろがね》の砦《とりで》〉直営の訓練校で教師をしているのだと。人手不足のその訓練校で働くようにいわれ、ル・フェは長い道のりを歩いたり馬車を乗り継いだりしてようやくこのネレイス城へ辿り着いたのだ。

しかし、エメリン聖導女から預かった手紙を渡されたソル師は、眉を上げてしばらく押し黙ったままだった。まるで、ル・フェが来ることは想定外だとでもいうように。

「耳のきこえない人間に、一から仕事を教えろってんですか？　文字も読めないのにどうやって？　ただでさえ忙しいんですよ、こっちは」

「耳はきこえるそうよ。喋《しゃべ》れないだけ。そうでしょう、ル・フェ」

ソル師の視線が向いたのに気づき、ル・フェは慌てて何度もうなずいた。

耳はきこえる。喋れないのは別の原因だ……自分でもよくわかっていないのだが。物覚えが悪いのは、生まれつきだからしょうがない。でも、その分努力はするつもりだった。

（ああ、ちゃんとそういえればいいのに！）

声が出せたら、どんな仕事でも一生懸命やること、できるまでやること、絶対に邪魔にはならないようにすることを伝えられるのに、ル・フェの声はいつも喉の奥につかえて出てこない。喋ろうとすると、喉がぎゅっと締まり、体が硬直する。体が声を出させまいと妨害しているかのようだ。

とにかく、ここを追い出されてもル・フェに行くところはないのだ。

エメリン聖導女の悲し気な眼差しが脳裏に蘇《よみがえ》った。

『ル・フェ、あなたの物覚えの悪さには困ってしまうわ。聖導師長も呆れ果てておいでよ。もうこれ以上庇《かば》うことはできないわ。ごめんなさいね、あなたをここには置いておけないの』

そう告げられた日のことを、昨日のことのように思い出せる。あの瞬間、ル・フェの体には雷に打たれたような衝撃が走り、目の前が真っ暗になった。

五歳のときに聖導院が営む孤児院の前に捨てられたル・フェには、家族はいない。もちろん、帰るべき家もない。今まではずっと、エメリン聖導女のいるあの聖導院が家だった。

「耳はきこえるのに喋れない？　わけがわかりませんね。とにかく、この子をここへ寄越したのは、あなたのご友人なんでしょう。送り返してくださいよ」

「友人なんかじゃないわよ。ただ、同じ師の下で魔導を学んだというだけ。そもそも、わたしは人手を寄越してくれなんていった覚えは一度もないわ。エメリンに会ったのだって、去年の師の葬儀のときだけだし……まあ、ちょっと人手が足りないと愚痴《ぐち》をこぼしたかもしれないけど、それを勝手に自分の都合のいいように解釈したのは向こうです。まったくそういうところは、子どものころから変わっていないのね」

ソル師の口調は疲れと苛立ちがまじっていて、そこからは予想に反してエメリン聖導女と彼女がそれほど親密な関係でないことがル・フェにもわかった。

「とにかく、行く当てのない子どもを放り出すわけにはいかないでしょう。彼女も魔導士ではあるのだし、外でどんなもめごとに巻き込まれるかわかりませんからね。しばらく、城の下働きとして使ってちょうだい。どこか受け入れてくれるところがないか、当たってみるから」

ソル師にいわれて、ドナは仕方なさそうにため息をつきながらうなずいた。ひとまず今すぐ出ていけといわれることはないとわかって、ル・フェもこっそり息を吐いた。

ソル師が去ってドナとふたりになると、ドナはル・フェの体をじろじろと上から下まで見た。

「小さいね。十二歳には見えない。で、あんたは何か得意なことはある？」

そう問われて、ル・フェは困ってしまった。掃除でも野菜の皮むきでも畑仕事でも、いわれればなんでもするつもりだ。今までもそうしてきた。ただ、得意なことはないし、あったとしてもそれを伝えるにはどうしたらいいのか。

「ああ、きき方が悪かったわね。聖導院から来たって話だけど、今までに下働きの仕事をしたことはある？」

ル・フェはうなずいた。

「掃除は？　洗濯は？　針仕事は？　それから……」

次々に挙げられる仕事に、ル・フェはうなずいていった。大体やったことのあるものだ。

そこへ明るい声が響き、ひとりの少女が姿を現した。十六、七の、前掛けを着けた少女だ。

「ドナ、あのお婆さんの案内終わったわよ。といっても、足が悪いから連れ回せないし、すぐに機織り部屋に連れて行ったわ。昔ここで働いていたのよね？　じゃあ、大体城の中のことはわかっているわよね。あのお婆さん、足が悪いだけじゃなくて、ちょっとぼけてもいるみたいだわ。時々ぼんやりしてるもの。昔と何か変わりましたかって世間話をしてみたけど、上の空。まあでも、仕事には早速取りかかってたから」

「ああ、ありがとう、モーリーン。悪いけど、もうひとり案内してほしいの。ル・フェっていうんだって」

「ええ、また?」

モーリーンと呼ばれた少女はドナの隣に並んでル・フェを見た。その目が驚きで見開かれる。

「え、セルディア人?」

「そうよ」

「へえ。わたし、あんまり見たことないのよね」

モーリーンの声に、嫌悪が含まれているかどうか、ル・フェには判断できなかった。無遠慮な視線はただ物珍しがっているようにも思えるが、まだわからない。これまでル・フェは、セルディア人だというだけで嫌悪と憎悪を向けてくる人間にたくさん出会ってきた。

セルディア人はラバルタ北部にあるセーラ山脈付近を放浪する民族で、ラバルタ人とは生活習慣や文化、何より信仰が違う。それが嫌われる理由だときくが、ル・フェにはよくわからないというのが正直なところだ。ぼんやりと山の中で仲間と共に暮らした記憶はあるが、それが本当の体験なのか、自分の想像なのかすら判別できない。物心ついたときから、ル・

フェの世界はエメリン聖導女と彼女のいる聖導院だけだった。

「耳はきこえるけど、口はきけないそうだから、そのつもりで。読み書きもできないって。城の中と、それから部屋に案内してやって。仕事は……とりあえず今日は、あんたの仕事の手伝いね。ああ、ただし、厨房《ちゅうぼう》には近づけないこと。クリークは大のセルディア人嫌いだからね」

ドナにいわれ、モーリーンは素直にうなずいた。そしてル・フェを伴い中央塔の奥へ入っていった。まず、使用人たちの寝所に行ってわずかな荷物を置き、それから中央塔内を回り始める。

「この城は広いし、ごちゃごちゃしてるから迷うわよ。まずは……そうね、大広間に行きましょう。ちょうど昼食が終わったところだから、他の子たちが片づけをしてると思うわ」

モーリーンに連れられて歩きながら、ル・フェはきょろきょろと辺りを見回した。中央塔の中は少し黴《かび》臭く、なぜか異様にひんやりしていた。明かり取りの窓はどこも全開にされ、まだ昼間だから明るいはずなのに、どこか薄暗くも見える。それは大広間も同じだった。

大広間に足を踏み入れた途端、足下でかつんとこれまでと違う音が鳴った。大広間は冬の青空のような色の綺麗《きれい》なタイルが敷き詰められているのだ。室内はかなり広く、端の扉から入ってもう一方の端の扉の辺りで作業している少女たちとは普通の声では会話できないほどだ。

「何してるのよ、モーリーン！」

皿を片づけていた少女のひとりが怒鳴った。怒っているわけではなく、大声を出さなければ声が届かないのだ。

「新しい子が来たのよ！」

モーリーンに連れられて並べられた卓の間を縫って歩いていくと、三人の少女が壁際に並べられた卓から食器や鍋を運んでいるところだった。

「さっきもお婆さんを連れてたじゃない」

モーリーンと同じ年頃の少女がそういいながらル・フェを見て、あからさまに顔をしかめた。

「その子、セルディア人？」

少女の言葉に、後のふたりも作業の手を止めて顔をこちらに向けた。その間と漂う空気に、彼女たちは自分を快く思っていないらしいと、ル・フェは察した。しかしモーリーンは気にしていない様子で、同僚たちに手を振った。

「そうらしいわ。わたしはこの子を案内しないといけないの。ここはそろそろ終わりそうね。案内が終わったら、わたしたちは鐘塔《しょうとう》の掃除に行くわ。じゃあね」

モーリーンは大広間を抜けて、先ほどル・フェが中央塔に入る際に使った広い入り口に出た。

「大広間では、訓練生たちの授業が行われることもあるの。朝はパンを配るだけで、昼と夜には食事を出さないといけないんだけど、授業が終わったらすぐ出さなくちゃならなくて大変。片づけもね。この中央塔の一階は、座学の授業が行われる部屋や、先生方の部屋があるわ。二階も先生と、学年が上の訓練生たちの部屋。いわれたら掃除もするわ。三階と四階は、下の学年の訓練生の部屋だから、基本的に掃除は自分たちでしてる。洗濯もね」

モーリーンは早口だが、足も速い。古くて立派な城の雰囲気に圧倒されて辺りを見回してばかりだったル・フェはいつの間にか遅れており、はっと小走りになって彼女の後を追った。

「ドナもいってたけど、あなたは厨房には近づかないでね。料理人のクリークはセルディア人嫌いなんですって。テューラン人も嫌いだっていってた気がするんだけど。背の高い体の大きな赤毛の人よ。自分のことを料理長って呼べっていつもいうんだけど、ひとりしか料理人がいないのに、それでも料理長っていうのかしらね？」

意見を求められているのだろうかと、ル・フェは焦った。ドナにル・フェは口がきけないと説明されたはずなのに。しかし、ル・フェが後ろで口をぱくぱくさせていることには微塵《みじん》も気づかず、モーリーンは先へと進んで一旦外へ出た。

「あれは祈りの塔。確か書庫があるんだけど、掃除はしなくていいの。あっちが緋色の塔。学長先生の部屋があるところ。あなたが行くことはないだろうけど、万が一あっちの方に行くことになったら、そのときここの庭は通らない方が身のためよ。あそこ、訓練生が集まっているでしょう。あの辺りは訓練場だから、うっかり通って外れて飛んできた術に当たるなんて羽目にならないようにね。反対側の方は窯場《かまば》。訓練生たちがタイルを焼いているのよ。タイルを焼くのも訓練のひとつなんですって。〈鉄の砦〉の候補生ともなると、訓練もへんてこなのねえ。訓練場と窯場の管理も自分たちでやってるから、わたしたちには関係ないわ。ついでにいうと、用もないのに訓練生たちに近づくのもおすすめしない。あの人たち、基本的にこっちのことを見下してるから。訓練生は青い布を首か腰か……どこかに着けてるからわかるはずよ」

モーリーンは再びすたすたと中央塔内を歩いていきながら、次々に説明をする。その合間にいろいろな話を盛り込むので、すぐにル・フェの頭はぱんぱんになってしまった。

ひと通り案内され、鐘塔の掃除を手伝うころには、体の疲労というより頭の疲労でふらふらになっていた。

「ル・フェ、これをロイクたちに届けてくれる？　……ああ、楼門にいる門番のふたりよ」

とっぷりと日が暮れ、思わずぼんやりしていたところに声をかけられ、ル・フェははっと背筋を伸ばした。ドナの差し出した籠《かご》を受け取る。中にはパンと厚手の土鍋が入っている。

「楼門はわかるわね？　それを届けたら、今日はもう部屋で休んでいいから」

ドナを始めとしてみなはまだ働いているが、ル・フェの疲れに気づいてくれたのかもしれない。ドナはあまり愛想がいいとはいえないし、動作も荒っぽくて少し怖い印象だったが、悪い人ではないようだ。

ル・フェはうなずいて、貸してもらった燭台《しょくだい》に火を移して外へ出た。

日は完全に落ちていたが、その代わりほぼ真ん丸に近い月が皓々《こうこう》と城を照らしていた。燭台の明かりがなくても周囲の様子がわかるくらいには明るい。

転んで籠の中身をぶちまけてしまわないように慎重に歩いていると、やがて楼門が見えてきた。昼間は上がっていた落とし格子が降ろされている。

静まり返っていたので人などいないのではないかと思ったが、楼門の二階に上がると明かりを挟んでふたりの男性が机に向かい合って座っていた。ふたりともナイフを手に木を削っている。

どちらがロイクかわからなかったが、ル・フェに気づいた若い方の男性が立って近づいてくると、籠を受け取り小さくうなずいた。そのまますぐに机に戻って作業を再開する。どうやら彼らもまだ仕事中のようだ。ル・フェは頭を下げてそそくさと楼門を去った。

ふうと息を吐いて改めて辺りを見回すと、先ほどまでとは打って変わってやけに暗い。いつの間にか雲が月を隠したのだ。まるでル・フェが楼門に入っていたわずかな時間に、世界が変わってしまったかのようだ。明かりをかざさなければ手を伸ばした先に何があるかもわからず、空気も更に冷気を帯びているように感じた。さあっと冷たい風が首筋を撫でていき、ル・フェは思わず首を竦《すく》めた。

暗闇の向こうで何かがうごめく気配がする。どこからか、怪しい声が響いてくるような気がする。まるで城が眠りから目覚め襲ってくるような……。

（……ばっかみたい）

全部妄想だ。城は生きてなんかいない。そう自分にいいきかせても、昼間見たあの狭間が、今はこちらを向いているような気がしてならない。

頭を振って足を踏み出したが、その足が震えているのは自分でもわかった。寒さのせいか恐怖のせいか、全身が強張り歯がカチカチと鳴る。

（とにかく、部屋に戻らないと）

びくつきながらしばらく歩いていたル・フェは、やがて立ち止まった。そろそろ中央塔へと続く小さな楼門が見えてもいいはずだ。しかし、明かりをかざしても門などどこにも見えない。何もかも闇に沈んでいる。粘り気のある闇がすべてを呑み込んでいるように感じた。城も、そこに住む人々も、すべて。そして今度は、ル・フェをも呑み込もうと迫っているのではないか。

ル・フェはくるりと踵《きびす》を返した。情けないが、一度楼門に戻って門番に道をきくしかない。今日初めて来た子どもがひとりでうろついているのだ、身振り手振りで状況は伝わるだろう。

しかし、しばらく歩いても楼門の落とし格子は見えてこない。もしかしたら、まっすぐ歩いているつもりだったが、どこかで曲がってしまったのかもしれない。昼間モーリーンが楼門の周辺も案内してくれたが、ぼんやり家畜小屋があることくらいしか覚えていない。

（どうしよう、どうしよう）

闇はなおもまとわりつくように迫ってくる。ル・フェは泣き出しそうになりながら、もつれる足で懸命に進んだ。とにかく進めば、何かしら建物に行き着くはずだ。そうすれば、きっと誰かいる。そう思っていると、やがて手にした小さな明かりの向こうに、ぼんやりと崩れかけた階段が見えた。近寄ってみると階段の先にあったはずの扉はなくなっており、ごつごつと積み上げられた石の壁の間にまるでぽっかりと穴が開いているようだった。ここがどこかはわからないが、とにかく入ってみるしかない。燭台を持つ手をできる限り伸ばして先を照らしながら、ル・フェは建物の中に入った。中は中央塔よりいっそう黴臭く、おまけに床には石材が転がっていた。入ってすぐに大きな石を踏んで転びかけたので、片手を壁に当てて進んでいく。

どうやらそこは通路のようだった。明かりを四方に向けてみても、部屋らしきものは見当たらない。

「待て！」

迷いながらも更に先へ進もうとしたとき、背後で大きな声がした。鋭い声に、ル・フェは思わず飛び上がってしまい、その拍子に震える手から燭台が滑り落ち、床に落ちた明かりはふっと消えた。恐怖のあまり膝からその場に頽《くずお》れながら、燃え広がらなくてよかったと、頭のどこかの冷静な自分がいった。

「ごめん、大丈夫？」

振り返ると、闇の中に影が動くのが見えた。影はあまり大きくない。声の感じから、どうやら少年らしいとわかった。その声には申し訳なさそうな響きがあり、ル・フェの体は緊張から一気に解放された。

「びっくりするじゃない！　いきなり叫ばないでよ！」

驚きのあまり思わず怒鳴りつけると、少年は気圧されたようにもう一度謝った。

「でも、そっちは城壁が崩れているところもあって、危ないんだ。怪我はない？」

転んだわけではないから怪我はなかったが、足はまだ震えている。そのとき雲が晴れたのか、明かり取りのために開いた窓から光が射し、ちょうど少年の姿を照らした。おそらくモーリーンと同じくらいの年齢の、整った顔立ちの少年だ。髪の色は月の光のように金色に輝き、瞳はあのタイルのように澄んだ青だった。そして、その目は本気でル・フェを心配しているように見えた。

手で辺りを探ると、落ちた燭台が指先に当たった。ル・フェは燭台を握ると、震える足を叱咤して立ち上がった。

「見かけない顔だね」

「今日、来たばっかりだから」

ル・フェはさっと少年の全身に視線を走らせた。どこにも青い布は着けていない。ということは、彼も訓練生ではないのだろう。

「ふうん、そうなんだ。僕はローレン。君は？」

少年はにこりと笑って名乗った。

「……ル・フェ」

「ル……フェ？　ルゥフェ……ル・フェ？　ああそうか、君はセルディア人なんだね」

セルディア人の名前は音を短く区切るような特徴を持っており、ラバルタの人間はそれを珍しがることを、ル・フェはこれまでの経験上知っていた。ローレンも知識として知っているのだろう。

彼がセルディア人を嫌う類《たぐい》の人間かどうか、声からは瞬時に判断ができず、ル・フェは本能的に身構えた。しかし、そんな様子はなく、ローレンはのんびりとした口調で外に出ようと提案した。歩き出したローレンについて外に出ると、先ほどまでのすべてを呑み込むような闇はすっかりなりを潜め、再び丸い月が皓々と辺りを照らしていた。

どうやらル・フェは楼門に繋《つな》がる西の城壁内の通路に入り込んでいたようだ。城壁を出て左手には、昼間見た家畜小屋がずらりと並んでいる。

「この城は広いからね。迷うのも無理はない。よかったら部屋まで送っていくよ」

どうやらローレンはル・フェがセルディア人であってもなんとも思わないらしい。怪我を心配して声をかけてくれたことといい、親切な少年のようだ。驚かされたとはいえ、あんな態度をとるべきではなかったとル・フェは自分の態度を恥じた。

「部屋はどこ？」

「えっと……」

モーリーンたちと同じ部屋だったが、あれは城のどこにあっただろう？　最初に案内されたから、中央塔のどこかのはずだが詳しく覚えていない。口ごもるル・フェの様子を見て、ローレンは察してくれたらしい。もう一度、この城は広いから、と小さく笑った。

「あそこにジェフ爺さんの小屋があるから、泊まれるか頼んでみてもいいと思うけど……」

「いい、いいよ！」

家畜小屋の近くに微かに明かりの灯った小さな小屋がある。そこは家畜の世話を主にしている老人が寝起きしているのだと、モーリーンが教えてくれた。頑固で無口で、若い使用人たちには怖がられているのだ、とも。

「別に、今日は寒くないし、ここでもいいよ。もっと寒い季節に、外に放り出されたこともあるし」

聖導師長の怒りに触れ、エメリン聖導女がとりなしてくれるまで、ひと晩中聖導院の扉を叩き続けたこともある。あれは雪が降り始めるほんの数日前のことだった。あのときに比べれば全然平気だ。ル・フェは崩れかけた階段に腰かけた。するとローレンも隣に腰を下ろす。まさか、ひと晩付き合ってくれるつもりなのだろうか。

少年の意図はひとまず置いておいて、ル・フェは意識を集中した。自分の周囲、それを取り囲むネレイス城、それから更に広げてこの世界を巡る不可視の力を探す。吹き抜ける風を捕まえるような様子を思い描き、自分の中にある現実の肉体とは違うもうひとつの指先の感覚をその力に向けて伸ばしていく。見えない指に触れた力を一気に自分の中に引き込み、今度は赤い小さな光を作り出す様子を思い描いて、力をもう一度外に出す。

ふ、と音もなく燭台に再び炎が灯った。

月明かりだけでも十分なくらいに明るいが、炎は不思議と心を落ち着かせてくれる。

ル・フェは燭台をローレンと自分との間に置いた。そのとき、ローレンが目を見開きすべての動きを止めてこちらを見ているのに気づいた。一瞬、やはり改めてル・フェの姿を見て、セルディア人だと意識して嫌悪しているのだろうかと不安になった。しかし、ローレンの口からは意外な言葉が漏れた。

「い、今のはなんだ?」

「何って、魔術に決まってるじゃない。あんただってこの城で働いてるってことは、一応魔導士なんでしょ?」

ネレイス城は才能ある若い魔導士を訓練するための場所だが、訓練生たちの世話をするた

めに働く者たちもまた、魔導士だ。ただし訓練生とは違い、才能のない、出世の道どころかまともに生きていくことすらままならない程度の才能しかない者たち。エメリン聖導女からはそうきいている。だから、ル・フェをここへやるのだと。

「ル・フェ。今、君は、蠟燭《ろうそく》の燈心《とうしん》に、直接炎を灯したね？　なんの呪文も唱えることなく」

念を押すようにきくローレンの顔は、真剣だった。怖いほどに。そういわれてル・フェは居心地が悪くなり、反射的に目を逸らした。

「あ、あたし、呪文とか、わかんないんだ。も、文字、読めないから、ほ、本、読め、ないし……こ、こ、言葉も、変、だから」

徐々に声が喉に詰まり始める。苦しい。息が止まるような錯覚を覚えてしまう。そのとき、ル・フェは初めて気づいた。自分が数年ぶりに言葉を発していたということに。

（え、なんで……あたし、喋ってた……！　ずっと、喉から声が出てこなかったのに）

「ル・フェ？」

「あ、あた、あたしの、し、しゃべりかた……へ、へん、でしょ」

決死の思いで声を絞り出してきいたのに、返って来たのは呑気《のんき》な返事だった。顔を上げると、ローレンは小首を傾げている。本当にわからないのだろうか。

「え、そうかな」

「セルディアア人の訛りか何かあるのかな？　でも、全然普通だよ。この城にはラバルタ各地から人が集まってるから、訛りなんてそれぞれだもの」

それが当たり前だといいたげな口調だった。

そうなのだろうか。そんなに、簡単に片づけられるものなのだろうか。

ル・フェの脳裏にエメリン聖導女に失望されたときの記憶が蘇った。

『真なる神は真なる光を照らされる。光すなわち、神の命の炎である。我らはその炎の指し示す道を惑わずに行かねばならない。……さあ、繰り返して、ル・フェ』

静かに促《うなが》す師の言葉通りに、ル・フェも声を出す。

『しんなるかみは、しんなるひかりをてらされる。ひかり、』

『ル・フェ、発音がおかしいわ。もう一度最初から』

『し、ん、なるかみは、しんなる』

『もう一度』

『し、し、しん、しん、なる』

『ル・フェ、ふざけちゃだめ』

師は決して声を荒らげることもなく、ましてや他の聖導師たちと違って手を上げたことなど一度もなかった。ただ淡々と、静かな声で優しく注意するだけだった。

何度も、何度も何度もやり直した。でも、その度にひどくなっていくばかりだった。ふざけてなんかない。一生懸命、エメリン聖導女と同じように言葉を発していたつもりだ。でも、ル・フェの発音はおかしいらしい。エメリン聖導女はそれを直そうとしてくれていた。神への祈りの言葉も、魔術の呪文も、正しい発音でなされなければならないから、と。

だが、だめだった。

ル・フェの発音はひどくなる一方で、ついには喉の奥から声そのものが出てこなくなってしまった。あのときの、失望に満ちたエメリン聖導女の暗い眼差しを思うと、いまだに涙が溢れそうになる。

「そんなことより、いいかい、ル・フェ。呪文は魔導士にとって、魔を操る道しるべのようなものだ。それを辿るから、誰もが同じように同じ魔術という現象を起こすことができる。いや、そもそも、君が今使った魔術……というより、魔を操る操魔の技が、どれほど高度なものかわかってる？　蠟燭の燈心に、直接こんな小さな炎を灯せるなんて。毎日窯場でタイル焼きに失敗している連中が見たら、嫉妬で殺されちゃうよ」

わけがわからなかった。魔術に呪文が必要だとは、知っている。だから、エメリン聖導女はちゃんと呪文を唱えられないル・フェに魔術を使うことを禁じたのだ。蠟燭に火をつけるのは何度もやっていたが、それを見たエメリン聖導女は恐ろしいほど真剣な顔つきで、二度とやらないようル・フェに誓わせた。……たった今、破ってしまったわけだが。

「君、本当は訓練生なの？」

冗談にも程があると思ったが、ローレンの顔は真剣そのもので、だからこそ笑ってしまった。

「そんなわけないよ。あたしみたいな、字も読めない、呪文も唱えられないやつが？　あたしが訓練生になれるなら、本当の訓練生たちなんかみんな大魔導士様だよ」

ル・フェにつられたのか、ローレンも笑い始めた。やはり、冗談だったのだろう。

それからはローレンがネレイス城のいろいろな場所についての話を、地面に図を描きながら話してくれた。彼は随分といろいろなことを知っている。ということは、ここで働いて長いのだろう。

「ル・フェ？」

ル・フェはいつの間にか炎を見ながらうつらうつらし始めた。ローレンの穏やかな声が、子守歌のようにきこえる。

そしてやがて、がっくりと頭を垂れて深い眠りへと落ちていった。


「あんた、こんなところで何してんの？」

素《す》っ頓狂《とんきょう》な声にル・フェははっと顔を上げた。朝の眩《まばゆ》い光の中、正面にモーリーンが呆れ顔で立っていた。

「部屋に戻って来ないから、逃げたかと思ったわよ」

慌てて辺りを見回すが、ローレンの姿はない。先に仕事に行ったのだろう。起こしてくれたらよかったのに、と少し恨めしく思いながら、ル・フェは立ち上がって首を激しく横に振った。手で楼門と朝日に照らされた中央塔を交互に指す。

「ああ、もしかして道に迷った？　まあ、それなら仕方ないわね」

モーリーンはそういってうなずき、それからふと顔を曇らせた。

「あのさ、悪いんだけど……ケイトたちが、あんたと同じ部屋は嫌だっていうのよね」

ケイトがどの少女かはわからなかったが、おそらく大広間で働いていた三人の内の誰かで、〝たち〟とはあの三人のことだろうということはわかった。

「別の部屋に移ってもらってもいいかしら？」

ケイトたち三人が、セルディア人であるル・フェを嫌っているのは一目瞭然だった。彼女たちの機嫌を損ねたくはない。別の部屋に行けというなら、従おう。他の誰かと相部屋になるのか、空き部屋があるのかもわからないが。ル・フェがうなずくと、モーリーンは顔を曇らせたまま、それでもどこか安堵の色を滲《にじ》ませた。

……〝たち〟にモーリーンは含まれているのだろうか？　今のところ、彼女にル・フェを嫌う様子はないけれど、心の奥底に隠しているだけかもしれない。

行くわよ、と声をかけられて後を追いながら、ル・フェはじっとモーリーンの背中を見つめていた。

3

金風節二の月一日　ギイ

「があおおお！」

「うわあっ！」

建物の陰から、突然恐ろしい顔の化け物が飛び出してきて、ギイは思わず派手な悲鳴を上げてその場にしりもちをついた。

血のような赤い色の肌に、獣のような鋭い牙、荒縄のような太いぼさぼさの髪に、かっと見開かれた双眸《そうぼう》……すぐにそれが仮面であることはわかったが、ばくばくと鳴る心臓はしばらく治まりそうになかった。

どうやら相手は建物の壁によじ登り、半身を乗り出して仮面を被った顔を突き出しているらしい。なんとも器用なことだ。

すぐにくすくす笑いと共に、建物の陰から小さな姿が、そしてそれにつられるように仮面を外した少年も地面に飛び降りた。並んだふたつの人物は、ギイのよく知る幼い兄弟のものだ。

「びっくりしただろ？」

得意げな兄のエミルに、ギイは苦笑してみせた。ふと地面についた手元を探ると、少し地面がえぐれているのがわかった。その事実に肝が冷える。万が一、驚きのあまり魔を暴走させ、子どもたちを傷つけていたら……そのときは、ギイといえども村人たちから私刑《しけい》にあっていたことだろう。そしてネレイス城の魔導士たちは、それに関しひと言も抗議せず、黙して捨て置く……いや、むしろ喜んでギイを差し出すだろう。謝罪と共に。

引きつった笑みを浮かべながらギイは立ち上がった。

「驚いたな。なんの仮面だい、それは」

「何って、もうすぐ真光日《しんこうじつ》のお祭りじゃないか。その仮面さ」

ギイは首を捻《ひね》った。次の新月の日は確かにバルテリオン教の祭日である真光日だが、祭りとはなんのことだろう。

「あなたたち、またギイをからかっているのね」

悪戯《いたずら》小僧どもを窘《たしな》めるような声が響き、彼らの背後から少女が現れた。ギイが仲間の元を離れてここまでやって来た目的だ。

ギイより少し年上の少女リシーは、祖母、母と共に様々な香草を育てて売っている。彼女の祖母も母も魔導士嫌いだが、魔導士に商品を売ることまでは拒んでいないので、ギイが頼んでおくと、リシーが毎回この辺りまで持ってきてくれるのだ。おっとりした少女は、魔導士に対して嫌悪や恐怖より、どちらかというと興味を抱いているらしく、ギイにも分け隔てなく接してくれる。

片手で持てる程度の大きさの袋をギイに渡しながら、リシーは同じ村に住む兄弟を軽く睨《にら》んだ。

「だめじゃない、勝手に祭りの仮面を持ち出しちゃ」

そういわれて、少年たちは首を竦《すく》めている。

「いつもありがとう、リシー。ところで、真光日の祭りってなんのこと？」

「え、知らないの？」

リシーもきょとんと目を瞬《またた》かせている。すると、エミルが得意げに胸を張っていった。

「一年間、いい行いをしていたら幸運が訪れて、悪い行いをしていたら魔物に襲われるんだ。村中の家を魔物が回るけど、ちゃんといい子にしてたら、贈り物がもらえる。ま、村の大人たちが仮面を被って魔物のふりをしてるってことくらい、おれたちは知ってるけどな」

「贈り物？」

「おかしとか、おもちゃだよ」

「……ああ、なるほど」

嬉しそうに笑う弟のニックを見て、なんとなくギイにもわかった。おそらく彼らのいう祭りとは、バルテリオン教の祭日と土着の祭りが融合したものだろう。ラバルタの南部や南西部は、異教を信仰する国が近いせいか、古い信仰が残っているときいたことがあった。

「確かに、真光日に村を回る魔物は大人たちが扮したものだけど……あなたたち、知らないの？　魔物の役は、毎年順番に回るわ。でも、数は決まってる。村にある仮面の数の、十四人。でもね、村を回るうちに……魔物の数はいつの間にか増えているのよ。仮面を被っているから、誰が誰かわからない。誰が増えたのかわからない。いいえ、そもそも増えるはずがない。だって仮面は十四しかないんだもの。じゃあ、増えたのは何かしら？」

リシーが低いゆっくりとした声で語ると、途端に幼い兄弟の顔が恐怖に凍りついた。ギイはちらりと送られた少女の視線に思わず吹き出しそうになりながら、調子を合わせる。

「なるほど……悪い子を襲う本物の魔物がまじっているのかもね。ところでエミル、ニック。勝手に仮面を持ち出して、人を脅かすことはいい子のすることかな？」

「ごめんなさい！」

ふたつの甲高い声が重なる。

「ちょっと驚かそうと思っただけなんだ」

「魔物、くる？」

ギイは小さく笑って首を振った。

「お父さんやお母さんにきちんと謝ったら、大丈夫じゃないかな。悪いことをしても、ちゃんとそれを改められるのは、〝いい子〟だろう？　ああそれから、今後は人を脅かしたりしないって、誓った方がいいかもね」

　そうする、ともう一度声を揃えていうと、兄弟は早速仮面を持って家の方角へと駆けだした。途中で一度振り返り、「またね、ギイ、リシー」と手を振って。

「ありがとう。これで少しはあの悪戯坊主たちも静かになるでしょう。今は祭りの準備で忙しくて、あまり子どもたちを構ってあげられないから、退屈してるんでしょうけど」

　ギイと共に手を振り返していたリシーがそういってため息をついた。

「あなたのいたところには、真光日の祭りはなかったの？」

「ああ、うん。もちろん、真光日はあったけどね」

　ギイの故郷では、真光日とは聖導院で神に自分の犯した罪を告白し、新たな光でその罪を浄化してもらい、正しき道を歩むと誓う日だった。幼いころは、それこそ嫌いな食べ物を残したとか、悪戯をしたとか、勉強を怠けたとか、些細《ささい》なことをすべて告白して許しを請えと父に厳しくいわれたものだった。

　己の存在自体が罪になった今では、遠い昔の笑い話のようにも思える。

「あ、今日は月初めの祈禱《きとう》の日だった。早く帰らないと」

　故郷の聖導院を思い出したことで、面倒な行事のことまで思い出してしまった。ギイは慌ててリシーに挨拶し、仲間の待つ広場へと戻っていった。

すべての魔導士の憧れ、唯一の希望ともいえる〈鉄《くろがね》の砦《とりで》〉。その幹部候補の魔導士を育てる訓練校のひとつが、この春からギイのいるネレイス城だ。

ネレイス城には月初めに、近くの聖導院から聖導師がやって来て教えを説くことになっている。彼らは、魔導士たちが如何《いか》に穢《けが》れた存在であるかを滔々《とうとう》と語り、その罪を贖《あがな》うためには、正しき人々のために身を粉にして働かなければならないと説く。

自分たちを罪人だの穢れた存在だのと断ずる神とやらを、魔導士のどれくらいが敬い信じているのかは、ギイは知らない。少なくとも、自分はとうに信じていない。だから毎月のこの時間は無駄としか思えないのだが、まあ、毎月の聖導師の説教はこの城を訓練校として使わせてもらう条件のひとつにもなっているようだから、仕方ない。それに説教はともかく、月に一度この日の晩餐《ばんさん》は、教師から訓練生まで一堂に会する大規模なもので、料理もいつもより少し豪華になるのが楽しみだ。

大広間での説教が終わった後は、下級生で晩餐の準備に取りかかった。晩餐時には聖導師が立っていた場所は学長や教師たちの席となる。元は城主とその家族が座る場所で、他より一段高くなっている。その席に一番近い場所から縦に三列、大きな長卓と、それに沿って椅子を並べていく。これは上級の訓練生……それも最も優秀な者たちの席だ。三つに分かれているのは、訓練生たちには三つの勢力……派閥ともいうべきものがあるからで、それぞれをまとめる三人は、便宜上監督生と呼ばれている。彼らはみな、在学期間が長く――三人とも四年目だ――、並外れた魔導の才能を持ち、かつ人をまとめる力を持つ者たちで、教師たちが決めたわけでも、特に投票などが行われたわけでもなく、自然と決まっていた。

三人はそれぞれ外見も性格もかなり違っている。学長から見て右手の卓に座るアレンカは、赤毛をゆるりと結い上げた小柄で穏やかな性格の女性だ。左側に座るレミは、長身で鍛え上げられた肉体を持ち、外見から受ける印象通りにやや荒っぽい性格の青年で、実戦の成績は一番だという。中央のヴァレルは怜悧《れいり》で理知的だが若干酷薄な印象を与える青年だ。こちらはいかにも学者肌といった見た目通り、座学の成績では他者の追随を許さないという。三人の近くには優秀な訓練生たちが――基本的には学年順だが、実力があれば学年が下でも席順は変わる――座り、卓は一旦途切れる。残りの者たちは、監督生たちの座る卓と少し間を空けて置かれた、背もたれのない長椅子が固定された卓に順に座っていく。こちらも実力順に座ることが暗黙の了解となっており、ついでにいうと下級生――あるいは実力の低い者――たちも、それぞれ自分たちの所属する派閥に近い位置の卓に座る。

人に物を渡すのであれば、このときが一番見つけやすい。部屋までいちいち行くのは面倒だし、普段の作業や授業の間に探しに行くのはもっと面倒なのだ。

ギイは頼まれた買い物を袋に詰めて、上級生たちの卓の間を忙しなく飛び回った。学長の講話が始まる前に配り終えて自分の席に着かなければならない。

「ああ、ありがとう、ギイ。この香草、本当によく眠れるのよ」

リシーから買った香草は、一部の訓練生たちに非常に人気で、普段なら恐れ多くて近づくことのできない監督生や彼らの周りの者たちにも愛用者は多い。他にも蜜蠟《みつろう》、石鹼、文具、砥石《といし》等々も配って回る。何度も頼まれているうちに親しくなった人物の好みは大体把握できてくるので、ときには独断でおまけをつける。それがまた好評でもあった。

一見すると他の女子訓練生と変わりないように見えるアレンカにも香草を頼まれていたし、荒っぽい性格でありながら筆まめなレミからは文具を頼まれることが多い。三人の中で最も近寄りがたい雰囲気のヴァレルからも、文具や蠟燭《ろうそく》を頼まれた。

ネレイス城では、基本的に農作業や家畜の世話、可能な限り生活必需品の生産も自分たちで行うことになっている。午前に作業を行い午後に魔導の訓練を行う組と、その逆とに分かれて日々の生活を送っているのだ。ただし、自分たちで生産できない生活必需品は近くの村や町で手に入れざるを得ず、月に数回近くの村まで買い出しに向かう。しかし、魔導士とはこの国で最も下賤《げせん》で、最も嫌われる身分だ。どの村もネレイス城の魔導士たちの来訪を歓迎はしておらず、代価を支払えば必要なものを提供してはくれるものの、あからさまに嫌な顔をされ、必要以上に物を買うことができない状態が続いていたという。ギイだけは、ドーン村の住民に比較的好意的に迎えてもらえるから、こうして細々した品物も手に入れやすく、故に上級生からも頼まれるのだ。

今年の春にネレイス城にやって来たギイは、初めてついていった買い出しで、上級生を待つ間にぶらぶらとひとりで周囲の散策をする途中、たまたま川に落ちて溺れかけている子どもを見つけた。あのエミルだ。兄弟だけで遊んでいたところ、誤って川に落ちてしまい、幼い弟は助けを呼ぶことも考えつかずただ泣いていたのだ。

慌てたギイは、自分が泳げないことも忘れてまだ冷たい川に飛び込んだ。なんとかエミルを助けることはできたものの、川底はぎりぎり足がつくかつかないかの深さであり、岸に着くまで強烈に死を意識することとなった。

ギイがエミルを抱いて岸に戻るころには、兄弟を探しに来た母親と近所の村人が集まっていた。安全な場所に戻り、身近な大人の顔を見たせいか、エミルはギイにしがみついたままギャンギャン大声で泣き始めた。そして、それにつられてギイも随分久しぶりに大声を上げて泣いてしまった。歯の根が合わないほど冷えきり、体にはまだ叩きつけるような強い水流の感覚が残っていた。

一歩間違えれば死んでいてもおかしくなかった。その恐怖が、限界に達したのだ。

村人たちは、腰に巻いた青い布を見てギイがネレイス城の魔導士であることはわかっただろう。しかし村人たちにとってギイは村の子どもの命の恩人であった。そしておそらく、ギイもまたまだ少年であるということを、その泣き声で思い出したのかもしれなかった。簡単にいうと、少しばかり同情を買ったのだ。

それ以来、村人のギイに対する態度は他の魔導士とは少し違うものとなった。あの泣き虫小僧か、と嫌味をいってくる者もいるが、そもそも言葉を交わすことすら嫌う村人が、わざわざ嫌味をいうというのは、ある程度受け入れてくれているからだろう。

サイモン学長を筆頭に教師たちが入って来たのを見て、ギイは慌てて最後の品を渡して大広間の最後方へと走った。席は上段から実力順に決まっており、最後方の卓はもはや派閥も何もないくらい所狭しと並べられている。

ネレイス城では、毎年一定数の脱落者が出る。〈鉄の砦〉の幹部候補としての実力なし、と見做《みな》された者たちだ。つまりはこの卓に座るのは脱落者候補で、どの派閥も受け入れる価値がないと見做した者たちなのだ。

一番端に空いている席を見つけ、ギイが滑り込むようにして座ると同時に、学長が口を開いた。

黙って話をきいていると、前の席に座っている同室の仲間たちがそわそわしているのに気づいた。ちらちらとギイの方を見ては慌てて目を逸らしている。何か気になることでもあるのだろうか。彼らに頼まれた物はすでに渡したはずだが、買い忘れでもあっただろうか。

長々とした学長の話が終わり、やっと晩餐が始まる。先ほどまでの静けさは打ち破られ、大きくはないが歓談の声が響いて来た。普段の食事は授業や作業の合間を縫ってばらばらにとるから、仲間内では遠慮なく会話ができるが、この日ばかりは下級生の、それも脱落候補の自分たちが大きな声を出すわけにはいかない。粛々と久しぶりの肉料理を口に運んでいると、隣から話しかけられた。

「そこの塩、取って」

眠そうな声にそういわれて、卓の端に置いてあった塩の盛られた皿を取り、隣の人物に渡そうとして、ギイは危うく皿を取り落とすところだった。相手は欠伸《あくび》を嚙み殺しながらも、そんなギイの反応を楽しんでいるかのように、にやにや笑っている。肩まで伸ばされた暗褐色の髪を古びた赤茶の布でひとつにくくった少年の緑の瞳の輝きは、昼間悪戯に成功したエミルと同じだ。

「リューリ！」

思わず大声を出してしまって、慌てて口を押さえ、辺りを見回しながら声を低くした。

「何やってるんだよ。君の席は向こうだろ」

「代わってほしそうなやつがいたから、代わったんだ」

皿を受け取る少年の体格はほとんどギイと変わらないが、間近で見るとギイより鍛えられていることがわかる。年齢はギイよりふたつ上で、十七歳だという話だ。

ネレイス城では各学年、毎年脱落者が出るが、三年残れば後は〈鉄の砦〉幹部まっしぐらだといわれている。早い者で四年、最長でも五年で〈鉄の砦〉の魔導士となる。

ただし、リューリの場合はやや事情が変わっている。彼は元々別の訓練校に一年間在籍していて、二年目の去年、ネレイス城に移って来たらしいのだが、その時点で一年飛ばして三

年目の訓練生と同じ扱いを受けることになったのだ。つまり、相当成績優秀だということである。

誰もが知っていることなので、もっと尊敬の念を集めてもいい気がするのだが、その変人ぶりから周囲に若干距離を置かれているのが、このリューリ・ウィールズという少年だ。

普通、学年が上がれば上がるほど、年下の者とは軽々しく口を利かなくなるものだ。純粋に、実地訓練などで城にいないことが増えるというのもあるし、脱落せず残っている者としての矜持《きょうじ》がそうさせるのだろう。そして、各派閥の者たちは互いに牽制し合っており、仲の悪い派閥同士となると、小さな諍《いさか》いは絶えない。同じ学び舎で学ぶ者同士、いがみ合わなくてもいいのにとギイなどは思っていたのだが、どうやら訓練校における派閥は、そのまま〈鉄の砦〉内の派閥にも繋《つな》がるようだと最近わかってきた。ここで実力のある者たちと人脈を作っておくと、〈鉄の砦〉に入った後も何かと有利に働くらしい。

だから、ほとんどの訓練生がどこかの派閥に属しており、そもそも属することができない者は三年持たないと見做されている。

しかし、リューリだけはいまだにどこにも属しておらず、どの派閥の者たちとも一定の関係を築きつつ、距離を置いてもいる。そんなことをしてもなんの意味もないので、彼は変わり者といわれているのだ。ついでに、下級生であろうが使用人であろうが、自分が気に入れば気軽に話しかけるところも、他の上級生から見れば理解できないらしい。ただ、だからといって彼が嫌われているかといえばそうではない。いつも眠そうな目でだらけた態度をとり、ときには授業さえ平気ですっぽかす変人ではあるが、不思議と上級生たちには受け入れられているらしい。その証拠に、たまたま傍《そば》を通りかかった上級生たちは、監督生であるアレンカでさえも、最下級生――それも落ちこぼれ――の席にまじっているリューリを見て、呆れたように、しかしそれなりに親し気に声をかけてくる。逆にリューリの扱いに困っているのは、下級生たちだ。優秀だが所属や序列を無視する変わり者の先輩に、どんな態度をとればいいのかわからないのだろう。

同級生たちの奇妙な態度はこのせいだったのか、とギイは思い至った。ギイはまだリューリの存在を知る前、書庫に忘れた古語の課題を添削されるという悪戯をされたことがきっかけで知り合い、最初こそギイの方は喧嘩腰だったものの、リューリの人柄を知ってからは友情を深めることになったのだ。

「食事くらい好きなところでとってもいいだろ」

いつもならそうだが、この月に一度の晩餐だけは違う。もちろんリューリにそれがわかっていないわけではなく、ただギイをからかいたいだけだ。思わずため息をついていると、リューリは不意に顔を寄せてきた。

「なあ、ところで、セレスというのはどの子だ？」

その名前をきいて、ギイはぎょっとした。リューリを見ると、彼はさりげなく周囲の訓練生たちの顔を見回している。

どうやら彼女の噂をきゝつけて、興味を持ったらしい。そういえばあの事件が起きたとき、上級生たちは遠方まで実地訓練に出ていたのだ。

「〝氷の魔女〟なんて呼ばれてるんだって？」

リューリの声には明らかに面白がるような響きがあったが、遠目とはいえ現場に遭遇したギイにはとてもそんな余裕はなかった。

どこの訓練校も、新しい生徒は春に迎えられる。ただし、今年はひとり例外がいた。それがセレスという名の少女だ。彼女は病気か何かで療養中だったらしく合流するのが遅れ、先月、金風節一の月が始まってからやって来た。

彼女は十四歳で、ネレイス城では最年少の訓練生だったが、驚くべきことに、推薦されたのは十三歳のときで、療養のために一年遅らせたのだという。とてつもない天才だ、という噂だった。同じく天才肌のリューリは、それで興味を持ったのかもしれない。

そして前評判を裏切らず、訓練に合流したセレスは聡明さと魔導の才能を見せた。そんな天才少女に、どの派閥の訓練生も興味を持たないわけはなく、仲間に引き入れようとしたのも当然だった。

どうやらセレスを仲間に引き入れようとする上級生とセレスとの間で何か諍いがあったらしい。ある日、訓練場の片隅で殴り合いの喧嘩が起きた。いや、あれは喧嘩ではなかったかもしれない。当初はセレスが上級生数人に囲まれていたというが、最終的にセレスは上級生の中でも中心的な人物に馬乗りになり、返り血を浴びるほど殴りつけていたのだ。ギイが見たのはそこからだった。

そのときの光景を思い出してギイが微《かす》かに青ざめた瞬間、大広間に新たに誰かが入って来た。その姿を見て、ギイは固まった。輝くような銀髪は、年頃の少女にしては珍しく耳の下辺りで短く切りそろえられている。雪のような白い肌が印象的な少女だ。あまり特徴のない顔立ちだが、ギイはあの白皙《はくせき》の顔に赤い血が飛び散った光景ばかりを思い出してしまう。

「へえ、あれか」

リューリはギイの視線の先を見て、驚いたように呟《つぶや》いた。ふたりの視線の先で、セレスはゆっくりと周りを見回し、空いている席へと静かに歩いていった。

セレスの挙動をじっと観察していたリューリは、彼女が席に着いてその姿が他の訓練生に埋もれて見えなくなると、ぽつりと困惑気味に呟いた。

「想像通りだけど、まったく違うな」

「……どっちなんだ？」

「話をきいて、冷静沈着を絵に描いたようなやつだろうと想像してた……うん、それはその通りだけど、想像してたより若いな」

「彼女は十四歳だからね。僕よりも年下だ」

「そう、そうだよな。噂はきいてたけど、本当にまだたった十四の女の子だ」

セレスは年齢の割に背が高いが、その他はいたって普通の少女だ。だからこそ、彼女の持つ異質さが際立ってしまうのかもしれない。

「レミのところの考えなしどもがしつこくいい寄った挙句、あっさり断られて魔術を使って脅しをかけたという話をきいた。ギイ、現場は見たか？」

「いや、僕が見たのは途中からで……」

ネレイス城内での許可のない魔術行使は禁じられている。いかなる理由があってもだ。ついでに、いかなる道具も他者を害するために使用してはならないという規則もある。それらの規則を、ギイや他の年下の訓練生たちは私闘の禁止ととらえていた。だが、どうやらそうではないらしいとセレスの一件でわかった。

相手が魔術を使ったというのは本当なのだろう。当事者の訓練生が、その後懲罰房《ちょうばつぼう》へ入れられたときいたからだ。しかし、セレスは使わなかった。素手で殴り倒した。相手が悲鳴を上げても、泣き喚いてもやめなかった。そのとき、ギイはネレイス城に来て初めて教師たちが喧嘩の仲裁をするところを見た。仲裁というか、セレスを羽交い絞めにして引きはがしたわけだが。

普段、教師たちは訓練生たちの生活にいちいち指図はしないし、そういう意味で監督はしない。喧嘩やいじめが起こったとしても、教師たちは何もしないのだ。気づいていても。だからこそ、三人の監督生と彼らを頂点にした勢力が存在するのだろう。訓練生たちはそれぞれ徒党を組み、互いを守る。それぞれの勢力が互いに一定の距離をとることで、大きないざこざを起こさず、結果として治安を保っているのだ。

そんな教師たちが、セレスの行動に驚き飛び出した。それほど彼女の行動は前例のない、異常なものだったのだろう。だが、だからといってその後、セレスが特に罰せられることはなかった。彼女は規則を破っていないからだ。魔術を使うこともなく、武器を使うこともなかったのだから。

素手で、顔色ひとつ変えずに、返り血を浴びるほどに上級生を殴りつけた。

それがセレス・ノキアという名の訓練生であり、故に、やって来てまだひと月も経たないというのに、彼女は畏怖を込めて〝氷の魔女〟と異名をつけられることになった。

ギイが自分の見たこととときいた話をすべて語ると、リューリは実に興味深そうに鼻を鳴らした。

「すごいな。面白い。たった十四の子が、相手を殴り倒すほどの怒りを覚えながら、魔を暴走させなかったなんて、大したもんだ」

「だから、余計に怖いんだろ……」

ギイにはリューリの呑気《のんき》な感想が信じられない。

激しい感情の起伏によって、魔が魔導士には制御できない状態に陥ることがある。それを暴走と呼ぶ。激しい感情とは、多くの場合が怒りであるが、他にも悲しみや驚きなどがある。簡単にいえば、誰かに腹が立つことをいわれて、かっとなって相手を殴った、というのと同じだ。魔導士はかっとなると魔を暴走させる。もちろん、そうならないよう、幼いころから感情の制御と操魔を徹底的に学ぶわけだが、それでも若ければ若いほど——年長でも性格的に難しい者もいる——粗《あら》が目立つものだ。ギイも今日の昼、エミルに驚かされて暴走を起こしかけたばかりだ。

だが、セレスはそうならなかった。相手を血まみれにするほど殴る、という報復行為は、かなり激しい怒りかそれに類する感情の発露の結果だろう。そんな激情を抱きつつ、それらを自分の胸の内で一旦処理し、魔の暴走を抑え……その上で、彼女は相手を殴った。

かっとなってやった、ではない。かっとなったから、その感情をどう表出すべきか考えてから、徹底的に殴るという方法を選んだのだ。たった十四の女の子が。

ギイ自身は他人を殴ったことなどない。腹が立つことがあっても、力に訴えるという選択肢は思いつきもしない。十中八九やり返されるだろうなとか、殴ったら手が痛いだろうなとか、その後の関係の修復が面倒だなとか、先に考えてしまうのだ。日々を円滑に過ごすためには、強い者には逆らわず、他者とは衝突しない方がいい。……そういう自分の臆病さが情けなく、ずるいようにも思えて、時折つくづく嫌になることもあるのだが、だからといってセレスのように、人に殴りかかる強さ——いろいろな意味での——はない。

「だから面白いんだ」

リューリはにやりとギイに笑って見せた。

「その話が本当なら、彼女は場合によっては大物になるぞ。今のうちに仲良くなっておけよ」

「なんで、僕が！」

ギイは思わずぶるぶると首を横に振った。彼女に近づくなんて、恐ろしくてできるはずがない。

「そもそも、彼女の実力なら出世するのは間違いないとしても、僕の方はどうせ脱落組だ」

セレスは実技でも素晴らしい成績のようだが、いくつかの座学などは上の学年にまじって受けているらしい。劣等感を刺激されて、つい少し拗《す》ねたいい方になってしまった。

ネレイス城に推薦されたくらいだから、ギイも故郷では優秀と見做されていた。師はかつて〈鉄の砦〉にいた魔導士で、老いて退き、田舎に私塾を開いていた。その師から、十数人の弟子の内、次代の〈鉄の砦〉を担う者として推薦されたのが、ギイだ。自分の実力には多少の自負があった。

しかし、いざネレイス城に来てみると、ちっぽけな自信などあっという間に木《こ》っ端《ぱ》微塵《みじん》にされてしまった。周囲にいるのは自分以上に優秀な者、そして自分とは比べようもない才能の持ち主たちだったのだ。

するとリューリは、何もわかっていないなとでもいいたげな顔で笑った。

「でも、これまで誰にきいても、彼女と親しくしているやつには出くわさなかった」

「……まあ、そうだろうね」

あの一件以来、セレスに近づこうという者はいない。ギイのように恐怖を抱いている者もいれば、上級生たちの誘いを暴力で拒否したことに怒りと嫌悪を覚えている者もいるが、いずれにせよ、誰もが彼女とは距離を置こうとしている。特に、本来なら一番に友好を深めるはずの同級の者たちは。

「〈鉄の砦〉は、というかあらゆる組織は、協調性のない者を嫌う。組織は単独行動を好まない。必要とされるのは組織への忠誠、連帯意識。まあ、そもそも魔導の実力があることが前提だけど」

魔導士も騎士と同じで、集団で任務に当たる。〈鉄の砦〉では、有事に備えて部隊編制され、何事も部隊ごとに動くのだ。単独任務というのは基本的にない、ときいている。だから魔導士も、若い時分から仲間との連帯を学ぶ。このネレイス城での訓練も、それを念頭に置いている。

リューリがいわんとしていることを悟って、ギイは思わず目をみはった。

「……まさか、セレスが脱落すると？」

「可能性は高いだろうな」

「そんな、もったいない」

思わず言葉が口をついて出てしまった。

セレスは間違いなく今年の訓練生の中で一番の実力を持っている。その彼女が、脱落する？　それは〈鉄の砦〉にとって損失ではないのか。

リューリはギイの言葉に小さく声を上げて笑いながら続けた。

「成績だけで決まると思っていたのか？　それなら、最初の一年で十分ふるいにかけられるさ。だが、三年目までは更に脱落者が出る。どこの訓練校でも大体同じだ。それはなぜか？　魔導の実力だけが必要な条件ではないからだ。〈鉄の砦〉にとって有益になる者を見出そうと、あるいは魔導の力があっても組織として行動できない者を炙《あぶ》り出そうとしているんだ。だから、ここには私闘を禁じる規則はない。重要なのは、どのように私闘をするかなんだ。単独で感情に任せて闘うのか？　あるいは仲間と共に計画的に行うのか？　魔術は使うのか？　武器は使うのか？　使うとしたら、その事実を隠すためにどうするか？　綿密に計画し、必要ならば仲間を見つけ、あるいは協定を結ぶ……そうしてできたのが、派閥だ。元々はな」

ギイはその説明に思わず唸《うな》った。

なぜ同じ訓練校の魔導士同士でありながら、わざわざ派閥に分かれるのか。ようやく本当にわかった気がした。そもそもどこの派閥に属するかによって、それがそのまま〈鉄の砦〉

での人脈になるということを教えてくれたのもリューリで、そのときはそういうものかと思っていたが、人脈を作るために派閥を作ったのではなく、自然と派閥に分かれたから、それが〈鉄の砦〉でも続いていくということなのだろう。

「教師たちは、訓練生の生活には干渉しない。セレスのときだって、ぎりぎりまで止めに入らなかった。つまり、日々の細かな、魔導士としての実力とは関係のない、人間関係だとか性格とか、そういうのを観察しているということか」

「そうそう。やっぱりおまえは聡《さと》いな」

からかうような調子で褒《ほ》められ、ギイは少し居心地悪くなったが、肯定されて更に確信を深めた。

ずっと不思議だったのだ。私塾では、師が親代わりのように厳しく生活を管理していた。兄弟弟子たちとの喧嘩などもってのほかで、すれば厳しい罰が課せられたのだが、ネレイス城の生活はまるで違っていた。

自分たちは常に観察されているのだ、という事実が、急に怖くなってきた。日頃の訓練中だけでなく、試験の結果だけでなく、もしかしたら一挙手一投足に至るまで……ギイが内心では人と関わることを煩わしく思って、しょっちゅう書庫へ行っていることも。そのうえで、〈鉄の砦〉にとって有益な人間か、そうでないかを判断されているのかもしれないのだ。

「まあ、そういうわけだから、あの子は危ないだろうな。とはいえ、優れた才能が埋もれていくのは惜しい」

まったくその通りだ。セレスの人間性はともかく、才能については誰もが認めるところだろう。

「だから、そうならないようおまえが今のうちに仲良くなっておいて、助けてやればいいじゃないか」

ギイは呆気にとられた。なぜそうなるのだ。

「あのね、だから僕の方が脱落する可能性は高いっていってるんだけど」

「いいや、違うね。おまえは必ず出世する。賭けてもいい」

リューリの口調は確信に満ちたものだった。一体その自信はどこから来るのか。

「賭けるったって、何を？」

友人の根拠のない自信に呆れながらそう指摘すると、相手ははたと気づいたような顔になり、苦笑した。

「そういえばそうだ。賭けるようなものを、何も持ってないしな。金持ちになる予定もないし」

それはお互い様だ。金はもちろん、私物だって微々たるものだ。せめて本当に出世するのであれば、出世払いという手があるだろうが……そんなことがあるはずないのだ。どうやら自分は一生賭け事には縁がなさそうだなと、ギイは思った。

「よし、じゃあ約束してやるよ。いつかおまえが出世したら、おまえがたとえどこでどんな死に方をしようとも……戦死しようが、刑死しようが、獄死しようが、必ず俺が骨を拾ってやる。ついでに、毎年命日には花でも供えてやろう」

いきなり話が飛んで、ギイは面食らった。そして、その内容にも。

「……なんで、ろくでもない死に方ばかりなんだよ」

思わず非難を込めていい返すと、それもそうだとリューリは再び声を上げて笑った。

その明るい笑顔を見ながら、ギイもつられて笑う。きっと自分は〈鉄の砦〉に入れたとしても、平魔導士で終わり、師のように老いて故郷に戻って私塾でも開くのだろう。

まあ、それも悪くない人生だ。

金風節二の月一日　セレス

4

ある日、部屋に戻ると扉の外に自分の荷物がまとめて置いてあった。しっかりと閉じられた扉は、短い期間だが同じ部屋で過ごした同級生たちの意志に他ならなかった。そして、部屋を追い出されたセレスを、別室の訓練生たちは見て見ぬふりをし、誰ひとり部屋に迎え入れようとしなかった。

別に構いはしない。ネレイス城は広い。探せばいくらでも空き部屋はある——物置のようなところも含めればだが——。結局セレスは鷹の塔と呼ばれる城塔の一階に、古い寝台の置かれた部屋を見つけて勝手にそこを自室とした。

長い間使われていなかったせいか、寝台の脚は軋《きし》むし床石はところどころ浮いていて、昼はともかく夜は慎重に動かなければ躓《つまず》いて大怪我をしかねない——実際、使い始めて連続三夜、派手に転んでしまった——が、ひとり部屋だから持ち込んだ勉強道具を気兼ねなく広げられるのがいい。それに、面白い発見もあった。

ある朝起きたセレスは、床石の一部がずれていることに気づいた。昨夜躓いたせいだろうか。直そうとして外れた床石を持ち上げたところ、紙片が出て来た。

おそらくこの部屋はかつてこの城が、百年前に城塞として機能していたころ使われていた兵士の詰め所だろうと思っていた。ということは、百年前の兵士の記録……という期待を一瞬抱いたが、よく見るとその紙は近年出回り出した質は悪いが大量生産が容易で安価な紙だった。つまり、百年前の兵士の記録ではなく、ネレイス城が訓練校になってからここを使っていた訓練生のものなのだろう。よく考えればこの部屋の寝台は埃《ほこり》を被っていたものの、壊れたところはなかった。近年まで使われていた証だ。

何年か前の訓練生の記録――愚痴《ぐち》でも書きつけた日記か――でも、読むには面白いかもしれないと、破れやすくなっている紙をそっとポケットに入れてセレスは部屋を出た。セレスの今日の予定は、午前中は座学、午後からは羊の世話だ。本当は羊の放牧は数人が組になって行う仕事なのだが、彼女と一緒に行動しても良いという者は今日も見つからないだろう。まあ、多少手間が増えるくらいだから、別に構わないけれど。

今日も秋晴れのいい天気だ。セレスはため息をつきながら苦々しく空を見上げた。午後もこの天気が続けば、ききわけのない羊たちを追い立てて牧草地へ連れて行くのは、さぞかし楽しい仕事になるだろう。

セレスはラバルタ北西部にあるリール村の、あまり裕福とはいえない農家の五人きょうだいの四番目、次女として生まれた。幼いときから賢い気のきく子だと両親からは褒《ほ》められ、日々母親の手伝いと弟の世話に明け暮れていた。

賢いのは自分でもわかっていた。賢いからこそ、自分の本当の望みを隠して、両親の……特に父の望むようないい娘を演じられたのだ。

大きな町ならいざ知らず、リール村のような小さな村では、子どもたちはろくな教育を受けられない。近くの聖導院で読み書きだけは教わったが、町の学問所に行かせてもらえた兄たちと違い、それ以上のことは学べなかった。どうせ嫁に行き、子を産み、夫と子どもの世話をする女にそれ以上のことは必要ないと考えられていた。

本当は兄たちより自分の方がずっと物覚えがいいことをわかっていたから、彼らだけ学べることに悲しみと失望と、そして微かな怒りを覚えていた。だが普段はそれをひた隠し、兄想いの少し愚かな妹を演じ続けた。ひとつ年上の姉、エレンだけは、そんなセレスの心の内に気づいていたらしく、嫌味な子だと妹のことを嫌っていた。

セレスは幼くして自分には人にない力があることに気づいていた。はっきりとは覚えていないが、おそらく五つか六つのときには、自覚があったと思う。漠然とした大きな力の流れともいうべきものと、自分が繋《つな》がっていることに。それに気づくと同時に、その力が人々の忌《い》むものだとも理解していたから、学びたいという望み以上に隠さねばならないこともわかっていた。ついに導脈を持つことが露見してしまったのは、九歳のころだった。

導脈は目には見えないので、生まれてすぐこの子には導脈がある、とわかるものではない。ではどうしてわかるかというと、導脈を通じて魔脈に繋がっている子どもは、感情の起伏によって様々な現象を起こすのだ。手を触れずに物を壊したり、風を起こしたり、ときには他者を傷つけてしまったりする。いわゆる暴走だ。

訓練すれば導脈を通じて魔脈から引き出した力、〈魔〉を、自分の意のままに操り――これを操魔という――様々な現象を引き起こす、魔術を行使することができるようになる。だが、これはきちんとした訓練を積まなければ無理だ。

セレスは幼いながらに感情を制御し、暴走を抑え、自分の力を隠していた。ただ、厄介なことに導脈は体の成長と共に強化されていく。つまり、徐々に扱える――無意識に扱ってしまう――〈魔〉の量は増えていくのだ。

例えるなら、最初は半分ほど水の入った椀を持って水を零《こぼ》さないように生活しているようなものだったのが、徐々にその水の量が増え、ついに縁までひたひたに満たされた椀を持って日々を過ごすようになるようなものだ。ただ怒ったり、悲しんだり、喜んだりといった感情の大きな変化を意志の力で抑えれば、導脈が隠せるという段階ではなくなっていった。

九歳になったある日のこと。セレスが兄たちの本をこっそり拝借して、物置小屋で密かに勉強しているところを、近所の悪童たちに見られてしまった。彼らは女のくせにとセレスをからかい、両親や兄たちにいわないでほしいと懇願するセレスに意地悪な笑みを向けて残酷にいい放った。悪いことをしているのはおまえなのだから、その報いを受けるべきだ、と。

その瞬間、必死で築いた小さな自分の世界が崩壊してしまうと悟ったセレスは、頭が真っ白になって何も考えられなくなった。そして気がつくと、悪童たちは無数の切り傷から血を流して泣き叫び、村中の大人たちが集まっていた。

彼らは声を揃えて叫んだ。こいつは魔導士だ、と。駆けつけてきた両親の、驚愕に見開かれた目が、絶望と嫌悪に満ちた目に変わった瞬間はいまだに覚えている。

導脈を持つ者……魔導士は、最も下賤《げせん》で穢《けが》れた存在だ。一夜にしてセレスは、家族想いの優しい娘から、家族に破滅をもたらす悪しき存在へと転落した。両親は瞬《また》く間に近くの町の知らない魔導士の下へセレスを弟子入りさせることを決め、数日後には生家を追い出された。家族の誰もセレスをまともに見ようともせず、弟は石を投げた。二度と帰って来るなと。不思議なことに、姉のエレンだけはまっすぐに睨《にら》みつけ、『勝ち逃げするのね』とわけのわからないことをいったが。

『あんたはずっと、兄さんたちより、わたしより、自分の方が賢いって、思ってたんでしょ』

『うん』

『……本当に、嫌な子。わたしは、あんたに導脈があるってわかる前から、あんたのことが嫌いだったわ』

なぜかひとり怒っている姉とも別れて、セレスは近くの町の魔導士の下に弟子入りした。

そこでは、他にも十人に満たない少年少女たちが魔導を学んでいた。

突然家族に邪険《じゃけん》に扱われ、悲しくなかったわけではない。あのときは胸が張り裂けそうだったし、どうしてもっとうまく隠せなかったのかと自らを責めた。これからは、どこに行っても人々から嫌われ厭《いと》われる魔導士になるしかないのだと思い、絶望した。しかし、師の下で魔導を学び始めてからは、少し意識が変わった。

魔導士にならなければセレスが再び学問に触れる可能性はなかった。

魔導士になるためには、幅広い知識が必要だった。最低限の読み書きでは到底足りず、むしろ古語までも完璧に読み解けなければならなかった。算術も簡単な計算だけではなく、かなり高度なものが要求され、それからラバルタとその周辺国の歴史……どれも広く、深い知識が要求された。

ある意味で、セレスの望みは叶った。平穏な人生と引き換えに。一生蔑《さげす》まれる身分となることで。

もし選ぶことができたなら、どちらを選んだだろうかと考えることがあるが、いつも決まって答えは出ない。

姉弟子に、髪を焼かれ、崖から落ちた後でさえも。

セレスはみんなより遅く弟子入りした。にもかかわらず、他の誰よりも早く、そしてこれまで前例のない十三という幼さで、〈鉄《くろがね》の砦《とりで》〉直営の訓練校への推薦が決まった。単純にもっと知識を学べると胸を躍らせたセレスを、これまで新たな家族、兄弟姉妹だと思っていた他の弟子たちが、ある夜近くの山に呼び出した。いつも訓練に使っている山だ。密かに祝いたいのだといわれ、なんの疑いもなく姉弟子の後をついていき、様子がおかしいと気づいたのは山深く、叫んでも誰も気づかないところまで入り込んでからだった。

姉弟子たちに囲まれ、なぜおまえだけなのだ、おまえが選ばれるのだと罵倒《ばとう》された。それから、おまえさえいなければと、最年長の姉弟子がセレスの髪に火をつけ、驚いたセレスは必死に炎を消そうともがくうちに、足を滑らせて崖から落ちてしまった。

幸いなのか、崖を転がり落ちたことで火は消え、大怪我は負ったが命は助かった。崖下のセレスは翌日の昼、通りかかった猟師に助けられたが、全身には火傷《やけど》を負い、骨はあちこち折れていた。当然、ネレイス城行きは延期となり、しばらくの間は寝台から起き上がることすらままならない日々が続くことになった。

朝、セレスがいないことに、他の弟子たちも、師も気づいていたはずだ。だが、誰も探しに来なかった。忙しくて気づかなかったのだと、みんなは泣きながら謝ったが――あの場にいた者でさえも――おそらくそれは嘘だ。自分はみんなに憎まれていたのだと、ようやく気づいた。かつて望みながら〈鉄の砦〉に入ることが叶わなかった師もまた、嫉妬のせいで目が曇り、弟子たちの行為を見て見ぬふりしていた。

いつの間にか、セレスはひとりで夜風に当たりに出たところを、おそらく魔導士を嫌う暴漢に襲われたということになっていた。その暴漢を探す者はいなかった。魔導士がいわれのない暴力を受けるのは今に始まったことではないから、犯人を捜しても罪に問うことはできないだろう、というのが師や年長の弟子たちの意見だった。それはもっともだったが、彼ら自身が本当にそう思っていないことはセレスにもわかった。

真実は違うのだ、と何度も説明しようとしたのだが、なぜかしばらくの間、セレスは口がきけなくなってしまった。自分でもなぜだかよくわからない。姉弟子たち、師を見ていると、死の恐怖が、そして殺意にも似た怒りが湧いてきて、全身が凍りつき、声が出なくなるのだ。ようやく声を取り戻したときには、姉弟子たちにとって事件は過去のものになっていた。彼女たちは、セレスの事件をなかったものにしようとしていた。

嫉妬とは、人をこんなに恐ろしい存在にするのだと、セレスは初めて知った。それと同時に、自分の胸の内に冷たい怒りの炎が燃え広がるのを感じた。

自分はどうすればよかったのか？　幼いころのように、愚かなふりをすればよかったのだろうか。魔導士として生きるしかない以上、己の力で地位を得るしかないのに？

散々考え抜いた挙句、セレスは結論を見出した。

人を信じたのが間違いだったのだ。人に隙を見せたからいけなかったのだ。

誰でも、簡単に敵に回る。表の顔に騙《だま》されてはいけない。攻撃する隙を与えてはいけない。もしこちらに害を加えるようなら、そんな気が二度と起きないように先手を打つのだ。非道な行いに泣き寝入りするだけではだめだ。

そんな決意を胸に、一年と数カ月の療養の後、セレスはネレイス城へと旅立った。


床石の下から見つかった紙片は、どうやら日記のようなものらしかった。それもあまり筆まめな人物ではなかったのか、文章は箇条書きで、おそらく日付も飛び飛びだ。

『青一、（掠《かす》れて読めず）日 ダレン去る。予定より早い。

青二、十五日 今年は十人。例年通りか』

青一は、青水節一の月の意味だろう。時期からして、次年度に残れなかった者が出た事実を記したものと見える。

脱落者。

毎年、十人前後の訓練生が適性なしと見做《みな》されるというが……途中から入った自分は、どういう評価を下されるのだろうか。

魔導士としての実力は、かなり上の方だというのはわかっている。しかし、今のままではまずいこともわかっていた。

今後、数人ずつで実地訓練を行うようになったとき、自分と組んでくれる者がいるとは思えなかったし、もし相手を見つけられたとしても、上手く連携をとれるとは思えない。

どうやらネレイス城の訓練生たちは、三つの勢力に分かれているらしい。それを知ったのは、そのうちのひとつに属する上級生を殴り倒した後だった。

自分たちの仲間になれ、自分たちに従え、という態度で接してきた上級生に苛立ちを覚え突っぱねたところ、相手は矜持《きょうじ》を傷つけられたとでも思ったのか、ことあるごとに絡んでくるようになった。そしてついに、数人で周囲から見えないようにセレスを囲み、魔術を使って脅しにかかってきた。放っておけば、ずっと続くだろう。かといって、暴力に屈して仲間になるのは業腹だった。吹雪のような怒りがセレスの内で荒れ狂い、それから冬の青空のように思考は静かに晴れ渡った。やるべきことはひとつだ。

囲んできた集団の中心的存在であるらしい青年に、全身の体重を乗せた一撃を打ち込み、何が起こったかわからず呆然とする青年が反撃に出る前に二撃目を繰り出し、地面に倒れ込んだ彼の上に馬乗りになった。相手の歯に当たって拳《こぶし》の皮膚が裂けたが、構わず殴り続けた。胸の内には冷たい炎が燃え盛っていたが、頭は終始冷静で冴え渡っていた。

力を用いて強引に他者をねじ伏せようというなら、同じようにやり返される覚悟を持っているか？

セレスは一撃一撃に、その問いを込めた。

立場の弱い者が、常に泣き寝入りするなどと思わないことだ。数にものをいわせれば相手を従えられるなどと、思わないことだ。

一応報復も覚悟していたが、どうやらその恐れはなさそうだった。というのも、あの後、三つの勢力をそれぞれまとめている監督生と呼ばれる訓練生のひとりが、セレスを訪ねてきたのだ。

小柄でほっそりとした暗い赤毛の女性は、アレンカと名乗った。彼女の話によれば、セレスに手を出してきたのはレミという監督生がまとめる勢力の者たちだったそうだ。

『彼らの独断でやったことだから、レミは怒っているし、これ以上の手出しはさせないでしょう』

レミは少々粗暴で、弱い者や女性を見下す傾向にあるらしいが、それは相手が弱いからこそ強い者が守ってやらねばならないという意識のせいだと、アレンカは分析していた。彼の態度には苛立つものの、少なくとも筋は通った人間だと。そのうえで、アレンカはセレスに自分の勢力下に入るのが最も現実的な判断だと思うがどうするか、と問うてきた。

あの事件以来セレスの周囲には人が寄りつかなくなった。どうやら危険人物と認定されてしまったようだ。その上、どこの勢力にも属さないとなれば、いよいよ孤立するだろう。アレンカは理知的な人物だとわかったし、彼女の下に入れば安全は保障され、ついでに〈鉄の砦〉での人脈も作ることができるのだろう。どうしても自分のところが嫌ならば、ヴァレルのところへ入るのをすすめる、とも彼女はいった。アレンカの勢力は女性魔導士が多く、そもそもレミたちに対抗する形で集まったこともあり、いわば敵対関係にあるらしい。それに対しヴァレルは中立的で、入っても害はないだろうと。

アレンカの申し出は非常にありがたいものだ。彼女がセレスの安全と将来のことを考えて話してくれたのもわかる。アレンカは、誠実で公平な人間なのだろう。

だが、どうしてもセレスはその提案を呑めなかった。

人はひとりならばやらないことを、集団になると平気でやってしまう。姉弟子たちに囲まれたあの夜のことを、セレスは時折夢に見る。自分ひとり彼らから締め出され、憎悪の対象となったときの絶望を。それと同時に、自分があちらの側に回ってしまうことへの嫌悪感も。だから、結局セレスはひとりでいることを選んだ。しかしそうすると、脱落の二文字がちらつくようになるのだ。

出世したいわけではない、と思っている。地位や名誉が欲しいわけではない。セレスが望むのは、学ぶことだけだ。もっと、自分の知らない知識を得たい。知らないことを知るという快感を得たい。得続けたい。そのためには〈鉄の砦〉へ行くのが一番だろうとわかっている。

まだひと月も経っていないが、ここの教師の大半が非常に優れた魔導士であることはわかった。故郷の師とは知識、実力ともに雲泥の差だ。故郷では得られなかった知識がここでは得られる。おそらく、〈鉄の砦〉へ行けばもっと。

木陰に座ったままぼんやりと遠くへ目をやると、夕陽に赤く染まる空の下、巨大な城壁が聳《そび》え立っているのが見えた。

ネレイス城は数百年前に建てられた城塞だ。元々は異民族からの防衛のために築かれたという。最後に戦火に巻き込まれたのは百年前で、そのときに中央塔は大半が焼け落ちたらしい。その後、城の持ち主となったエルマール卿はこの城を城塞ではなく居城として使用しようと考えたらしく、新たに建て直した部分には防衛機能を装飾のようにしかつけていない。

しかし、結局改修を命じた当時のエルマール卿はほとんどこの城に住むことはなく、以後子孫の誰も住んではいないらしい。いわば廃城となっており、そこを〈鉄の砦〉の魔導士の一派が訓練校として借り受けたのだという。

わざわざ居城として改修しておきながら、なぜほとんど住むことなく、下賤な魔導士などに貸しているのか？　噂によると、この城は呪われているらしい。

百年前に起きた戦争は、内乱だった。王子のひとりが王座を狙って兵を挙げたものの、結局追い詰められて居城であるネレイス城に籠城した。しかし、必死の抵抗空しく正規軍に包囲され、最後は落城。王子は捕縛され、王都に送られることもなくその場で処刑され、遺体はネレイス城の城壁の上に晒《さら》されたという。

その王子と彼の忠実な家臣たちの怨念がこの城には巣食っており、彼らは夜な夜な亡霊となって現れ、ここに住まう者たちを苦しめるのだ。そういう話が、地元住民たちの間ではまことしやかに囁《ささや》かれているそうだ。

たまたま羊の放牧に来ていた、この辺りの老いた女魔導士が教えてくれた話だ。

地元の人間なら、まず近づかない。特にこの時期は、と彼女はいった。

『もうすぐ真光日《しんこうじつ》だ。真光日は黒の魔女の支配する日。生と死の境が最も曖昧《あいまい》になり、死者が清算を求めて戻って来る日だからね。だから清算の日とも呼ばれる。それも、今年は百年の節目の年だ。何が起きるかわかりゃしない』

老魔導士はわざとらしく声を低くして脅かすように語ったが、根底には彼女自身も怯えを抱いていることは透けて見えた。

『あの城は人食い城なんて呼ばれてもいるしね。あの城からはいつの間にか人が消える。なぜだろうね？』

なかなか興味深い話だ、とセレスは思う。

真光日はバルテリオン教の祭日だが、この辺りではただそれだけではないのだろう。黒の魔女とは、地方によっては黒衣の魔女、闇の魔女、あるいはもっと直接的に死の魔女、などとも呼ばれる悪しき存在のことだ。死者を墓から蘇《よみがえ》らせ、操るといわれている。お伽噺《とぎばなし》の中で子どもを怯えさせるために登場する存在だが、その由来はおそらく、バルテリオン教が伝来する前に信仰されていた古い神々だろう。神々、などといったら、聖導師たちが眉を吊り上げて怒るだろうが。

確かに、夕陽に照らされて影を長く伸ばす城塞にはなんともいえない気味の悪さが感じられた。まるで影に取り憑かれているかのような、今にも闇に呑まれそうになっているかのような。

ぼんやりと伸びゆく影を眺めていたセレスは、はたと我に返った。いつの間にか日が暮れかかっている。今日は月初めの祈禱の日だったのに、すっぽかしてしまった。慌てて立ち上がり、思い思いに草を食む羊たちを見回す。とんでもなく遠いところまで行っているものまでいるではないか。

（またやってしまったわ……つい考えごとに没頭してしまった）

家にいたころには、常にいい子であろうと気を張っていたからこんなことはなかったが、魔導士となってより多くを学び始めてから、ついつい思索に耽《ふけ》りすぎて時間を忘れてしまうことが増えた。

「こら、戻りなさい！　帰るわよ！」

杖を振り回して羊たちを追い回すが、なかなかいうことをきかない。なんとか尻を押して歩かせることに成功しても、その動きはのろのろとして遅々として進まない。数頭をやっと進ませたと思ったら、他の数頭がのんびり休み始めるといった具合だ。

「ねえ、犬、働いてよ！」

羊追いのために連れて来た白と黒のぶち犬の姿を探すと、木陰に身を伏せ、目を閉じて休んでいるではないか。

「ちょっと、働いて！　犬！」

ぶち犬は近づいてくるセレスをちらりと見上げたが、すぐにまた目を閉じた。おまえのいうことなどきくものか、とでもいいたげだ。完全に舐《な》められている。少し腹が立ったが、自分ひとりでは方々に散った羊たちを集められないのは明白だ。

「ねえ、お願いだったら。犬……じゃなくて、犬くん？　犬さん？」

最後には懇願するように犬の前に跪《ひざまず》くと、ぶち犬は仕方ないなあというように欠伸《あくび》し、起き上がってゆっくりと伸びをした。それから、歩いて羊たちの元へ向かっていく。

セレスがようやく羊たちを連れて城内に戻ったのは、とっぷりと日が暮れたころで、そのころにはとうに晩餐は始まっていたのだった。

5

金風節二の月二日　ル・フェ

この城は何か変だ。

ネレイス城で働くようになって、ル・フェは日々それを感じている。

日中は忙しさに紛れて忘れているが、夜になると途端に思い出させられるのだ。この城の昼の顔と夜の顔はまるで違う。

夜になると空気は地下から冷気が湧き上がるかのように冷たく、そして重くなる。闇がまとわりつくようにそこここで凝《こご》っているように見える。いつもどこかで不気味な泣き声がし、それがときには地の底からきこえているようにすら感じるのだ。

更に、あり得ないものを見ることもあった。

結局鐘塔《しょうとう》の下の空き部屋に移ったル・フェが、一日の最後の仕事として自室に戻る前に、中央塔一階の戸締まりを確認していたときだ。燭台《しょくだい》で照らしていた廊下の先が不意に明るくなり、賑やかな声がきこえてきた。その声は近づけば近づくほど明瞭になり、宴《うたげ》でも催しているかのように騒々しくなった。そして、見慣れない部屋の戸をくぐった途端、その先に飲み、食べ、歌い、騒ぐ大勢の人々が現れたのだ。

卓の上には様々な料理が隙間もないほど載せられ、古風な服装の男性たちが何十人もそれらを囲んでいた。ある者は樽から酒を注ぎ、ある者は空いた場所で剣技を披露していた。給仕をしている女性を巻き込んで踊る者もいた。階上からは明るい楽の音が鳴り響き、嬌声《きょうせい》があちこちで響き渡る……目の前のそんな光景に、ル・フェは面食らってしまった。

そのままどれくらいぼんやりと眺めていたのか、ふと肩を叩かれて振り返ると、怪訝《けげん》そうな顔をしたモーリーンが立っていて、辺りは急に夜に戻ったかのように暗く、手にした燭台の小さな灯だけが灯っていた。

『壁に向かって、何を突っ立ってるの？』

モーリーンの言葉通りだった。ル・フェの目の前にあるのは、冷たい石壁だったのだ。

今、ここに扉があって、その先で大宴会が繰り広げられていて、と説明しようとしてできず、ル・フェが混乱のあまり壁を指さしておろおろしていると、モーリーンは眉をひそめた。

『まさか、あんたまで幽霊を見たなんていわないでしょうね？　この辺りで、宴会だの舞踏会だのを見たって子、結構いるのよね』

まさにそれだ、とうなずこうとしたが、モーリーンはル・フェの方は見ようとせず、さっさと部屋に戻るよう急かしただけだった。

『ここ、改修される前は大広間があったとかいう噂なんだけど……どうなのかしらね。前の建物は、百年前の戦争で燃えたって話だし、本当のことは誰も覚えていないのよ。とにかく、気味の悪い話は勘弁してほしいものだわ』

あれは本当に幽霊たちの宴だったのだろうか。確かに、そこに広間があり、歌い踊る人々の声を耳にし、熱気を肌に感じたと思ったのに。

他にも時折、自分のものではない足音がきこえるような気がした。すぐ傍《そば》で誰かが話しているように感じることもあった。

ル・フェだけではないらしい。ケイトたち三人は仲が良いようだが、昼間は仕事があるからそうそう一緒にいられない。しかし、夜は必ず共に行動しているようだ。特にその中のひとりは、夜になると人気《ひとけ》のないところには行かず、闇に視線をやらないようにしているように見える。おそらく彼女も何かを感じるか、見るか、きくかしているのだろう。

あれらは、一体なんなのだ？

考えてもわからないし、深く考えてもモーリーンのいうように気味が悪いだけだ。幸い、一日中目まぐるしく働いているおかげで、夜は死んだように眠ることができる。たとえ、眠りに着く直前まで、どこかで泣き声がきこえたとしても。

料理人のクリークには一度だけ出くわしたが、今にも絞め殺してきそうな目つきで睨《にら》まれた。彼は本当にセルディア人が嫌いなようだ。まあ、彼のような人間に出会ったのは初めてではないから、驚きもしない。とにかく、他の少女たちと一緒に中央塔の掃除を行い、彼女たちが食事の準備に取りかかる間は家畜の世話に当たるのが、ル・フェの仕事になった。

家畜番のジェフはモーリーンにきいていた通り、頑固で無口で決して自分のやり方を曲げようとせず、愛想などまったくなかったが、少なくともクリークと違ってセルディア人だからといってル・フェを追い払うことはしなかった。ほとんど口を開かず、指や顎で指図するだけだ。

ル・フェは動物の世話をするのは初めてで、初めは鶏に追いかけられたり、馬に背中を突かれたりしたものだが、ジェフの仕事ぶりを注意深く観察し、彼の真似をするようになってからはだんだんと慣れてきた。特に、犬の世話は楽しかった。

ネレイス城で飼われている二頭の犬は羊や牛を放牧する際に追うためのもので、番犬ではないから見た目も恐ろしくはない。

ル・フェは二頭の内、白と黒のぶち犬の方に特別な感情を持っていた。何せ、名前がローレンなのだ。

あの少年とは、あの夜以来、何度も会って今ではすっかり打ち解けている。たぶん、ル・フェにとって初めてできた友だちだ。

「ジェニー、ローレン」

名前を呼んで餌を入れた皿を振りながら犬舎に入ると、二頭は目を輝かせて尻尾を振りながら近づいて来た。勢いよく皿に頭を突っ込む様を見ているル・フェの顔からは、にやにや笑いが消えない。

(〝ローレン〟だって……あいつも、この子たちの世話をしたことあるのかな。どんな顔して、自分と同じ名前の犬のことを呼ぶんだろう)

それを考えると、おかしくてたまらない。

そのとき、不意に犬舎の扉が開く音がし、ジェフに次の仕事を申しつけられるのだろうと思いながら振り返ったル・フェは、その場に固まった。そこに立っていたのは、美しい銀髪の少女だった。すらりとした長身の、大人びた少女だ。腰に青い布を巻いているから、訓練生だとわかった。そうでなくても、ル・フェたちより若干小綺麗《こぎれい》な服を着ているから大体わかるのだが。訓練生たちには特別な制服のようなものはないが、大体服装は似たり寄ったりだ。女性は飾り気のない色あせた無地のドレスで、男性はこれまたくたくたになった質素なシャツと継ぎの当たったズボン。どうやら、使えるものは下の学年の訓練生たちに回していくのが慣習らしい。

これまでル・フェは、訓練生たちからもセルディア人であるうえ、口がきけないということで様々な嫌がらせを受けていた。向こうはちょっとからかったつもりかもしれないが、そんなことが何度も続くと、訓練生が自分の目の前にいるというだけで緊張するようになってしまう。ごく稀《まれ》に、訓練生の中でも奇特な者がいて、逆にセルディア人だということに興味を持って近づいてくる者もいたが、ほんの数人だ。

「羊を外に連れて行くから、犬を借りたいの。ジェフには許可をもらっているわ」

銀髪の少女はよく通る声でそういった。彼女はどちらだろう？　ル・フェを蔑《さげす》む方か、逆に興味を持つ方か……。ル・フェはなんとかうなずいて見せ、食事を終えて満足そうに体をかいている二頭の方に目をやった。羊を追うのはローレンが得意なはずだ。しかし、ローレンを見て少女は不貞腐《ふてくさ》れたような顔になった。

「あら、その犬……昨日は随分と手こずらせてくれたわね」

どうやらこの子は以前もローレンを連れて行ったことがあるらしい。ローレンは賢い犬だが、賢いがゆえに人を見て行動を変える厄介なところがある。ル・フェも最初のころは完全に舐《な》められていて、散々振り回されたものだ。

ル・フェは銀髪の少女を横目で観察した。彼女はル・フェを見ても、顔色ひとつ変えなかった。嫌悪感をあからさまにしたり、面と向かって侮辱の言葉を投げつける者もいるのに。では、ル・フェがセルディア人だと気づいていないのだろうか。それはない、と思った。理由があるわけではないが、少女の落ち着いた動作や穏やかな眼差しからは、むしろ他の訓練生より聡明さを感じる。

（……きっと、この子は悪い子じゃない）

直感としかいえないのだが、なんとなくそう思った。

「ローレン」

ル・フェが呼ぶと、ローレンは耳の後ろをかいていた後ろ足を止めて、じっと見上げてきた。

（からかわずに、この子のことを助けてやってよ）

頭を撫でながらそう心の中で呼びかけると、ローレンはぶるりとひとつ体を震わせ、大人しく少女の方に向かっていった。

「この犬、ローレンっていうのね」

少女に話しかけられて、ル・フェは初めて自分が声に出して犬の名を呼んでいたことに気づいた。おかしなもので、自分が声を出していたとわかると、途端に喉の奥がぎゅっと締まり、それ以上一音も出せないと思ってしまう。

「名前を呼ばれないのは、気分が悪かったでしょうね。ちゃんと前もって名前をきいておくべきだったわ。ローレン、この間はごめんなさい。今日はよろしくね」

ル・フェは最初、少女が何をいい出したのかと混乱してしまった。自分が話しかけられているのかと思ったが……そうではない、とすぐに気づいた。少女は犬のローレンに向かって、生真面目に謝罪しているのだ。少女が聡明そうな表情で淡々と犬に語りかけるのを見て、ル・フェは危うく吹き出すところだった。

当のローレンはというと、少女の声に反応してしばらく彼女の顔を見つめたかと思うと、自分から素直に犬舎の外へと出ていった。少女はル・フェに向かってありがとうというと、ローレンの後を追った。

銀髪の少女とローレンが見えなくなると、入れ替わるようにケイトたちがやって来た。彼女たちが自分からル・フェに話しかけるなど珍しい。しかも、笑顔で。ル・フェは本能的に身構えた。初めて会った日から、彼女たちがル・フェをよく思っていないのはわかっていたし、暴力を振るってくることこそなかったものの、わざとル・フェにもきこえるように陰口を叩くのは日常茶飯事だった。

「ねえ、悪いんだけど、サイモン学長の部屋の掃除、代わってくれない？　わたしたち、すっごく忙しくて手が離せなくて。でもほら、学長って気が短いから、やれといわれたらすぐやらなきゃいけないでしょ。あんたしか手の空いてる人がいないのよ。やってくれるわよね？」

あくまで頼んでいるふうを装っているが、有無をいわせない口調だった。ついでに、他の人間に話しかけるときと違って、やたらゆっくりと話す。まるで、そうでないとル・フェには理解できないとでも思っているかのようだ。耳がきこえないわけではないし、頭は良くはないかもしれないが、普通に喋《しゃべ》ってもらっても理解できるのに。

この時間帯は忙しいというのは嘘ではないだろう。昼を過ぎたころだから、遅い昼食をとっている者の世話と、昼食の片づけとに追われている時間だ。だが、誰も手が空いていないというのはおかしい気がするし、何より家畜小屋までル・フェを呼びに来ることなど今までなかった。そもそも、三人で呼びに来ている時点で、手の空いた者が少なくともふたりいるはずだ。

しかし、何か妙だと感じながらも、ル・フェに断るという選択肢はなかった。そんなことをしたら、相手は一気に友好的な仮面を脱ぎ捨てるだろう。

ぎこちなくうなずくと、ケイトたち三人は意味ありげに笑みを交わし合った。

「じゃあお願いね、今すぐよ。学長は部屋にはいないと思うけど、仕事はきちんとするのよ。ああそれと、落ちてる物もすべて拾ってね」

そういって念を押すと、三人はそそくさと中央塔の方へと戻っていった。

ちょうどジェフにいいつけられた仕事が終わったところではある。なんとなく心に引っ掛かりを覚えたまま、ル・フェは身振りでジェフに説明して、まず中央塔へ掃除道具を取りに行き、それから学長の部屋がある緋色の塔の方角へと歩き出した。

日々、城内を走り回っているうちに、ル・フェにもネレイス城の全体像が把握できるようになっていた。ネレイス城の城壁はちょうど五角形のような形になっており、それぞれの頂点には城塔がある。城の入り口である楼門《ろうもん》の反対側、北に位置するのが、最も大きな城塔で緋色の塔と呼ばれている。緋色の塔の南東にはそれより少し小さい祈りの塔が、南西には鷹の塔がある。いずれも、ル・フェは外から見るだけで、これまで入ったことがなかった。城壁に囲まれた内郭に中央塔があり、今までは中央塔の掃除や家畜小屋の手伝いしか命じられなかったのだ。

中央塔を出て北に向かい、小さな楼門を左手に見ながら緋色の塔へと向かう。訓練場からは訓練生たちの威勢のいい声が響いてきた。彼らに姿を見られないよう、ル・フェは物陰に隠れながら素早く移動し、緋色の塔へと入った。そのまま人気のない階段を四階分上がると、大きな一枚板の扉が現れた。

荒れた息を整え、緊張を鎮めようと深呼吸を何度かしてから扉を叩く。当然返事はないが、一応礼儀としてそうしなければならない気がしたのだ。

もう一度深呼吸して恐る恐る扉を押すと、すんなりと開いた。中に人の気配はなく、無造作に書類が積まれた机や乱れたままの寝台、本がばらばらに差さった書架などが見えた。暖炉の灰もたっぷりと溜まっている。そういえば、日が暮れてくると暖炉に火を入れるよう命じられ、ケイトが文句をいいながら毎日のように暗い中を塔へと向かっている姿を目にしていた。

部屋に入ったル・フェは早速仕事に取りかかった。できることなら、さっさと済ませて早くこの部屋を出たい。使用済みのリネンを集めて一カ所にまとめると、灰を掻きだし、汚れたタイルを拭いていく。机には分厚い書物や帳面、細かく文字の書きつけられた紙が積まれており、書き損じたのか丸められた紙片が床にいくつも転がっている。丸められたものは捨てもいいだろう。だが他にも、ただ机から落ちただけなのか、折れ曲がったり汚れたりしていない物もある。これらは必要なものなのだろうか？

（落ちてる物も全部拾えっていわれたけど……）

「おまえ、そこで何をしている！」

手にした紙をどうすべきかル・フェが迷っていると、背後でガタンという大きな音と怒りに満ちた大声が部屋中に鳴り響いた。驚いて振り返ると、老年の男性がかっと目を見開き、憤怒《ふんぬ》の表情でこちらを睨みつけていた。

短く刈られた髪には白いものが少ししかまじっていないが、蓄えた口ひげはほとんど真っ白だ。この厳めしい顔つきの魔導士と面と向かって話したことはないものの、彼がここの学長でサイモンという名だということはモーリーンのとりとめのないおしゃべりから知っていた。

「その手に持っているのはなんだっ……誰に頼まれた！　どこの手の者だ！」

握り締めた拳《こぶし》を震わせながら、サイモン学長が迫ってくる。目の前でその拳が机に激しく叩きつけられた。

「なんとかいったらどうだ！」

大きな音と声に身が竦《すく》み、ル・フェの喉はいつも以上に締まっていくような気がした。今にも息ができなくなりそうなほど。

皺《しわ》だらけの紙片を持つ手が震えてしょうがない。頭が真っ白になって、激しい目眩《めまい》がした。何かいわなくては、自分は掃除に来ただけだと説明しなくては……せめて、身振りで。そうしなければ、あの岩のような拳が、今度は自分に振り下ろされてしまう。

「学長、どうなさいました？」

階段をバタバタと駆け上がる複数の足音が近づいて来たかと思うと、部屋に数人の男女が飛び込んできた。物音と声に驚いたのだろう、全員慌てた様子だ。学長よりも少しだけ若そうな老年の魔導士と、見たことがない中年の男性魔導士、まだ青年の若い魔導士ふたりと同じ年頃の赤毛の女性魔導士がひとり――彼らは監督生と呼ばれている訓練生だろう――、そして最後に入って来たのはソル師だ。

「アンセル、ウィラー、間諜《かんちょう》だ！　……どこから入り込んだ、おまえ！」

「間諜だと……？」

アンセルとは確か副学長の名だったはずだ。呼びかけに反応した副学長もさっと顔色を変える。驚きから、怒りへ。ル・フェを睨みつける彼の背後で、ウィラーと呼ばれた中年の魔導士は恐怖に慄《おのの》いている。彼の後ろにいたソル師が赤毛の魔導士に何か囁《ささや》き、うなずいた彼女が階段を駆け下りていく背中が見えた。それから、ソル師はゆっくりと進み出た。

「お待ちください、学長。その子は先日新しく入った下働きの娘です」

「いつもの娘はどうした！　掃除に入る者は決まっていたはずだ。それに、決して私に無断で入るなどいいつけておいただろう!」

ソル師に向かって怒鳴りつける学長を見て、ル・フェは震えながらも状況を理解した。ケイトたちが仕組んだのだ。ケイトの任された仕事を勝手に交代すれば学長が怒ることをわかっていて、わざとル・フェに行かせたのだ。怒った学長が、ル・フェを追い出せばいいとでも思っていたのだろうか。それとも、単純に嫌がらせしたかっただけなのか。

「この部屋のものに、勝手に触るな!」

学長はル・フェの手から紙をもぎとった。その勢いでル・フェはよろけて倒れそうになってしまったが、いつの間にか傍にソル師が立っていて転ぶのを防いでくれた。

「……学長の私室ともなれば、余人に見せてはならない重要な書類なども多いでしょう。ですがご安心ください、サイモン学長。このル・フェは読み書きができませんし、口もきけません。ここで何を見たにせよ、それを理解することはできないでしょうし、その内容を誰かに喋ることもできません」

ソル師がいつも通り淡々とした口調でそう説明すると、学長は血走った目でル・フェを見やり、吐き捨てるようにいった。野蛮人の娘か、と。その目にははっきりと侮蔑《ぶべつ》が込められていた。

そこへドナが赤毛の魔導士と共に部屋に駆けこんできた。彼女は恐怖と驚きによって目を見開いている。学長は厳しい眼差しを、今度はドナに向けた。

「いつもの娘はどうした？」

「も、申し訳ありません。ケイトは……その、厨房《ちゅうぼう》の方が立て込んでいたもので……大変申し訳ありませんでした」

ドナは深々と頭を下げた。他に言い訳をすることもなく。おそらく、ル・フェを見て大体の事情を察したのだろう。

「二度と、私の許可なく、担当を変えるな」

「はい、申し訳ありません」

ふとル・フェは視線を感じて恐る恐る目を上げた。すると、アンセルがじろじろとル・フェの方を見ている。

「ソル、この娘が、文字が読めず、口がきけないというのは本当か？」

「はい、間違いありません。そうよね、ドナ」

「……ええ、そうです」

「耳がきこえないのか？　仕事はできているのか？」

「いいえ、耳はきこえます。よく働いてくれているようですよ」

ソル師の答えに、アンセルは深くうなずいた。

「どうでしょう、サイモン学長。これからは、この娘に身の回りのことを任せては？　……その方が、何かと安全かと思うのですが」

その提案に、ル・フェはぎょっとした。こんな恐ろしい人の部屋に、毎日のように来なくてはならないのか？　あの厳しい眼差しで見張られながら、いつ怒鳴られるかと怯えなければならないのだろうか。

だが、よくよく考えてみるとサイモン学長がそんな提案を受け入れるはずがないと思い至る。あれだけル・フェに嫌悪と怒りを抱いていたのだ、学長はきっと断るだろう。

しかし、ル・フェの予想に反してサイモン学長は侮蔑の色を顔に浮かべたまま、だが、怒りはすっかり消えた様子で小さくうなずいた。

「……それもそうだな。あのケイトとかいう娘は、少し賢《さか》しらなところがある。いいだろう。ドナ、今日から私の部屋の掃除はその娘に任せることにする。その娘以外、誰にも立ち入らせるな。いいな？」

有無をいわさぬ口調でそういい渡すと、学長は手を振って出ていけと合図する。どうやら主要な教師と監督生たちだけで何か話をするために集まっていたようだ。ル・フェはドナに促《うなが》され部屋を出てそのまま階段を下り、緋色の塔を後にした。塔を出るまで、ドナは無言だった。ル・フェが勝手なことをしたから怒っているのだ。ドナの足が止まったら正面に回って頭を下げよう、そう思いながら早足で歩くドナの背中を追う。すると、歩きながらドナが口を開いた。

「ケイトたちが、あんたに行けといったんでしょう」

そうだ。だが、それを認めてしまったらどうなるだろう。告げ口をしたと――口がきけないのにおかしな表現だが――ケイトたちは怒るのではないか。

ル・フェが迷っていると、急にドナが立ち止まり、振り返った。その顔には怒りは見られず、むしろ労《いたわ》りに似た表情が垣間見えたような気がした。

「……気は進まないかもしれないけど、決まってしまったものはしょうがない。学長の部屋の掃除、きっちりやりなさい」

どうやら怒られることはないようだが、新たな仕事からは逃げられないらしい。そう悟って、ル・フェは神妙な面持ちでうなずいた。ため息を漏らすのはすんでのところで我慢する。本当に、本当に気は進まないが、ここを追い出されるよりはましだ。

夜になって仕事が終わり、部屋に戻っていいと許された後、ル・フェはよくわざと遠回りをして帰る。すると時々、途中で声をかけられるからだ。

「やあ」

今晩もまさにそうだった。

ローレンは時折ふらりとル・フェの前に姿を現してくれるから、そんな日は寝る前のわずかな時間を共に過ごす。その日起きたことを面白おかしく語ったり、ときには愚痴《ぐち》めいたことを漏らしたり。不思議でならないのだが、何年も誰とも喋れなかったル・フェは、ローレンとだけはまるでそんなことはなかったかのように普通に話ができた。それは初めて会ったあの夜から変わらない。だから、彼と話すのは何よりの楽しみとなっている。

ローレンは長い間この城で働いているのか城内の様子に詳しく、城壁のどこが崩れていて危険で、どこに抜け道があるかなどをよく知っている。彼はいつもル・フェを楼門の西にある城壁へと連れて行った。途中の階段は崩れているところもあり、他に上って来る者はいないらしい。ローレンだけが安全に上る道を知っていた。

城壁に上がると星の輝く空がよく見える。眼下に広がる草原や森、その先にある村々は、まるで世界そのものが闇に沈んだかのように暗く、静かで、おそらくひとりなら恐くて我慢できないだろう。だが、ふたりでいるとその静けさがむしろ心地よいぐらいだった。

ル・フェは、これまで使うことを許されなかった、ちょっとした魔術を披露してローレンを驚かせるのが好きだった。最初に蠟燭《ろうそく》に火を灯して見せたときのように、ローレンは大袈《おおげ》裟《さ》に驚いてくれる。きっと、本当はなんでもないことなのに、ル・フェを励ますためにそうしているのだろう。

あるとき、燈心《とうしん》に灯す火をいくつも空へ打ち上げて見せた。まるで星のように見えないかと思ったのだ。しかし、ル・フェの上げた小さな炎は暗い空では星ほど光り輝いては見えず、暗くぼんやりと光っただけで消えてしまった。思ったより美しくなかったので、ル・フェは落胆したのだが、そのときもローレンは興奮した様子だった。ただその後、城内で昨夜怪しい光が空にいくつも上がるのを見たという噂が立ったので、一度きりしかやっていない。

「学長の世話を?」

今日の話をきかせると、ローレンはたじろいだ様子を見せた。

「世話というか、床の掃除をしたりとか、食事を運んだりとか……さっきも、早速暖炉に火を入れろって呼び出されてさ。棚や机には絶対触れるなっていうんだけど、あんなに恐ろしい目つきで見張らなくたって、別に盗みなんてしないよ。そもそも最初は、あたしを間諜だとかいったのよ? そんなことあるわけないでしょ。何考えてんだろ?」

一体どこからやって来た間諜だというのだろうか。サイモン学長の秘密を探らせるにしたって、もうちょっとましな、ちゃんと文字が読めて頭も働く人間を寄越すだろうに。

「後ろ暗いところがあるから、疑心暗鬼になってるんだろう」

「後ろ暗いところって?」

「……いや、ただの憶測だけどね。とにかく、あの人は神経質で思い込みの激しい厄介な性格だから、十分気をつけるんだ」

ローレンの表情は真剣で、だからこそル・フェは急に不安になってきた。ル・フェが読み書きできないこと、人に情報を漏らせないことがお気に召したのだろうが……なぜあそこまで神経を尖らせるのだろう? ローレンのいう通り、学長たちには何か隠している悪事があり、あそこに置いてある文書にはそれについて書かれているのだろうか?

「う、うん……でも、本当にあたし、字、読めないし」

「それなんだけど、君の先生は読み書きを教えてくれなかったのかい？」

元々ル・フェは、聖導院が営んでいる孤児院の前に捨てられていたこと、拾われて導脈があるとわかってからは魔導士でもある聖導女に指導を受けていたことは、ローレンに説明してあった。

「教えてくれたよ。ただ、あたしが馬鹿だから、覚えられなかっただけ」

「どんなふうに教わったの？」

ル・フェにとって、読み書きを覚えられなかったという事実は、自分が如何《いか》に他の子より出来の悪い人間であるかを認めるものなので、あまり触れたくない話だ。なぜそんなことをきくのだろうと思いつつも、無視するのも悪いと思って、思い出すだけで息苦しくなる日々を語り始めた。

「どんなって……バルテリオン教の教えを書いた本、あるでしょ。清真《せいしん》ってやつ。あれをエメリン聖導女が読むから、あたしは後について読むの……でも、あたしのいい方は、変、だから……上手くできなかった。書くのは、清真を見てその形を書き写すのよ……でも、どうしても変な形になっちゃって」

読む度に途中で遮られ、エメリン聖導女の顔に失望の色が広がっていったあの瞬間が脳裏に蘇《よみがえ》る。あるいは、書き写した文字を見せたとき、その歪《ゆが》んだ線に眉をひそめる瞬間が。

『ル・フェ、ちゃんとやらなきゃだめじゃない』

穏やかな声が、いつもル・フェを断罪した。ちゃんとできない、愚かで不器用な自分を。

「そ、それでも、頑張ろうとは、したんだよ。……そう、〝光〟っていう字は、何度も出て来るから、覚えた。今でも見たらわかるよ。あと、〝炎〟っていう字は、なんとなく形が好きなんだ。他の字も……なんとなく形は書けてると、自分では思うんだ。でも、いつもどこかの棒が短いとか、曲がってるとか……間違いなんだって……」

声が夜の闇に消えていくような気がした。本当は自分自身が闇に消えて、この世からなくなってしまえばいいのにと思う。

ル・フェは何もできない。何も覚えられない。頭が悪くて、話すこともできなくなって、だから聖導院を追い出された。

「見て」

不意にローレンが屈みこみ、落ちていた石の欠片《かけら》を拾って並べ始めた。やがてそれは、複雑な線の群れになる。

「これは〝ローレン〟。僕の名前だ」

「ふ、ふうん」

「で、たぶん……君の名前はこうじゃないかな。もしかしたら、ちょっと違うかもしれないけど」

ローレンは自分の名前の下に、もうひとつ線の群れを作った。見たことのない形だ。そういえば、誰もル・フェに名前の綴り方を教えてはくれなかった。

これが自分の名前なのか、と不思議な気持ちで眺めていると、あることに気づいた。

「ローレンの名前のここと、あたしの名前のここ、形が似てない？　あ、そういえば、〝光〟っていう文字にも、似た形があった気がする」

そういってローレンの顔を見ると、彼は嬉しそうに笑って何度もうなずいた。

「そうそう。同じ字だよ。言葉というのは、ひとつひとつの文字を組み合わせて作られるんだ。まずは、そのひとつひとつの形を覚えるのがいいかもね」

そうなのか、とル・フェは衝撃を受けた。これまで言葉は、それぞれいろいろな線が組み合わさっているもので、すべて違う形だと思っていた。そして、それをそのまま丸覚えしないといけないのだと。だから、似ている形があっても、それはル・フェがわからないだけで微妙な違いがあり、それを見分けたり書き分けたりできないから、エメリン聖導女を失望させていたのだと思い込んでいた。

（……もっと早くに、教えてくれたらよかったのに）

いや、教えようとしていたのだ、きっと。でも、ル・フェの頭が悪いから、理解できなかっただけ。

ル・フェはローレンがやるように石を並べ、自分の名を綴った。何度も何度も綴るうちに、不思議とこれが自分なのだと確信のようなものが心の中に芽生えてくる。

ル・フェ。ル・フェ。愚かな、セルディア人の娘。未熟な魔導士。でも、そんな自分でも名前を綴れたぞ、と小さな自信も目覚めた。

その後もローレンや光、炎など、いくつかの短い言葉の正しい綴り方を教わり、ル・フェは何度もそれらを綴った。あまりに夢中になっていたため、いつの間にか時間が過ぎていたらしく、いつも遅くまで起きているジェフの小屋の明かりも気がつくと消えていた。

そろそろ部屋に戻らなければ、とル・フェが立ち上がろうとした瞬間、楼門へと続く歩廊の上に、ゆらゆらと宙に揺れる何かを見つけ、月明かりに浮かぶその正体を確かめようと目を凝らして……ル・フェは声にならない悲鳴を上げた。

死体だ。絞首台に吊るされた死体がふたつ、風もないのにゆらゆらと揺れていた。

「ル・フェ！　どうしたんだ？」

思わずその場にうずくまったル・フェの様子に慌てたローレンが傍に屈みこむ。ル・フェは震える指で、ローレンの背後にある楼門を指さした。もう一度視線を上げることはできなかった。

「どうしたんだ？」

ローレンの心配そうな声をきく限り、彼にはあれが見えていなかったようだ。あちら側に背を向けていたからだろうか。

「し、死体……吊るされた、死体が……」

「……死体？」

ローレンの声は一瞬狼狽《うろた》えたような、困惑したような調子になる。だから彼にも見えたのだろうとル・フェは思ったのだが、予想に反して落ち着いた声が続いてきこえてきた。

「いいや、ル・フェ。何もないよ。大丈夫」

怯える子どもを慰めるような優しい声だ。その声に、ル・フェは逆に反発を覚えた。そんな馬鹿なことがあるはずない。確かに、ル・フェはこの目で見たのだ。ローレンにしっかり指し示そうと、ル・フェは覚悟を決めて顔を上げ、そして呆然とする羽目になった。

先ほど揺れていたふたつの死体は、もうどこにも見当たらなかった。

「うそ……そんな馬鹿な……だって、あたし、見たんだ、本当に！　死体が、ふたつも、吊るされて……」

「顔は見た？　服装は？」

「か、顔までは、見てない。ふ、服装は……貴族みたいに立派だったと思う」

「そうか。じゃあきっとそれは……エイベル王子とその叔父だろうね。彼らが吊るされたのは西の塔と楼門の間の城壁の歩廊の上だった」

ローレンの声は落ち着き払っていて、怖いくらいだった。彼は見えない死体の話を穏やかにした。ル・フェがその端整な顔をまじまじと見上げると、彼は小さく苦笑した。

「君は、百年前にこの城で戦争があったことを知ってるかな？」

モーリーンがそんなことをいっていたし、毎日城を走り回るうちにいろいろな噂が耳に入るようになり、その中にどうやらこの城には大昔の戦争で死んだ兵士たちの幽霊が出る、というものがあるのは知っていた。

「ちょうど今から百年前だよ。そのころ、病に伏した王の後継者争いが起こってね。王子のひとりが兵を挙げた。それがエイベルという王子。叔父にそそのかされたんだよ。有力貴族たちは王位を継承するはずと目されていた第一王子に不満を持っており、エイベル王子こそ王に相応《ふさわ》しいと思っている、とね。だから第一王子を討って自分が王になろうとした。だけど、本格的に進軍を開始する前に、その動きを読んでいた第一王子に居城であるネレイス城を包囲され、結局自分の方が討たれ、反逆者として遺体をこの城の城壁に晒《さら》されたんだ……まあ、大体そんな話だ」

「ひ、百年前？　なんで、百年も、死体が……」

吊るされたままなのか。そうききかけて、そうではないと途中で気づいた。

あれは幻影なのだ。大昔に死んだ人間の、無念かあるいは怨念が見せる幻。あのもう今はない大広間の宴と同じだ。

体から急に熱が奪われていくような感覚がし、ル・フェはがくがくと震え出した。訓練生たちの幽霊を見たという話、夜中にどこからともなく泣き声や叫び声がきこえるという話が一気に頭の中を駆けめぐる。

「ル・フェ、怖いのかい？」

「あ、当たり前じゃない！」

今、この瞬間も百年も前に死んだ人間たちが歩き回っているのかと思うと、気味が悪くてたまらない。しかし、ローレンは少し首を傾げて笑った。

「彼らは何もしないよ。何もできない。生きている人間に、害をなすことはないんだ。彼らはただ、理不尽に死んだことが納得できなくて、なんとか受け入れることができるまで、彷徨《さまよ》っているだけだ」

「で、でも……」

「まあ、一部の人間の安眠を妨げていることは否定できないけど、少なくとも幽霊に殺された生者はいないよ、ル・フェ」

なぜか確信を持っている様子で、ローレンはそう請け合った。

「彼らの声を聴いたり、姿を見たりできるのは、全員じゃないんだ。人によるらしい。ル・フェは、ちょっと見やすいのかもね。波長が合うというか」

そういえば、この城を見た瞬間からル・フェは何か異様な気配を感じていたのだ。これまでは幽霊云々についてよく考えたこともなかったけれど。

「ゆ、幽霊と波長が合うなんて、嬉しくない」

思わずいうと、ローレンが声を上げて笑った。

「そういわないでよ。君が優しいということだよ。それと、同じ苦しみを知っているから、かな。この城で亡くなった人々の中には……無理やり戦いに引きずり込まれ、結局見捨てられて死んでいった者たちもいる。ただ利用され虐《しいた》げられた人生だった者たちが。自分の理不尽な運命に、抗議の声を上げることも、ましてや戦うことなんてできなかった者たちが、ね」

そういうローレンの澄んだ青い瞳は痛いくらいに真剣で、憐れみに満ちていた。それを見て、ル・フェは急に死者の影にただ怯えた自分が恥ずかしくなった。

もしかしたらローレンのいう通り、彼らは何もできないのかもしれないし、死の苦しみに百年もの間耐え続けているだけなのかもしれない。

ローレンは部屋の近くまで送るよ、といってル・フェが立ち上がれるようになるまで待ち、来たときと同じように慎重に階段を下り、城壁の外へ出た。そして、鐘塔へと戻っていくル・フェに手を振って見送ってくれた。

「生きている人間を傷つけることができるのは、同じ生きている人間だけだ。気をつけて、ル・フェ」

6

金風節二の月四日　ギイ

　ネレイス城には祈りの塔と呼ばれる城塔がある。その最上階は、元は聖堂として使われていた場所らしいが、今では書庫となっている。

　魔導書や、他にも歴史書や文法書などがあり、訓練生は自由に出入りして閲覧することが可能だ。書庫番のリース師の許可を取れば貸し出しも可能だというが、ギイはこのいかにも不健康そうな、目のぎょろりと大きい禿頭《とくとう》の魔導士が苦手で、閲覧しかしたことがなかった。

　書庫にはいつもあまり人がいない。おそらく、上級生たちは必要があれば借りていくのだろうし、下級生たちは貴重な自由時間を薄暗い部屋で過ごすのはもったいないと思っているのだろう。だから、書庫は落ち着いて考えたいことがあるときや、落ち込んだときのギイの避難場所となっている。

　リューリと初めて出会ったのも、ここだった。

　この訓練校に入ったばかりのころ、元々苦手だった古語の授業についていけず、課題ばかり溜まっていくギイは人に助けを求めるのも恥ずかしくて、ひとり書庫にこもって必死に勉強していた。そんなある日、疲れ切っていたせいか、うっかり課題を書庫に忘れたまま部屋に戻ったのだ。翌朝慌てて取りに来たのだが、自分の間違った解答の上から知らない字で正解と思しきものと、間違いやすい文法についての助言、それから『精進したまえ、若者よ』という冷やかしめいた言葉を見つけて赤面する羽目になった。同時に、人を馬鹿にしたような言葉に、少々怒りも覚えたのだ。もっとも、後から問いただしてみても、本人はそれを書いたのは自分ではないなどといい張ったのだが。

とにかくそのときギイは、自分の勉強不足は否定できないがあまりに屈辱的だ、と珍しく憤激してしばらく書庫に通いつめ、ついに自分と同じくらいよく書庫にやって来る少年を見つけた。そして、ひと言文句をいってやろうと勢い込んで声をかけたはずだったのに、最初の怒りはどこへやら、いつの間にか相手の独特の雰囲気に巻き込まれて談笑していたのだ。

結果として、その彼、リューリが一番の友となっている。

同室の者たちや机を並べて学ぶ者たちも友人と呼んで差し支えないのだろう。だが、ときにギイは彼らに対し若干の苛立ちと嫌悪感を抱いてしまうのだ。

その日、タイルの焼成に失敗したギイは、意気消沈して祈りの塔の階段をとぼとぼと上った。

ネレイス城では、訓練生たちがタイルの生産を行う。といっても、普通のタイルではない。

この辺りでとれる特殊な土は、高温で短時間焼くと非常に美しい青色に変化するという特徴があるらしい。しかし、この高温で短時間というのが厄介で、普通に窯《かま》を熱しても必要な温度に達するには時間がかかりすぎてうまくいかない。つまり、魔術を用いてしか焼成することはできないのである。

このタイルの美しさは貴族の間でも称賛されているため、タイルの焼成は訓練生のための訓練のひとつであると同時に、ネレイス城を運営するための貴重な収入源となっていた。

短時間で一気に高温に熱し、更に一定温度を保つ、というのは非常に高度な操魔技術が必要で、少しでも温度や時間がずれるとタイルは黒ずんでしまう。その調整は、まさに針の穴に糸を通すかの如く繊細なものだ。

誰もいない書庫の隅の、窓際の席に座って何を見るともなしに中庭を見下ろす。

焼成はいくつかの班に分かれて行うのだが、ギイたちの班はこの訓練が始まったころから失敗が続いている。みんな一生懸命にやっているのはわかっているのだが、どうしても仲間内ではぎすぎすした空気が漂うようになり、それもまた気分を落ち込ませる原因となっている。

ちょうど、その仲間たちが中庭を通る様子が見えた。彼らは途中で立ち止まり、通りかかった下働きの少女に何かちょっかいをかけている。あれは最近新しく入った、セルディア人の少女だ。異民族だからと、至る所で彼女がからかわれたり嫌がらせをされたりしているのを目にした。……本当のことをいうと、ギイも加担したことがあるのだ。積極的にではない。しかし、仲間たちが彼女の足を引っかけたり、ひどい言葉をかけたりするとき、その場にいた。止めることもせずに。

ギイ自身には、セルディア人に対する嫌悪感はほとんどない。彼らが国境を侵して放浪したり、ラバルタ人の領地内で狩りをしたりしてもめごとを起こすのは、主にラバルタ北部でのことで、南部寄りの中央地方で生まれ育ったギイにはあまり実感がないというのが正直なところだ。

それに何より、既にギイは自分が迫害される側になるという経験をした。厳しくとも自分を跡取りと見做《みな》していた父と、愛してくれていた母、祖父母や使用人たちから、ある日突然、蔑《さげす》まれ最初からいなかった者として扱われる苦痛を味わったのだ。両親たちは導脈があるとわかった息子を魔導士の下へ送り、その存在を家系から消した。ギイは数年後、弟が生まれたことも知らされなかった。

ついでにいうと、領主である父は特別冷酷ではないが、自領の民が領主である自分のために働くのは当然という考えの持ち主であり、概《おおむ》ね民からは嫌われていた。だから、魔導士に弟子入りしたギイは、兄弟弟子たちから同じ魔導士でありながら、嫌われ者の領主の息子、貴族だという理由でずっと仲間外れにされてきた。まともに名前さえ呼んでもらえずに。誰からも受け入れられない、どこにも居場所がないという点で、セルディア人にはどこか共感めいたものすら抱いていたのだ。

それなのに、仲間たちがあのセルディア人の少女に嫌がらせをするのを、止められなかった。彼女を庇《かば》うことで、自分も再び嫌がらせの対象になるのではないかと、怖かったのだ。ネレイス城に来てからは、誰もギイの出自を知らないおかげでなんとかみんなの中に溶け込めているのに。

そんな卑怯《ひきよう》な自分が、時折無性に憎くなる。自分は人に受け入れてもらえない苦しみを、蔑まれる悲しみを知っているのに、我が身可愛さで自分より幼い少女がいたぶられているのを見て見ぬふりしているのだ。

(情けない)

ふと、エミルの顔が思い浮かんだ。この辺りの真光日《しんこうじつ》では、いい子には贈り物があるが、悪い子には魔物がやって来て懲《こ》らしめるのだと彼はいった。

一番悪い子なのは、魔物に罰せられるべきなのは、自分なのかもしれない。

おそらく上手くいかなかった訓練の鬱憤《うつぷん》晴らしをしたのであろうギイの仲間たちが去っても、少女はまた別の一団に囲まれている。あれは確か、アレンカのところの上級生だ。何度か品物の調達を頼まれたことがある。あの中のひとりは、いつも頼みをきいてくれるからと、昼食に出た少し上等なチーズを分けてくれた。

ギイにとっては親切な先輩だった彼女たちが、他者に対して嗜虐《しぎやく》心を剝きだすところを見るのは妙な気分だ。悲しいような、安心したような……卑怯で恥ずべき人間は自分だけではないと思えるからだろう。それから、諦めの気持ちもある。自分を含めたほとんどの人間は、結局のところそんなものなのだ。

そのとき、視界の端にもうひとり現れた。落ちゆく夕陽を受けて煌《きら》めく美しい銀髪の少女は、決然とした足取りで上級生たちの一団に向かって歩を緩めることなく歩いていく。セレスは無言のようだったが、つかつかと歩いてくる〝氷の魔女〟の姿を見て、上級生たちはさっとその場を離れていった。セレスはセルディア人の少女にうなずくか会釈《えしゃく》か、何かしたようだ。そしてそのまま来たときと同じように去っていく。

セレスが来たのは偶然だったのだろうか？　ギイの目には、いたぶられている憐れな少女を助けに来たように見えた。

自らに向けられた悪意——魔術を含めた暴力——に対し、過剰ともいえる暴力で返した恐るべき少女は、他者が理不尽に害されることも許せないのかもしれない。彼女の行為はともかく、その精神は正しい。正義だ。ギイが臆病ゆえに貫けないことを、あの少女は恐れることなく実行している。

（本当に、情けない）

自嘲《じちょう》気味に小さく笑って暗くなっていく中庭を見つめていたギイは、ついに外の様子が窺《うかが》えなくなって視線を室内に戻した。すると、揺らめく蠟燭《ろうそく》の明かりの向こう、向かいの席に、両手で顔の両側を引っ張り奇妙な顔を作ったリューリがいつの間にか座っていた。彼の暗褐色の髪のせいで、明かりが無ければその存在はすぐに闇に溶け込みそうだ。

「うわっ！……何してるんだよ」

「なんか難しい顔してたから」

それでずっとあの顔で待っていたのか。手を放し普通の顔に戻った友人を見て、思わず笑ってしまった。ひとしきり笑ってから、小さくため息をつく。

「……さっき、仲間がセルディア人の女の子を、なんていうかその、からかっていて」

「ああ、あれか」

「……今日は違ったけど、以前僕も同じ場にいたことがある」

「上から見てた」

はっきりとそういわれて、ギイは羞恥心で俯《うつむ》いた。友人の目が見られない。

「本当なら、止めるべきだったんだ。セルディア人だからといって、いじめていいわけじゃない。いや、セルディア人じゃなくたって、他の誰だって。そんなことはわかっているのに……あの子を庇って、自分が仲間外れにされるのが怖いんだよ。僕は、臆病だから」

正直にそう告白して、リューリがどう反応するか予想がつかなかった。いつも茶目っ気たっぷりでどこか超然としている彼は、自分に明らかな敵意を向けて来る者にさえ、笑って返す。そんな彼が誰かをいたぶることに楽しみを見出す人間だとはまったく思えない。己が排除される恐怖に屈する人間だとも。

「臆病は罪じゃない」

思わずちらりと視線を上げる。そう語る緑の瞳が優しくて、ギイは思わず涙が出そうになった。

「……どうかな。僕みたいな人間にこそ、魔物が来るんじゃないかって思うよ」

そういうと、一瞬リューリはきょとんとした顔をしたが、すぐに合点がいった様子で笑った。

「ああ、清算の日のことか」

「清算の日？」

「この辺りで昔から伝えられてる日のことさ。今では真光日と合わさって、そう呼ぶ者はもう年寄りくらいのものなんだろうけど。清算の日は、理不尽な死を迎えた死者たちが生者に罪の清算を迫りに死の国から戻って来るんだってさ。黒の魔女……いわゆる死神だな、黒の魔女が生と死の境の扉を開け、死者をこの世に呼び戻す日。それが罪を告白して精神を清める真光日と合わさって、いい子には贈り物、悪い子には魔物っていう祭りになったみたいだ」

なるほどとギイは納得した。なんらかの土着の信仰が関わっているのだろうと思ってはいたが、そういう話だったのだ。エミルやリシーは若いから、あまり清算の日のことは詳しく知らないのだろう。

「近隣の村人がネレイス城を恐れるのだって、元々はそれが原因だろう」

「……どういう意味？」

どの村に行っても、ネレイス城から来たといえば、いい顔をされない。それは魔導士だからだと、ギイは思っていた。

「ここが〈鉄《くろがね》の砦《とりで》〉の訓練校になるよりずっと前……百年前に戦争で多くの兵が死んだって話は知ってるだろ？」

「ああ……王子の反乱のことだね」

反乱を起こした王子の末路のことは、誰でも知っている。詳細はともかく、非業の死については訓練生たちの間でもよく噂されている。特に、彼らの亡霊が現れる、という噂は。

耳にした数々の噂を思い出し、ギイは思わず身震いした。ギイ自身は、噂にあるような真夜中に現れる幻影だとか、夜な夜な響き渡る叫び声だとか、目にも耳にもしたことがない。ない、のだが……。

「特に今年は百年の節目だからな。村の年寄りたちは特に怯えてるだろう。何か起きるんじゃないかってね。この城に長年取り憑き、渦巻く怨念が何かを起こす、と」

リューリが本気でいっているのか、それともギイをからかおうとしているのか、その目や表情からは判断できなかった。胸に忍び寄る恐怖を振り払おうと、ギイはわざとらしく笑ったが、その声は乾いていた。

「……はは。亡霊なんて、いるはずないさ。あんなのは、目の錯覚だ。いると思うから、見える気がするんだ。叫び声や泣き声なんて話も、獣の遠吠えや夜鳥の鳴き声を勘違いしただけだよ」

「そうかもな。ただ……井戸の辺りは、夜には出歩かないことをおすすめするよ」

「え」

「いや、何がどうってわけじゃない。経験上の話さ。気にしないなら、気にしないでいい」

「ちょっと」

待ってくれ、といいかけたところで、リューリの顔が硬直した。恐怖と驚きがないまぜになったような表情で、口は半開き、目はじっとギイの後ろを見つめている。

不意に、冷気がギイの首筋を撫でた、気がした。全身にぞわりと鳥肌が立つ。後頭部に、こちらを見つめる視線を感じる。そんなはずがない。幽霊なんて、いるはずが……。

そう自身にいいきかせるギイの中で、恐怖と好奇心の誘惑が天秤にかけられて揺れ……ついには誘惑の方が下がってぎくしゃくと後ろを振り返った。心臓は早鐘のように鳴り響いている。

振り返ったその先には…………何も、なかった。いつも通り木の書棚に、読み手を待ついくつかの書物が並べられているだけ。

呆然としながら視線を巡らせていると、背後から忍び笑いがきこえてきた。振り返ると、必死に声を抑えながら、リューリが笑い転げている。

「リューリ！　君、騙《だま》したな！」

「悪い悪い。だって、あんまり素直に信じるもんだから……一気に顔色が変わってくんだもんな」

「どうせ、僕は臆病者だよ！」

「だから、それが悪いとはいってないだろ」

「どうして、君はそうやって、人をからかうんだ！」

「いや悪かったって。つい、弟を見てる気分になっちまって。あいつも、怪談話をする度に泣いて、一日中俺について回ってたなって思うと懐かしくて」

言葉ほど悪びれている様子もなく、リューリはけらけらと笑っている。その様子を見ていると、恥ずかしいやら情けないやら腹が立つやらで、ギイは思わず地団太を踏みながら奇声を発した。そんなギイを見て、リューリは苦笑して小声でいった。

「おいおい、声を落とせよ。あの陰気な書庫番が、また死神みたいな顔で飛び込んでくるぞ」

その指摘に、ギイは慌てて口を押さえぴたりと体の動きを止めた。しかし、いつもは少しでも騒ぐ素振りを見せただけで、それこそ亡霊のような陰気な顔に無言の怒りを浮かべて睨《にら》んでくる書庫番のリース師は現れなかった。

ギイが怯えながら構えていると、リューリは立ち上がって近くの燭台《しょくだい》を手に取り、書庫の隣にある、普段リース師がこもっている部屋へと向かった。明かりが彼と共に移動していき、ギイの周りがまるで闇に呑まれたかのように一気に暗くなった。ぞわ、と鳥肌が立つ。この場にひとり立っているのが恐ろしく思えて、ギイは小走りにリューリの後を追った。

リューリは更に進み、大胆にも閉じている扉に手をかけて小さく押した。扉は軋《きし》みながらわずかに開く。どうやら、珍しく鍵をかけていないようだ。

好奇心に煌めく瞳がギイを振り返ってこちらを見下ろす。ふとギイはなんともいえない違和感を覚えた。

何かがおかしい。

直感的にそう思う。

何かが……。

しかし、ギイが違和感の正体をよく考える間もなく、リューリが扉を更に開けたので、ギイは慌てて首を横に振った。

「だめだよ！」

辺りを窺いながら小声でいうが、リューリは構わずに一歩踏み出した。中から咎《とが》める声がしないということは、リース師は部屋にいないのだ。

やがて扉の向こうに姿を消したリューリの驚いたような声が響いてきて、ギイは冷や汗をかきながら扉の脇から中の気配を窺った。鍵をかけていないのは、すぐに戻るつもりだったからに違いない。

「やめた方がいいって。食事か、ちょっとした用事で留守にしているだけだよ。早く出て！」

「いいから来てみろって」

まったく焦る素振りのない友人に苛立ちながら、こうなったら力づくで引っ張り出すしかないと覚悟を決め、ギイも部屋の中に入った。

そこは窓もない本当に小さな部屋だった。奥には寝台が窮屈《きゅうくつ》そうに壁につけて置いてあり、その手前には書き物机と書棚がある。狭すぎて、体を横にしなければ通り抜けられないほどだ。

元々、書庫は城主やその家臣たちが祈りを捧げる聖堂として使われていた。この続き部屋は、従軍する聖導師の居室だったのだろう。贅沢《ぜいたく》を悪と見做す聖導師らしい、最低限の広さの部屋だ。

「すごいな」

燭台を机に置いたリューリが指し示す先を見ると、書棚には見たこともないほど古い本が並んでいた。立てて並べることが憚《はばか》られるほど古く傷んでいるせいか、革の装丁の本は敷いた布の上に一冊一冊丁寧《ていねい》に倒して置かれている。

書き物机の上には、抜けた頁と途中まで文字の書きこまれた新しい紙が置いてある。どうやら、古い魔導書を書き写している最中らしい。抜けた頁は羊皮紙のようだが、あちこちがすり切れていて、読めない部分も多数あった。

「どれだけ古いんだ？　数十年って感じじゃない。……数百年とか？」

「下手したら、魔法王国時代のものだったりしてな」

リューリの言葉にさすがに笑ってしまった。魔法王国時代とは千年以上昔の、魔導士によって統治されていた国があった時代であり、伝説の域だ。結局魔導士の国は魔導士によって跡形もなく滅び、魔法王国時代と今の文明は断絶されている。特に魔導は、後世の人々に忌《い》み嫌われたせいで、その知識はほとんど失われたといわれている。

「笑うなよ。だって、魔法王国時代の魔導士の生き残りが、どこかでひっそりと知識を伝えてたって可能性もなくはないだろ。ほら、これ」

むっとした様子でリューリは羊皮紙を指し示した。覗き込んだギイは、思わずうっと呻《うめ》き声を漏らす。古語の、それも速記用の文字だ。ただでさえ今とは違う言語といってもいいほどわかりにくいうえ、速記用は流れるように崩してあるので、ギイにはほとんど読めない。もちろん、古い時代の魔導書研究に古語の読解力は必須なので、読めないとまずいのだが。正直にいって、ギイの苦手分野のひとつだ。

リューリは開かれたままの古い魔導書を指さした。ちょうど一頁目が開かれている。そこには、大きな太文字ではっきりと文言が記されていた。

「……『見てはならぬ、触れてはならぬ』それから、刻んで……いや、『記憶してはならぬ』……？　警告か？」

ギイはリューリの声に誘われるように指を伸ばし、古い革の感触に驚きながら読み慣れない文字に目を落とした。リューリはところどころ意訳していたようだ。ギイにはすぐにその文字の意味を理解することができなかった。

（見てはならない、はわかるけど……触れる、というのは五感を通してじゃないな。知識を得ることを禁ずる、ということか。刻むことを禁ずる、というのは、心に、あるいは頭に？そうだ、これは確かに、警告文だ……なぜ、そんなものが書かれた魔導書が、ここに）

「そこで何をしている」

低く冷たい声が狭い部屋に響き渡った。びくっと肩が跳ね、ギイの手が古い魔導書から離れた。反動で音もなく表紙が閉じていく。

反射的に振り返ると、いつの間に戻って来ていたのか、部屋の反対側の隅にリース師が立っていた。その顔はたった今、死者の世界から戻って来たかのように生気がなく、怒っているのか驚いているのか判別できなかった。ただ、こちらを見据える双眸《そうぼう》は闇を写しているかのように暗く不気味だった。

ふと傍らを見ると、リューリがいない。おそらくリース師の気配を感じてひと足先に逃げたのだろう。

（ひと言、教えてくれてもいいじゃないか！）

「おまえは、誰だ」

リース師が一歩足を踏み出す。自分に近づいてきているのに、なぜか存在感が希薄な気がした。まるで影が近づいているかのようだ。

「あ、そ、その、す、すみません……か、勝手に、はい、る、つもりは、なくて………ごめんなさいっ！」

息ができなくなるような気がして、謝罪もそこそこにギイはリース師と自分の間にある扉に向かって弾かれたように走り出し、部屋の外へ飛び出した。そのまま書庫を走り抜け、暗い階段を転げるように下りていく。

一階まで下りると、中庭へと続く扉の覗き窓からは明かりの灯された中央塔の姿が見えた。その場でギイは耳を澄ましたが、階上から追ってくる足音はしなかった。安堵のあまり、今更ながら恐怖で足が震え出し、ギイはその場に頽《くずお》れた。

「驚いたな。いつの間に戻って来てたんだ？」

階段下にうずくまっていると、背後で声がした。恨めしさが募り、ギイはそちらを振り返って睨んだ。

「ひどいじゃないか！　ひとりで先に逃げるなんて」

そういうと、リューリは肩を竦《すく》めた。

「合図は送ったさ。でもおまえ、取り憑かれたみたいに本に見入っていて、全然気づかないんだもんな。……まあ、置いてったのは、悪かったよ」

珍しく居心地悪そうに視線をさまよわせている友人を見て、ギイはため息をついた。確かに、大して読めもしない本だというのに、やけに心を奪われていたのは確かだ。

「あの古い魔導書はなんなんだろう？　なぜ、ここにあるんだ？」

「さあな。ネレイス城は古い城だし……築城は三百年以上前らしい。百年前の戦争で焼けたのは中央塔だけだって話だし、大昔の魔導士たちが残した魔導書が残っていても不思議じゃない。……本気で、魔法王国時代の知識だったりしてな」

「……あの警告文からして、危険な魔術なんじゃないのかな。どうして、そんなものの写本を作るんだ？」

ギイの言葉に、リューリはなんともいえない表情で苦笑した。悲しんでいるようにも、怒っているようにも見えた。

「だからこそ、だろうな。危険な魔術は、戦いで使える魔術だ。〈鉄の砦〉の魔導士たちは、派閥に分かれてより強力な魔術を研究している。それを売りにして、貴族たちに支援を求めるんだ。そして貴族たちは、魔導士同士を競わせることで分断させ、一丸となって自分たちに立ち向かってくることがないように仕向けている」

「馬鹿げてるよ……」

ギイは思わず呟《つぶや》いた。

恐怖から逃れ、極度の疲労を感じている今、ギイにとってなんの意味もないように思えた。

〈鉄の砦〉の魔導士たちの勢力争いに、苛立ちしか感じない。

「まったく、馬鹿げてる。蔑まれ、苦しめられている者同士で、どうして苦しめ合わなくちゃならないんだ。派閥だのなんだの、そんなものに分かれて争うこと自体が、一番くだらない」

吐き捨てるようにそういうと、ふっと笑うような気配がした。

「ああ、まったくその通りだ。おまえは、本当に……」

そのとき、夕食を告げる鐘の音が響いた。きき慣れたはずのその音が、なぜか今日は世界の果てからきこえてくるかのように、妙に現実感が薄く感じられた。

ギイはリューリの言葉の続きを待っていたのだが、当の本人は明かりに浮かび上がる中央塔の方を見て口を閉じていた。その顔にはもう、あの複雑な表情はない。

「早く行かないと、食いっぱぐれるな。早く行けよ」

促《うなが》されて、ギイは立ち上がった。そのまま中庭の方に出ようとするが、リューリはなぜか城壁内に通じる方へ歩き出した。

「どこに行くんだ?」

「ちょっと寄るところがある」

そういってちらりと階上に視線をやったのを、ギイは見逃さなかった。

「……まさか、ひとりで戻ってもう一度調べる、なんて考えてないよな？」

「そんな無謀なことするか。次を狙うにしても、書庫番が確実にいないだろう時間を調べてからにするさ」

やはり調べるつもりではいるのだ、とわかってギイは忠告しようとしたが、その間にリューリは笑いながら城壁の方へと消えていった。

仕方なく、ギイはひとりで祈りの塔を出て、来たときと同じようにとぼとぼと中庭を横切って歩いていく。他の訓練生はすでに食事をとるために大広間に集まっているか、自室へ戻っているのだろう。書庫と学長の部屋、それから訓練場しかない城の北東側には人気《ひとけ》がなかった。暗闇の中をひとり歩いていると、この城に来てからきかされた様々な怪談話が脳裏に蘇《よみがえ》ってくる。

『部屋に戻ろうと思って中央塔を出たら、急に方向がわからなくなったの。体は何かが覆いかぶさっているかのように重くて、動かなくて……』

『どうして、みんなきいてないんだ？　夜中に、叫び声がしたじゃないか。助けてくれって。炎が、炎がって……』

『嘘じゃない、勘違いじゃない！　確かに、誰かがいたんだ、あそこに。楼門《ろうもん》の方に……城壁の上で、風に、揺れてた……ふたつの人影が、確かに！』

『夜中にふと外を見たら、誰もいないはずの城塔の方に、青白い光が浮いてて……まるで、呼んでるみたいにふわふわ、あっちに行ったりこっちに行ったり……きっと、あれは死んだ人の魂だわ。あれ以来、怖くて夜になったら上を見上げられないの』

ギイが直接きいた話もあれば、誰かが話している場面にたまたま出くわしてきいてしまった話もある。ここでは毎日のように、この手の話が囁《ささや》かれているのだ。普段はできるだけきかないように、きいてしまったら意識的に忘れようと努めているが、一度思い出すと堰を切ったように次々と耳に話し手の恐怖に満ちた声が蘇ってきた。

まるで誰かにつけられているかのように、背後に視線を感じる気がする。足が重くてうまく動かせない気がする。視線を上げたら、城壁の上にありもしない人影を見てしまいそうな気がする。

『井戸の辺りは、夜には出歩かないことをおすすめするよ』

とどめのひと言が思い出された。

いや、あれはギイをからかうためのリューリの作り話だ……たぶん。きっと。絶対。

それでも、ギイは井戸のある方向……中央塔の中庭に思わず視線を向けた。

(大丈夫、あそこには明かりが灯ってる。あそこまで行けば、大丈夫)

そのとき、背後で小さく草を踏みしめる音がした気がした。

これも恐怖がもたらす錯覚だといいきかせたが、やはり音はきこえてきて……確実にこちらに近づいていた。

そのことに気づいたギイは声にならない悲鳴を上げ、もつれる足で走り出した。背後で何か声がきこえた気がしたが構わずに走り続け、ようやく中央塔の入り口を照らす明かりの下に滑り込むことができた。壁に手をついたギイが炎の明るさに一瞬ほっと息を吐いた瞬間、どん、と背後から同じように壁に手をつく者が現れ、思わず「ぎゃー！」と声を上げる。

「な、なんだなんだ？」

返って来たのは当惑したような、きき覚えのある声だ。そこに立っていたのは、驚き顔のリューリだった。

「どうしたんだよ。声をかけようと思ったら、いきなり走り出して」

「い、いや……き、君だったのか」

友人を幽霊と間違えたなんて恥ずかしくてとてもいえず、ギイは思わず口ごもってしまった。

（寄るところがあるといっていたけど、それにしては早いな？）

一瞬不思議に思ったが、もしかしたら自分は恐怖のあまり思った以上に歩みが遅くなっていたのかもしれず、その間にリューリはさっさと用事を済ませてしまったのだろうと思った。

まだ戸惑っている様子の友人の顔を苦笑しながら見返したギイは、もう一度「ぎゃっ」と短い叫び声を上げてしまった。目の前に蜘蛛《くも》がいる。目の前にあるリューリの頭……前髪に。

ギイは叫ぶと同時に反射的にその蜘蛛をはたき落とした。今度はリューリの「あいたっ」という声が響く。蜘蛛といっても指の先ほどの小さいものだ。毒もないだろう。

「ご、ごめん。蜘蛛がいたから……って、ちょっと、どうしたんだよ。君の頭、それに肩も、蜘蛛の巣だらけじゃないか！　一体どこに行ってたんだ？」

呆れてそうきくと、リューリは誤魔化すような曖昧《あいまい》な笑みを浮かべた。

「うん、まあ、ちょっと……探し物があってさ」

「探し物？」

そんなこと、さっきはひと言もいっていなかった。いってくれれば協力したのに、と一抹の寂しさを覚える。情けないところばかりを見せているから、自分は頼りにならないと思われているのかもしれない。

「ほら、早く行こう。食いっぱぐれたら大変だ」

蜘蛛の巣を払いながら歩いていくリューリの後を追って、ギイはようやく明かりの灯る屋内へと足を踏み入れた。

金風節二の月五日　セレス

7

あるときから、記述の内容ががらりと変わった。

『黄三、(掠《かす》れて読めず)日　ダレンの師より再び返事。まだ戻って来ていないとのこと。さすがにおかしい。

(掠れて読めず)二、(掠れて読めず)日　他の者にも協力を請う。今のところ、不明者五人。

金三、十二日　ジャニスが消えた。彼女の友人にきいても、教師たちにきいても要領を得ず』

たまたま古い紙片を見つけてから、セレスは暇さえあれば自室のいろいろな場所を探すようになった。すると、次々に紙片が出て来た。それらはそもそも何年のことかは書いていないし、月日の記述がまったく読めないものもあり、時系列順に整理するのは骨が折れる作業だったが、内容から推察して——文面にも掠れている箇所はあるが前後から推測できた——時系列順に並べていくうちに、次第に興味を覚え始めた。

最初は日々の雑事を書き留めているものが数枚だったが、やがてその内容はネレイス城から姿を消した訓練生たちに言及するものばかりになった。

最初の三年間は、毎年脱落者が出る。それは仕方のないことだが、この日記の書き手は脱落者のひとりと仲が良かったらしく、ネレイス城を去っても連絡を取り合うと約束していたにもかかわらず、連絡がとれなくなったことに異変を感じ取っていた。

日記の書き手が周囲の訓練生にも頼んで、ネレイス城を去った者たちの消息を探してみたところ、そのうち五人が行方不明になっていたというのだ。もちろん、旅の途中でなんらかの事故に遭い、命を落とした可能性がないとはいえないが。

極めつきは、ジャニスという訓練生だ。ある日忽然《こつぜん》と城から姿を消したにもかかわらず、その後、城内で彼女を見たという証言もあったらしい。

セレスの脳裏に一瞬、ネレイス城では人が消える、ネレイス城は人食い城だ、という噂話が過《よ》ぎった。馬鹿げた怪談話だと思っていたが、もしかしたら何かしらの根拠のある噂だったのだろうか。もちろん、城が人を食うわけがないから、つまりこの城の裏側で、何か起きているのではないか。

（人身売買、はないわね）

一瞬、教師たちが役に立たないと判断した訓練生たちを異国へ奴隷として売っているのではないか、という説が思い浮かんだ。普通の子どもならその可能性も皆無ではないだろうが、消えているのは訓練生とはいえ魔導士だ。どんな国でも魔導士を買うような人間などいるはずがない。この辺りの国では、ラバルタとその北に隣接するシェール以外、魔導士は存在そのものが禁忌《きんき》とされているからだ。

ならば、なぜ？

この城に長くいる者なら、何か知っているかもしれない。だが、教師たちにきいて答えてくれるだろうか。日記の主は、教師にきいてもわからなかったと書き残している。それは、本当に知らなかったからなのか、あるいは隠していたからなのか。……きくなら、年長の訓練生の方がよさそうだ。この城に長くいる訓練生の中で、公平な立場で物事を見ていそうな人物。

見違えるほど協力的になったローレンのおかげで、日が暮れる前に羊たちを城へ連れ帰ることができたセレスは、少しだけ迷った後、中央塔の二階へと向かった。南東の階段を上がってすぐに、アレンカの部屋があることは本人からきいて知っている。

階下の大広間からは、食事をとる訓練生たちの声が響いてくる。賑やかな声をききながら扉を叩いた後、一瞬アレンカも食事中かもしれないと思ったが、すぐに扉が開けられた。アレンカはセレスを見て、一瞬眉を上げた。まったく予想していなかったのだろう。

「お尋ねしたいことがあるのですが」

そういうと、アレンカは小さくうなずいてセレスを部屋に招き入れた。

部屋は狭いが、きちんと整理され、居心地よく整えられていた。寝台がひとつと書き物机、それから丸い卓が真ん中にひとつある。

セレスが最初にいた部屋は六人部屋で、ここよりもっと大きかった。監督生たちは大体ひとり部屋らしいから、その分狭いのだろう。

「わたしたちの仲間に入りたい、というわけではなさそうね」

「ええ、違います」

穏やかな表情ながら探るような目つきのアレンカと対峙し、セレスはきっぱりとそういった。それから、どう続けようかと考える。当たり障りのない話題から入った方がいいのだろうか。天候の話とか、日々の生活の話とか。一瞬そう考えたが、面倒になって本題に入ることにした。

「あなたは、訓練生の中では長くいる方ですよね？」

「そうね。一応四年目ね」

意外な問いを向けられたからか、アレンカは目を瞬《また》かせながら答えた。

「その間に、訓練生たちが失踪するという話をきいたことはありますか？」

アレンカはもう一度ゆっくりと瞬《まばた》きし、何か思案するような顔つきになった。

「……ネレイス城は、近隣の人々から人食い城なんて呼ばれて恐れられていて、訓練生の中にはそんな怪談話に興じる子も少なくないのだけど……あなたはそんな性格じゃないと思っ

ていたわ」

「わたしは、怪談話には興味ありません」

「では……他に、何か理由があってきいているということね。なぜかしら？」

逆に質問されて、セレスは答えに詰まった。自分の考えに確信があるのなら隠すつもりはないが、確信どころか自分でもまだ考えがまとまっていないのだ。まとめるための材料を集めている段階なのだから。

「それは……まだいえません」

「なぜ？」

「まだ憶測の域を出ないので。明確な証拠……少なくとも、自分が確信を持てない限りは、他の人にはいいたくありません」

アレンカはセレスの答えをきいてしばらくじっと見つめてきたが、やがて微《かす》かに苦笑を浮かべた。

「セレス、あなたは戦闘員より研究者向きね。〈鉄《くろがね》の砦《とりで》〉にいったら、そちらの部門を選んだほうがいいわ」

「……はあ」

話題を変えたのは、質問に答えない、という遠回しな意思表示かと思っていると、アレンカは卓の上にあったカップを取り、中身をすすってから呆れたように呟《つぶや》いた。まるで独り言のように。

「本当に、変わった子。普通は、どこかの派閥に属するものよ。そうでなければ、研究者としての道も開けない。でも、あなたは利を説いたところで、簡単にうなずかないのでしょうね。権威に屈したくないと思っている……というより、単純に興味がないのね、とことん。他にも理由がありそうだけど……」

アレンカはカップを置くと、さて、と切り出した。

「あなたがなぜその質問を思いついたか知らないけれど、答えは〝ある〟よ。厳密にいうなら、そういう話があったから、わたしはここに来た」

「どういうことです？」

「あなたの嫌いな派閥の話。〈鉄の砦〉にはここ数十年、大まかに四つの勢力があるわ。そして、それぞれが訓練校を持ち、そこで次代の優秀な魔導士を育成している。ネレイス城はウェノン派ね。ウェノン師はエルマール卿の支援を受けて、ここネレイス城に訓練校を作った。ただ、訓練校の役目は次代の育成だけではない」

セレスは思わず首を傾げた。そんな話はきいたことがなかった。

「〈鉄の砦〉における研究者たち……新しい魔術の開発、あるいは古い魔術の復活を目指す者たちもまた、各派閥に所属しながら研究している。自分たちの派閥が強い魔術を得て、それを武器に他の派閥より優位に立てるように。すると当然、自分たち以外の勢力が、どんな研究をしていて、それがどこまで進んでいるのか知りたくなるわよね。あわよくば、研究成果だけを掠め取りたい、というわけ。だから、互いに常に探り合っている」

「間諜《かんちょう》を使う、ということですか？」

「そういうこと。同じ〈鉄の砦〉で研究していれば、どうしても情報は漏れやすくなる。だから、〈鉄の砦〉から離れた場所で秘密裏に研究を行う。例えば、各訓練校とかね。そして当然、各訓練校にも間諜を潜り込ませる」

アレンカの話に驚くと同時に、セレスは納得もした。訓練生の数に対して教師役となる魔導士の数が多いのではないかと思ってはいたのだ。教師たちの一部――あるいは全員が持ち回りなのかもしれないが――は、研究を行っているのだ。

「訓練生が失踪するという話は、他ではきいたことがないわ。具体的に何があってそんなことが起きるのかはともかく、普通と違うことが起きると、何か特殊な研究をしているのではないかと疑うものなの。ただ、わたしが来てから、失踪者は出ていないみたい。たぶん、その数年前からいないんだと思う。脱落していった子たちのその後も、ある程度追えているから。……そうね、訓練生の失踪とネレイス城の研究に関連があるかはわからないけど、もしあるとしたら、何か問題があって中断している可能性もあるわ」

あの日記はそれなりに古いものだった。少なくとも、数年前のものではない。アレンカが来る前に起きた何かによって、訓練生たちは姿を消したのだ。そう考えて、ふとセレスはこれまでのアレンカの話に引っ掛かりを覚えた。もしかして、彼女はとんでもない告白をしなかったか？

「……つまり、アレンカ、あなたは……ウェノン派とやらとは別の、どこかの派閥の、間諜なんですね？」

「そうよ」

本人はあっさりと認めた。いや、最初から隠すつもりもなかったのだ。

「あの、普通そういうことは、隠すものだと思うのですが」

「じゃあ、誰かに伝える？　あなたが、誰に？」

そういうアレンカの瞳からはいつもの落ち着いた雰囲気は消え去り、まるで悪戯《いたずら》を思いついた子どものようだった。

「いう相手がいませんね、わたしには」

「でしょう？　それよりも、なぜあなたが失踪者についての疑念を抱いたかが気になるわ。ええ、今はいえないのよね。なら、確信が持てたら教えてちょうだい」

セレスに友人がいないことも、そして地位や名誉欲などのためにウェノン派の人間にアレンカを売る気がないことも、彼女にはわかっているのだ。ならば、ある程度情報を与えて、自分もその見返りに情報を得ようということなのだろう。

（結構、性格が悪い……いや、強《したた》かというのか……）

セレスは、上級生の意外な一面にどう対応すべきか悩んでしまった。

「訓練校での研究は重要なことだけど、〈鉄の砦〉から離れて行う分、派遣される魔導士はかなり優秀か、あるいはその逆になるの。前者の場合、数年から長くとも十年程で〈鉄の砦〉に戻る。後者はずっと訓練校にいることになる。あまり役に立たないと判断され、飛ばされたといういい方もできるわ。その分、無茶な研究にも手を出す傾向にある。成果を上げれば、〈鉄の砦〉に呼び戻してもらえるから」

長年ネレイス城にいる魔導士、と考えて、セレスの脳裏に浮かんだのはふたりだった。

「その後者とは、サイモン学長とアンセル副学長……でしょうか？」

彼らは、開校当初からいるという噂をきいたことがあった。すると、アレンカは首を仰《の》け反《ぞ》らせて笑い出した。

「普通、思いついてもはっきりとはいわないわ」

アレンカは隣の部屋にまできこえてしまうのではと危惧するほど珍しく声を上げてひとしきり笑った後、目尻を拭う仕草を見せた。どうやら、涙が出るほど笑ったようだ。ああ面白い、と呟きながら息を整えたアレンカは、ふっと真剣な面持ちになって声を潜めた。

「確かに、わたしが来てから失踪者は出ていない。でも、気になることはいくつかあるわ。わたし以外にも調べている人間がいるようだし」

「他にも間諜が？」

四つの勢力があるということは、他の二つもそれぞれに送り込んでいる可能性があるということだろう。

「まあね。わたし以外にも当然いるでしょう……ああでも、ひとりよくわからないのがいるのよね。セレス、あなたリューリ・ウィールズは知っている?」

「誰でしょう」

一瞬だけその名を頭の中で反芻してみたが、特に思いあたる人物はいなかった。セレスの答えをきいてアレンカはまた笑い出しそうな顔になったが、今度は声は上げなかった。

「結構有名よ。才能でいえば、あなたに引けをとらないかもしれないわ。去年からひとつ学年を飛び越えてわたしたちと同じ訓練を受けている……彼は、別の訓練校から移って来ているの。そういうことは、あまりないのよ。だから、誰かの意図を受けてネレイス城へ来たのじゃないかと最初は疑ったんだけど」

それはつまり、アレンカと同じく間諜の可能性が高いということだろう。

「違うんですか?」

「それにしては、彼は目立ちすぎる。本来なら、間諜は目立たないに越したことはない。わたしが監督生なんてものをやってるのは、この立場でなければ調べられないことを調べるために、仕方なくよ」

セレスは小さくうなずいた。おそらくアレンカと同じ派閥の間諜は他にもいて、目立たず動く役目は彼らがこなしているのだろう。

「でも、リューリの場合は単純に生まれつきの性格ゆえに目立っているように見える……断言はできないけど、わざと目立つ行動をとる利点はないはずだし、そもそもあの子は間諜向きだとは思えないのよね。何かを探っているという動きを隠すのも、あまりうまくない。というより隠すことにそれほど注意を払っていない、といった方がいいかしら」

間諜ではない。しかし、何かを探っている。

不審だ、と思ったが、よく考えればセレスも同じだ。リューリという訓練生も、セレスのように何かきっかけがあったのだろうか？

セレスが少し考え込んでいると、アレンカはふと思いついたというように手を叩いた。

「ああ、そうだ。ちょうどいいわ。セレス、あなた人食い城の噂話に興味津々な女の子の役をやってくれない？」

「……ええ？」

何をいわれたのかと思わず上げた声には、自分でも意図しないうちに明らかに不満の色が滲《にじ》み出ていた。

「少し前に、機織りのお婆さんがこの城に来たの。彼女は十年前までこの城で働いていた……少女のころから、という話よ。ただし、魔導士ではない」

セレスはいわれている意味がよくわからず、眉根を寄せた。ネレイス城で働く者は、全員魔導士だときいている。それは魔導士側が雇用を拒むからではなく、魔導士のために働こうという人間などいないからだ。

「近くの村の出身で、ここが訓練校となる前から、エルマール卿に城の管理を任されていた家の者だという話よ」


アレンカの部屋を出たセレスは、使用人たちの部屋のある半地下へ下りていくアレンカの後をついていった。やがて、薄暗い廊下の向こうで談笑する女性たちの声にまじって、カタン、カタン、というゆっくりと規則的な音が響いてくる。織機の音だ。

「失礼します」

燭台《しょくだい》を手にしたアレンカは薄暗い部屋の中に声をかけ、静かに入っていった。

明かりに照らされて、織機の前に座る老女の姿が浮かび上がり、椅子に立てかけられた杖の影が不気味に伸びる。老女は左半身を壁に向けて座っていた。杼《ひ》を持つ右手は微かに震えており、しみと皺《しわ》に覆われていた。瘦せ衰えた背を丸めたその姿は哀れを誘い、今にも消え入りそうに見えた。

「マーゴさん、少しお話きかせていただけないでしょうか」

礼儀正しく柔らかな声でアレンカが話しかけると、カタンという音が徐々にゆっくりになり、止まった。

「お仕事中、申し訳ありません。あなたは以前も、この城で働いていらっしゃったときいて。ネレイス城は人食い城だって噂があるでしょう？　そんなの馬鹿げた話だって、この子にきかせてやってくださいませんか？　ただの噂だって、どれだけ諭《さと》しても信じてくれないんです」

アレンカはまるできわけのない幼い妹に困り果てている姉のような声音で話している。おそらくアレンカはもっと早くにこのマーゴという老女に話をききたかったのだろう。しかし、まだ分別のない噂好きの少女ならいざ知らず、監督生である彼女が突然機織り女に会いに行くのは不自然だ。だから噂好きの少女役を、セレスにやれということなのだ。

セレスは渋々とマーゴに近づいた。

「……この城では昔から人が消えるってききました。本当のことなんですよね？　友だちが消えた人を知ってるっていってたんです」

セレスがそういったとき、老女がこちらを微かに振り向いた。マーゴは目深《まぶか》に頭巾をかぶっているので、その顔はほとんど隠れている。しかし、頭巾の下からわずかに見える右の顎から顔の上方にかけて幾本もの赤い筋が見えた。彼女は顔を何度も切り裂かれているのだ。傷と傷が近いため、肉が盛り上がって大きな傷痕となっていた。顔を頭巾で隠しているのは、この傷のせいなのだろう。もしかしたら左側にも傷はあるのかもしれない。

「ただの噂、でしょう？　わたしがここへ来て四年になりますけど、訓練生も先生方も使用人も、誰もいなくなったりしていませんもの。脱落していった子も含めて」

アレンカに密かに突《つ》かれて、セレスは必死に続く言葉を探した。

「……アレンカが知っているのは、たった四年です。もっと前には、人がいなくなったことがあったんじゃないですか？　特に脱落した訓練生なんて、不自然な消え方をしても調べられることはないでしょうし。……えーと、とにかく、ずっと昔には、そういうことがあってもおかしくないんじゃないかなって。あなたは……」

何十年も前からここで働いていた、そう続けようとしたセレスの腕を、急にマーゴが摑《つか》んだ。その予想外の力強さにセレスは続けようとしていた言葉を咄嗟《とっさ》に呑み込んだ。老女の動きはその老いた見た目からは考えられないほど素早く、セレスの隣でアレンカも驚きに動きを止めている。老女の手を離れた杼がぶら下がって織機に当たり、数回寂しげな音を立てた。

やがて、囁くような小さな、低い押し殺した声がきこえた。

「この城には、恐ろしいものがいる。それだけは、確かだよ」

その言葉をなんとかきき取ったふたりが思わず視線を交わしていると、マーゴは椅子から立ち上がり、部屋の奥にある寝台へ向かうと出ていけというふうに手を振った。

それ以上の話は受けつけないというかのように、マーゴは寝台に横になってこちらに背を向けた。仕方なく、セレスとアレンカは小声で礼を述べて部屋を出た。

「意味ありげな答えだったわね。あれは肯定ととっていいのかしら。行方不明者はいた、という」

　暗い廊下を歩きながら小声で尋ねるアレンカに、セレスはすぐに答えられなかった。左腕には老女の手の感触が残っている。それに、彼女の歩き方。

「セレス？」

「アレンカ、あのお婆さんはどうして勤めを一度辞めてしまったんですか？」

「詳しくは知らないけど……年齢のせいという話じゃなかったかしら。今回は、どうしても他の機織り女が見つからなかったから頼んだとか。彼女は、元は有名な機織り女だったのよ。彼女の織った織物には、魔除けの力があるなんていわれて、昔は重宝されていたらしいわ」

　話の後半をセレスは上の空できいていた。摑まれた左腕を自分の右手で触る。

「それって、つまり辞めた時点でかなりの高齢だったということですよね？　なら、彼女は今いくつなんでしょう。顔に大きな傷が見えましたが、あれはこの城にいたときから？」

　アレンカは答えに窮《きゅう》したようで、首を傾げた。

「さあ……正直な話、よく知らないのよ。訓練校の職員は、大体五、六年で入れ替わる。長い人でも十年はいないわ。一部の例外を除いてね。マーゴと直接面識のあった人間はいないのじゃないかしら。例外の学長たちが、機織り女なんかのことを気にするとは思えないし。

……何が気になるの？」

　アレンカに問われ、セレスは必死に自分の中の違和感の正体を探ろうと先ほどの暗い室内での出来事を思い返した。

「……杖。椅子の傍《そば》に、杖が立てかけてありました。でも、寝台へ歩いていく足取りはしっかりしていて、杖が必要なようには見えなかった」

「確かに、そうだわ。でも、痛むときだけ必要なのかもしれない」

「そうかもしれません。ただ……腕を摑む手の感触が、なんというか、若い、と思ったんです。見た目から想像する感触と違っていた」

長年労働に従事した人間特有の節くれだった指の関節、かさついた手の感触とは違っていた。まだ導脈があると知られる前にセレスの頭を撫でたり怪我した腕をさすってくれたりした、リール村の年寄りたちとは。

「高齢を理由に辞めてから十年経つそうですね……まだ働けるほど元気だったのに辞めたんですか？　なのに、戻って来た？　少し奇妙に感じます。それにあの顔。あれほどの特徴を、誰も知らないほど彼女の存在は気に留められていないとしたら」

アレンカはセレスのいわんとしたことを理解したようだった。

「……マーゴの家はスネル村だわ。すぐに確認の手配をする」

アレンカと別れたセレスは、壁にかけられた燭台の明かりを頼りに今更ながら空腹の訴えに従って大広間を目指した。しかし、途中で大広間の明かりが消えていることに気づき愕然とした。いつの間にか、夕食の時間が終わっていたらしい。

食べてから行くべきだった、と今更ながらに後悔するが、あのときはとにかくアレンカに話をきくことしか頭になかったのだ。

仕方なく、セレスは腹部から少女らしくない音を鳴らしながら、自室へ戻るべくふらりと大広間を離れた。ちょうど中央塔を出たところで、小さな明かりがゆらゆらと目の前を横切る。

「あら」

見ると、犬舎にいたセルディア人の少女が、片手に燭台を、もう片方の手にパンとチーズを持ってそろそろと歩いていくところだった。セレスが思わず声を出したことで、少女が顔を上げ、セレスを見た。その途端、セレスの腹が再び鳴った。辺りに響き渡るような大きさで。

腹の虫が鳴るのは自分の意思ではどうしようもないことだと、セレスは割り切っている。恥ずべきことでもない。だが、その音をきいたセルディア人の少女が、表情を曇らせた。そして、持っていたパンとチーズをセレスに差し出してくる。

「いえ、そんなつもりじゃないのよ。ちょっと食べ損ねただけで、人から取り上げるつもりなんか……」

食べ物の匂いに、再び音が鳴る。恥ずべきことではない、が……自分の体ながら時と場合を選んでほしい、と切実に思った。

少女はなおもセレスに食べ物を押しつけてくる。自分だけ食べることに罪悪感があるのだろうか。あるいは、そうしなければ怒られたりいじめられたりすると思っているのか。少女が他の訓練生や、使用人の少女たちからひどいことをされている場面を見たことがあった。そのときは腹が立って近づいていったところ、セレスの姿を見た加害者たちはそそくさと逃げていったのだが。

少女の眼差しは真剣そのもので、無下にするのも躊躇《ためら》われた。だから、何度か断ったセレスもついに根負けし、間をとって提案することにした。

「ありがとう。じゃあ、半分もらうことにするわ。あなたも今から食べるなら、一緒に食べない？」

そういうと、少女はきょとんとした表情になった後、おずおずとうなずいた。そこで、中庭へ下りる短い階段に並んで腰かけ、ふたりはわずかな食料を分け合うことにした。

ひと口齧《かじ》ると、小麦の甘みが口の中に広がる。ぼそぼそとした素朴なパンだが、空腹には沁みる美味さだ。ちらりと横を見ると、少女も嚙みしめながら美味しそうに頰張っている。

「わたしはセレスというの。あなたは？」

食べながらそうきくと、少女は傍にあった石を拾い上げて、ゆっくりと慎重な手つきで地面に文字を書いた。見慣れない綴りだ。セルディア人は特徴的な発音をする名前だったな、と思い出す。

「ル・フェ……でいいのかしら？」

たどたどしい文字を読みながら少女の方を見ると、嬉しそうな笑顔を浮かべてうなずいている。その笑顔を見て、セレスは胸が温かくなった。

セレスはル・フェにいろいろと話しかけてみたが、ル・フェはうなずいたり首を傾げたり、あるいは身振り手振りで応えるばかりだ。どうやら口がきけないらしい、としばらくして気づいた。

（でも、前に犬の名前は呼んでいたと思うんだけど）

もしかしたら、セレスの、というか人の前では緊張か恐怖のせいで口がきけないのかもしれない。彼女がこれまでに受けたであろう仕打ちを想像してみれば、そうなったとしてもおかしくない。そう思うと、静かな怒りと悲しみがセレスの中に湧き上がった。もしそうならば、セレスにはル・フェの苦しみが理解できるからだ。異民族の少女の寂しげな姿が、かつての自分と重なるような気がした。

やがてふたりは持っていたパンとチーズを食べ終え、どちらからともなく立ち上がった。

「本当にありがとう、ル・フェ。おかげでお腹を空かせたまま眠れない夜を過ごさずにすんだわ」

そういうと、ル・フェは照れたように笑い、うなずいて頭を下げると、鐘塔《しょうとう》の方へ去っていった。

セレスも自室の方へ歩き出しながら、ふと気づいた。昼も同じものを食べたはずなのに、こんなに美味しいものを食べたのは久しぶりだと思っている自分に。

(ああ、そうか)

誰かと分かち合ったからだ。

ネレイス城に来て……いいや、姉弟子たちからあんな仕打ちを受けて以来、セレスが誰かと食事を共にすることに喜びを見出したのは、初めてだった。

人と共に食事する時間が、心休まるものだということを忘れていた。

足取り軽く部屋に戻ったセレスは、入り口で石に蹴躓《けつまず》いた。折角楽しい気分だったのに、と忌々《いまいま》しく思いながら明かりをかざすと、石の間に新たな紙片を発見した。手に取り、開く。

そこにはたった一文、記されていた。

『金二、二日　地下室を探す』

8

金風節二の月六日　ル・フェ

目の前で赤い液体が広がっていく。血だ。

その様を、ル・フェは呆然と見つめていた。

血を流し倒れ伏した若者の傍《そば》で、手を真っ赤に染めた身なりの良い金髪の青年が何か叫んでいる。青い瞳には激しい怒りの炎が宿っていた。

青年の声も、彼を囲む人々のざわめきも、理解できる言葉としてはきこえない。何か喋《しゃべ》っていることはわかるのだが、まるで雑踏の中にいるかのように、ききとることはできないのだ。

これが現実でないことはわかっている。壁を彩る壁画やタペストリが今のものとは違う。家具ももっと豪奢《ごうしゃ》に見える。しかし、血の臭いが漂って来そうなほど、現実的だった。

「何をぼうっとしている。掃除は終わったのか」

苛立ちを隠さない声にそういわれた瞬間、目の前の幻影は煙のように搔き消え、本来の風景が戻って来た。書き物机の前に座るサイモン学長の険しい眼差しが粗探《あらさが》しでもしているかのように、ル・フェに注がれている。

慌ててル・フェは頭を下げ、残りの掃除を済まして学長の部屋を出た。

瞼《まぶた》の裏にはあの光景が焼きついている。理由も状況もわからないが、とにかく人が殺された場面だ。格好から察するに、あの金髪の青年が王子だろう。おそらく、百年前は今の学長の部屋が王子の居室だったのだ。そこで、誰かが殺された。今思い出すと、血を流して倒れていた若者はなんとなく王子と背格好が似ていたような気がする。

床のタイルに沿って広がっていく血を思い出すと、目眩《めまい》がした。百年前のこととはいえ、あそこで現実に誰かが死んだのだと思うと、吐き気が込み上げてくる。

あの部屋に行けばまた同じ幻影を見るのだろうか。学長の部屋に行きたくない理由がまたひとつ増えてしまった。

しかし、残酷な幻影はそれだけでは終わらなかった。

夜半、何かが燃える臭いと激しい熱気にル・フェは起こされた。飛び起きて周りを見回すと、火に囲まれている。火事だ。恐怖に震える足を必死に動かし部屋を出ようとするが、なぜか扉が見当たらない。気がつくと、自分がたった今まで寝ていたはずの寝台もない。それどころか、周囲には壁も見当たらず、どこか広い場所で火に巻かれているようだった。

状況が理解できなくて呆然とするル・フェを、いつの間にか大勢の人が取り囲んでいた。みんな、火から逃れようと押し合い圧《へ》し合いしている。すすり泣く声、助けを求める叫び声が辺りに木霊《こだま》する。やはり何をいっているのかはわからないが、それ故に周囲の空気が嘆きに満ちているのが強く感じられた。

彼らにル・フェは見えないようだった。まるでル・フェこそ幻影になったかのように、みんな出口を求めて必死だが、ル・フェにぶつかることはない。そんな人々を火と煙が容赦なく襲い、苦悶の声を漏らしながら次々にみんな倒れ、命尽きていく。

まるで助けを求めるようにこちらに手を伸ばされた気がした。まだ少女だ。その少女が目の前で倒れたとき、ル・フェは声にならない叫びを上げて走り出した。逃げなければ、死にたくない、と、ただそれだけを思う。

やがて、暗闇の中でル・フェは目を覚ました。知らないうちに叫び声を上げていた。しばらくして闇に目が慣れると、そこがいつもの自分の部屋の寝台の上だということに気づく。夢を見ていたのだ。

だが、おそらくただの夢ではないのだろう。あれは時折現れる幻影と同じように、この城で実際に起きた出来事だ。なぜかそんな確信があった。

その夜はもう、再びあの炎の中に戻るのが怖くて、眠れなかった。

「ひどい顔ねえ。どうしたのよ？　……あんたまで、夜中に変な声がきこえて眠れないとか、いわないでよね」

翌朝、モーリーンはル・フェの顔を見るなり顔をしかめてそういった。どうやら、夜中に何かの気配を感じ取って不眠を訴える者は少なくないらしい。そのためにこの城では、寝つきをよくする香草が重宝されているという。そして、モーリーンは自身にそういう経験はないものの、その手の話が苦手らしい。

ル・フェはうなずくことも首を横に振ることもできず、ただ欠伸《あくび》をこらえることしかできなかった。夜中に泣き声や叫び声がきこえるくらいなら、可愛いものだ。昨夜ル・フェは、夢の中で炎に巻かれて死ぬところだったのだから。

おそらく、ローレンがいったようにル・フェはそういったものを、見やすい性質なのだろう。そしてこれもローレンがいったように、もし本当に幽霊がいるとしても、彼らに生者を害する力はないのかもしれない。直接危害を加えられたことはないのだから。しかし、幽霊たちに悪意がない、という意見には賛成しかねる。少なくとも、なんらかの意図はある気がした。でなければ、なぜル・フェだけがこんなにも立て続けに、惨《むご》い場面ばかり目にしなければならないのか。

その想いが顔に出ていたのか、その夜城壁の近くで出くわしたローレンは、ル・フェの顔を見て戸惑いの表情を浮かべた。

「ど、どうしたの？」

「寝不足なんだ」

いつものように西の城塔の階段を上がる道すがら、ル・フェは自分の見たものの話をローレンにきかせた。幾分、恨みがましい口調になってしまったかもしれない。

「なんであたしばっかり、こんなものを見なくちゃならないのよ。一日に二回も人が死ぬところを見るなんて！　しかも、二回目は自分まで死んじゃうかと、本気で思ったんだから！」

仕方ない、そんなこともあるさ、そんなふうになだめられると思っていたら、予想に反してローレンはしばらく黙ったままだった。その顔はいつものように穏やかではなく、自分も同じような場面を目にしたかのように悲しみと苦しみに満ちていた。

「そのふたつの場面を続けて見たのは、関連しているからかもしれない」

「……どういうこと？」

「最初に学長の部屋で見たという光景だけど、ル・フェの想像通り、あそこは元々王子の居室だった。百年前、あそこで王子の腹心が何者かに殺されたんだ。だが、そもそもは王子が狙われたのではないかと、みんなは考えた」

やはり、あの金髪の青年が反乱を起こしたという王子だったのだ。王子の傍で血を流して倒れていた若者は、王子に似ていたから間違えて殺されたのだろうか。

「ただ、城の、それも最奥、最も警備の厳重なはずの王子の居室に、外部の人間が容易に侵入できるはずがない。でも、実際に王子の代わりに腹心が殺された。なぜ？　王子は、内部の人間が裏切って暗殺者を引き入れたか、あるいは裏切者本人が暗殺を試みたのだと考えた。王子の考えに、家臣たちも賛同した」

ル・フェはただうなずくしかなかった。それがあの炎の場面にどう繋《つな》がるのかわからなかったが、ローレンは口を挟むのが憚《はばか》られるような空気を纏《まと》っていた。

「だが、王位を狙って兵を挙げたとき、王子に従ったのは忠誠を誓った者たちばかりで、そんな彼らが裏切るとは思えない。では、誰か？　魔導士たちだ。魔導士は自分たちの身分と生活の保障を求め、貴族たちに仕える。同じように貴族に仕える騎士とは違って、そこに忠誠心というものはなく、実利のみを求める連中だと思われていた。簡単にいうと、より良い条件を示されれば、あっさり今の主《あるじ》を裏切ると考えられていたんだ。だから、きっと魔導士たちが第一王子の陣営の誰かにそそのかされたのだと結論を下した」

ル・フェはそれまで、百年前のネレイス城に魔導士たちもいたということを知らなかったし、考えたこともなかった。しかし、よくよく考えてみれば戦争に魔導士が従軍するのは当然のことだ。

「特に、魔導士たちの中には、弟がいたから」

「……弟？　王子の弟ってこと？　それって、王子じゃない」

「血筋からすればね。でも、導脈があるとわかった時点で死んだことにされたから、王子とはいえない。でも、確かにエイベル王子とは兄弟だった」

「兄弟なのに、裏切者だと思ったの？」

思わずそうきくと、ローレンは弱々しい笑みを浮かべた。その笑みを見て、魔導士はほとんどの場合、家族の一員としては認められないことを思い出した。ル・フェ自身には家族の記憶はないからいまひとつピンとこないが、ドナもモーリーンもジェフも、家族の話は一度もしたことがない。

「弟の方は、縁を切られたとはいえ、兄の役に立てると……役に立ちたいと思っていたのかも。でも、そもそも王子の方には弟に……いや、魔導士に対する信頼なんて微塵《みじん》もなかった。だから、魔導士たちが裏切ったのだと決めつけ、彼らを待機場所だった地下室へ閉じ込めた。それから、事故で地下室内に火事が起きて、でも出入り口は塞《ふさ》がれていて、助けを求めても誰も耳を貸してくれなくて、結局閉じ込められた魔導士たちはみんな死んでしまった」

ル・フェも夢の中でその場にいた。迫りくる炎から逃れるすべはなく、ただ助けを求めて叫び、倒れていった者たちの姿を、この目で見た。

彼らは本当に裏切者だったのだろうか？　ル・フェは違うと感じた。あそこにいた魔導士たちは、閉じ込められてわけもわからないまま恐怖のうちに死んでいった。

「ど、どうして、逃げなかったの？　魔術を使えば、出口を作ることもできたでしょ」

「そうかもしれない。でも、許可なく魔術を使えば、罰せられる。非常に重い罰だ……そうだな、今にして思えば、そうだとしても、最後まで抵抗すべきだった。自分たちの理不尽な運命に抗議すべきだった。当時は、あまりに厳しい支配の下にあったから、そんなこと思いもつかなかった……たぶん、そういうことだと思うよ」

今でも魔導士に対する迫害はひどいものだ。しかし、昔はもっとひどかったのだという。それこそ、奴隷と変わらない扱いを受けていたともきく。許可なく魔術を使えば、罰として殺されることもあったろう。そんな恐怖をずっと植えつけられて、魔導士たちは逆らえずに生きてきた。だから、命の危機に瀕しても、恐怖の支配からは容易に抜け出せず……。

「ひどい……ひどい、ひどい、ひどい！　そんな馬鹿な話ってある？　許せない！」

無性に腹が立った。なぜ魔導士だというだけで、そんな仕打ちを受けなければならなかったのか。怒りのせいで涙が溢れ、視界がぼやける。

「ル・フェ」

「王子が吊るされて可哀そうなんて、一瞬でも思ったあたしが馬鹿だった！　そんなやつ、吊るされて当然だ！　今からだって八つ裂きにしてやりたい！　王子だけじゃない、そんな馬鹿野郎に賛成した他の馬鹿どもも！」

ローレンが苦笑まじりにもう一度ル・フェ、と呼んだ。ル・フェは自分でも駄々っ子のようだと思ったのだが、それでも怒りが収まることはなかった。止められなかった。だんだん、と足を床石に叩きつけ、もう一度あの吊るされた遺体が見えたら、石でも投げてやろうと城壁の方を睨《にら》んだ。

「君はきっとあんな光景を、見たくなかっただろうね。でもたぶん、君ならわかってくれると、怒ってくれると、死んでいった者たちは思ったから見せたんだと思うよ」

「何をわかるっていうの！」

「理不尽な運命を。他者に虐《しいた》げられる苦しみを」

静かな声で、しかしきっぱりと告げられ、ル・フェは怯《ひる》んだ。

「ル・フェ、君は少しずつ文字が読めるようになってきたし、書けるようにもなってきたよね」

ル・フェは答えなかったが、それは事実だった。自分とローレンの名前の綴りを覚えた日以来、夜毎ローレンに会っては、文字の読み方と書き方を教わってきた。ローレンの教え方はエメリン聖導女とはまったく違っていた。……ル・フェでも理解できた。

「君は賢い。そして、素晴らしい魔導の才能を持っている。なぜ、これまでその才能をきちんと伸ばしてもらえなかったのか、不思議でならない」

「……ち、違う。あ、あたしが馬鹿だから」

耳にエメリン聖導女の声が蘇《よみがえ》る。

『どうして、こんなに簡単なことができないのかしら。ああ、やっぱり……』

野蛮な異民族の子ね。そう続ける、エメリン聖導女の失望の色の滲《にじ》み出た吐息まで思い出せてしまう。

「あたしが、野蛮な異民族の子どもで、物覚えが悪いから。穢《けが》れた魔導士の中でも、一番劣っているから。全部、全部あたしが悪い。い、生かしてもらってるだけでありがたいの」

ル・フェの視線は自然と下がっていく。足元へと。ローレンの顔を見ることができない。

「エ、エメリン聖導女は、あたしを庇《かば》ってくれた。聖導師様たちから、異民族の子どもなんて放り出せといわれても、あたしがちゃんと勉強ができなくても、口がきけなくなっても置いてくれた。ありがたいの。か、感謝しなくちゃ。恩を返せないあたしが悪いから」

虐げられた、なんて思ってはいけない。そんなことは、されていない。そんなことを考えるのは、恩知らずだ。それに……もしも、万が一、そうだとしたら……今までの自分の人生が、すべて無為に思えてしまう。だから、違うのだ。

「ル・フェ」

ローレンがル・フェの目の前で腰を落とした。下から顔を覗き込んでくる。

「……そうだね。そうかもしれない。ただ、人には向き不向きがあるんだよ。エメリン聖導女は立派な人物なのかもしれないけど、もしかしたら、人にものを教えるのはあまり得意じゃなかったのかもしれない。だから、君が駄目なんじゃない。君が悪いんじゃない。そういう可能性も、あるよね？」

「わ、わかんない」

ローレンはエメリン聖導女を貶《おとし》めるようないい方をあえて避けているようだったが、彼がル・フェの師を信用していないのはその目を見ればわかった。だから、ル・フェには何もいえない。肯定も否定もできない。

「少なくとも、僕はそう思うよ。君は物覚えが悪くなんかない。そして、優しい。この城で怒りの声を上げることもできずに死んでいった魔導士たちの想いを、一番正しく受け取ることができる人だから」

自分は馬鹿だ。優しくなんてない。駄目な人間だ。

ローレンの声を打ち消すような自分の声が、自分の内側からきこえる。そんな声はききたくない。もう十分わかっているから。思わず耳を塞いだル・フェは、そのまま激しく首を横に振り続ける。これ以上ローレンの話をきくと、自分の中から何かが噴き出してしまいそうで怖かった。そして何より、ローレンの言葉に反応して自分の内側から槍のように突き出してくる内なる声が、心を八つ裂きにしてしまいそうな気がして、怖かった。

しばらくそうしていると、小さくため息が、続いてローレンの謝る声がきこえた。

「ごめんね。そろそろ部屋へ戻った方がいい。途中まで送るから」

混乱しながらもル・フェは、ローレンに促《うなが》されて部屋へと戻っていった。しかし、寝台に入っても、ずっと自分の内側から声がきこえ続けた。

馬鹿で、野蛮な異民族で、ろくに魔術も使えない駄目な人間。

エメリン聖導女の名を、今はききたくなかった。しかし、いつものように学長の部屋の掃除を終え、中央塔に戻って来たル・フェは、ききたくないその名を耳にして立ち止まった。

厨房《ちゅうぼう》の外でソル師とドナが話している。

「はっきりいって、わたしはエメリンが弟子をとっているなんて、信じられなかったのよ」

それは、ル・フェみたいな子どもがエメリン聖導女の弟子には相応《ふさわ》しくないということだろうか、とぎくりとし、壁に身を寄せて聞き耳を立てる。

「子どものときから自分が一番、自分だけが正しいという貴族のお嬢さま……周囲はみんな自分にかしずくもの、あるいは自分を褒《ほ》め称えるものと決めつけていた。自分も穢れた魔導士のひとりのくせにね。あの子が誰かのために行動するときは、己を聖人のように思って自分に酔っているときよ。あるいは、そんな自分の行動を見て、周囲に賞賛してほしいとき。本当の意味で、誰かのために行動したことなんかないのよ、あの子は。そんな人間に、弟子を教え導くなんて、できると思えないわ」

呆れたようなソル師の声に、ドナが遠慮がちに答えた。

「ル・フェの知能に問題があるという話は、その方から伝えられたものなんですね」

「ええ」

「だとしたら、その方の間違いだという可能性はありますね？」

「そうね……」

「先生、あの子は賢いですよ。仕事もすぐに覚えてしまったし、自分なりに工夫もします。文字だって、最初は本当に読めないようでしたが、ジェフか誰かが教えたのか、最近では少し読めるようになっているようです。ケイトたちのように嫌がらせをする子も少なくないですけど、じっと黙って耐えて、暴走を起こす気配もありません」

「暴走を起こすこともできないほど、弱い導脈ということかもしれないわ」

「そうですね……そうかもしれません。でも、エメリンという方にはまともに弟子の才能を判断する力がない、少なくともあなたはそう思っているのでしょう？　ル・フェには才能があるのに、見出されていないだけかもしれない。一度、ちゃんとした師の下に弟子入りさせてやれないでしょうかね」

ドナの口調は真剣で、哀願するような響きがあった。ル・フェなんかのために、誰かが懇願してくれるなんて信じられなかった。それに、いっている内容も。ル・フェに才能なんかないのに。エメリン聖導女がそういって嘆き悲しんでいたではないか。……エメリン聖導女は、ちゃんと教えようとしてくれた。……そのはずだ。ローレンのように、きちんと文字の仕組みから説明してはくれなかったけれど。

ドナには申し訳ないが、そんな願いは一蹴されると思っていた。だって相手は〈鉄《くろがね》の砦《とりで》〉の魔導士だ。とるに足らない、異民族の子どもを気にかけてやる必要などない。

「そうね……考えてみます」

しかし、ソル師は少しの沈黙の後、確かにそういった。

ふたりがそれぞれの方向に去っていっても、ル・フェは動けなかった。やがて、ずるずるとその場に座り込んだ。

神がどんな存在かル・フェにはわからなかった。この世のすべてを作り出した偉大な存在だといわれても、よく理解できなかったのだ。ただ、もしかしたらあれかもしれないとあるとき思い至った。見えないもうひとつの手を伸ばし触れる、その先にある圧倒的な力、その流れ。あれは世界を形作り、支えるものだと本能的にわかっていた。だからきっと神とはあの力、力の流れだ、と幼いころ、ル・フェは思った。そして得意げにそういって、聖導師たちに折檻《せっかん》された。やはり魔導士は穢れた存在だ、と罵《ののし》られ散々打たれ、真冬の屋外に放り出された。ひと晩中だ。

あのとき、エメリン聖導女が聖導師長にとりなし、翌朝凍死寸前でル・フェは中に入れてもらえた。そうきいている。エメリン聖導女が、『わたしが頼まなかったら、あなたは死んでいたのよ』と、そしてル・フェのために自分が聖導師長に如何《いか》に頼み込んだかを、滔々《とうとう》と語ってくれた。どうせなら手足がひどい霜焼けになる前に中に入れてほしかった、とあのときは恩知らずにもそう思った。命が助かっただけ、感謝しなければならなかったのに。魔導士で、しかも異民族の子どもの命なんか、聖導師たちは少しも気にしていない。いつだって虫けらみたいに殺せる。そうならないように、自分が守っているのだと、何度何度もエメリン聖導女にいわれたのだ。

ひどく気分が悪い。なぜかはわからない。

今もル・フェには神が何なのかわからない。ただ、聖導師たちの前で、魔脈が偉大な存在だという話をしてはいけないということは学んだ。それでも、ル・フェにとって、幼いころからすぐ傍にあり、様々な現象を引き起こす源となる魔脈は大いなる存在に思える。

そんなことを考えてはいけない。また放り出されてしまう。今度は殺されてしまう。ここには守ってくれるエメリン聖導女はいないのだから。

「大丈夫かい？」

そっと肩に触れられて、ル・フェは驚いて勢いよく振り返った。背後に、見覚えのある少年が立っていた。茶色の柔らかな髪の、少し気弱そうな少年だ。いつだったか、ル・フェをからかいに来た一団に、この少年もいたはずだ。

「具合が悪そうだけど。医務室に連れて行こうか？」

少年は心配そうにル・フェに手を差し伸べる。また何か嫌がらせをしようというのだろうか。手を取った瞬間、突き飛ばし、悪魔みたいな顔でせせら笑うとか。

ル・フェはぶるぶると激しく首を横に振り、少年から目を離さないように立ち上がった。そして、じりじりと壁伝いに横に移動していく。そんなル・フェを、少年は悲しそうな顔で見ていた。

「あの、あのさ。僕、君に謝らないといけないと思って。この前、僕の仲間が……いや、僕も一緒にいたんだから、僕もだね。君に嫌な思いをさせたこと、本当にすまないと思ってる」

この少年は何をいっているのだろう？　ル・フェは混乱した。しおらしい顔でル・フェに謝罪している？　本気だろうか。やはり、何か裏があるのではないのか。

「ごめん。もう二度としないよ。仲間たちがまたあんなことをしようとしたら……止めるよ、必ず。だから、許してくれるかな？」

真剣な少年の眼差しに、ル・フェはひどく衝撃を受けた。彼が本気であることがわかったからだ。

そんなはずはない。

どうしてドナはル・フェのためにあんなことをいったのだろう。どうしてこの少年はル・フェなんかに謝るのだろう。

守ってくれるのは、ル・フェのことを案じてくれるのは、エメリン聖導女だけのはずなのに。

ル・フェは少年に答えることができず、反射的に駆けだした。背後でもう一度少年が許してくれと叫んでいるのがきこえたが、きこえないふりをした。

おかしい。この城は、この城の人間はみんなおかしい。

ル・フェにはすべてが信じられなかった。

9

金風節二の月九日　ギイ

いよいよ真光日を二日後に控えた日、ギイはジェフや他の数人と共にドーン村に買い出しに出かけた。厩舎《きゅうしゃ》の傍《そば》にいた、あのセルディア人の少女にもう一度声をかけようとしたが、逃げられてしまった。やはり許してはくれないのかもしれない。そもそも許してほしいなんて、ギイの自分勝手な願いなのだ。

落胆しながらも御者席に座って手綱を取る。城を出ようとしたところで、定期的に物資や郵便物を届ける荷馬車が見えた。彼らに一旦待つよう合図を送って、先に細い橋を渡らせてもらう。

いつもの道をのんびりと馬を走らせドーン村に着くと、村の雰囲気が普段とはまったく違っていた。

祭りを控えて浮かれさざめいているのは予想していたが、ギイたち一行を見たときの村人の反応がいつもと違ったのだ。魔導士たちが村に来ればいい顔をしないのは当たり前だが、それにしてもいつになくピリピリとした空気が漂っている。

広場に馬車を止め、いつも通り訓練生たちから頼まれた品を集めている間も、その奇妙な空気はなくならなかった。いつもはそれなりに受け入れてくれている村人も、今日はギイをぎこちなく一瞥《いちべつ》するだけだ。

最後にリシーのところに向かったギイは、途中でエミルたち兄弟に出くわした。いつもならギイを見たら駆け寄ってくるはずの兄弟なのに、今日はぎょっとしたような顔で逃げ去ってしまった。彼らと入れ替わるようにやって来たリシーの表情も、少し強張っている。

「なんだか、いつもと空気が違うね」

ギイは慎重に言葉を選びながらリシーに声をかけた。

「そうね。祭りが近いから……みんな、祭りは楽しみにしてるんだけど、なんていうか、村のお年寄りたちが、ひどくネレイス城のことを気にしているの。それが、他のみんなにも伝染しているみたい。特に子どもたちは、怯えてしまって」

リシーの説明にギイはぎくりとした。人々が魔導士に抱く負の感情が高まると、何かの拍子に爆発して私刑《しけい》が行われることにもなりかねないからだ。これまでも、そうやって多くの魔導士が殺されてきた。

「昔、あの城で戦争があって、たくさんの人が亡くなってるでしょう？　今年は、その戦争からちょうど百年目なんですって。節目の年だから、何かが起きるって、お年寄りたちは怯えているの。いつも彷徨《さまよ》っている亡霊たちが、黒の魔女に力を与えられて、何かするんじゃないかって」

「……ああ、なるほど」

魔導士がどうこうという話ではないとわかって、ギイは少しばかり安堵した。

今年で百年目。百年目だからなんだという話だが、今年は何かが起きる、という噂は訓練生の間でもまことしやかに囁《ささや》かれていて、病的なほど怯えている訓練生も少なくない。そのせいだろう、今日は寝つきのよくなる香草だけでなく、魔除けに使われる香草も頼まれた。

「最初大人たちは、そんな馬鹿な話があるはずがない、神に祈っていれば大丈夫だ、なんていってたんだけど、なんだかだんだん変な雰囲気になってしまって。今日は、できるだけ早く帰った方がいいと思うわ」

「……そうだね。ありがとう」

ギイは香草をわけてもらうと、急いで仲間たちのところへ戻った。彼らも村のいつもと違う空気に耐えられなくなっていたのか、既にみんな荷馬車へ戻っていた。

村人たちの敵意とも少し違う、妙に居心地の悪い視線に見送られながらネレイス城への道を辿る。まだ昼間だというのに、どんよりとした厚い雲に覆われた空は暗く、その下に聳《そび》える古城の姿を目にしたとき、ギイは微《かす》かに寒気を覚えた。どうやらドーン村の人々に毒されたようだ。

そう思ったのだが、いざ城内に入ると、朝、城を出たときとはまるで雰囲気が違っていた。

なんだか騒然としている。荷物を抱えた他の魔導士たちが慌てて荷馬車を下りて駆けていく。

ギイはジェフと共に家畜小屋の立ち並ぶ区域まで荷馬車に乗っていき、馬を厩舎に戻してからまずは中央塔へと向かった。しかし、すぐに野次馬が集まっているのは訓練場をぐるりと回った先の緋色の塔だとわかる。

訓練生も教師たちも、大勢の魔導士が緋色の塔の周りに集まっていて、何が起こっているのか、後から来たギイにはわからなかった。

誰か事情のわかる人がいないかと辺りを見回して、ようやくリューリを見つけて駆け寄った。

「何があったんだ？」

「……どうやら暴走を起こしたらしい」

ちらりとギイを見たリューリは、険しい顔のまま緋色の塔の方に視線を戻した。その答えにギイは驚く。感情の起伏によって暴走を起こしてしまう訓練生はいるが、これだけ人が集まっているということは、かなりの規模のものだろう。いくら何でも珍しい。

「一体誰が」

「ウィラー師」

「……えっ」

ギイのような入りたての訓練生でも、大きな暴走を起こすことは稀《まれ》だ。ましてや教師が暴走を起こすなんて、きいたこともなかった。

「塔の一階部分の壁が吹っ飛んだらしい。今日の訓練は取りやめだってさ。全員部屋で待機だそうだ。上級生と教師たちで、壁の修復に当たるって。この時期は急に天候が荒れるから、できるだけ早くしないと」

リューリは淡々としているように見えたが、隠そうとしても隠しきれない動揺が垣間見えた。

「一体、何が」

ギイはもう一度きいた。しかしそれは、ウィラー師に何があったのか、という意味だ。リューリはそれを察したらしく、一瞬考え込んだ後、ギイの方に向き直って口を開いた。その顔から、彼自身戸惑っているのがよくわかる。

「今朝、いつもの定期便が来ただろう」

「ああ……ドーン村へ行く途中ですれ違ったっけ」

「あの馬車で送られてきた学長宛ての手紙を届けたところ、学長も副学長もひどく動揺したらしい」

学長宛てに手紙が来るのはいつものことだ。大抵は〈鉄《くろがね》の砦《とりで》〉からの通信だが、ネレイス城での生活が長い教師には、知人からの私信も多く届くという話だった。

「〈鉄の砦〉から、何か悪い知らせが……？」

「そういうわけではないらしい。ただの私信だろうって噂だが……なぜか、その後すぐウィラー師も呼び出されて、それでこうなった」

つまり、その学長宛てに届いた手紙の内容が、学長並びに副学長を非常に動揺させ、一介の教師であるウィラー師にまで、魔の暴走を起こしてしまうほどの衝撃を与えたということだ。

ギイは何度かウィラー師を見たことがある。年齢は上の方だが、あまり有能な魔導士という印象はない。若手の教師たちの後ろでいつも、卑屈にも見える笑みを浮かべていた。

「まだ確かなことはわからないが、昔ネレイス城にいた魔導士が死んだという知らせだったらしいという話だ」

「学長たちと親しかった魔導士、ということ？」

「さあな。まあ、とにかく今は壁の修復だ。おまえは他の連中と一緒に部屋に戻ってろよ」

ちょうど野次馬の訓練生たちを、教師たちが部屋に戻るよう追い立てているところだった。

ギイはうなずき、また後で、とリューリに挨拶して踵《きびす》を返す。リューリは壁の修復に駆り出されるのだろうと思っていたが、ふと中央塔へ向かう途中で振り返ると、彼は緋色の塔とは違う方向へ歩き出すところだった。不思議に思って友人の方へ向かおうとした瞬間、ちょうど教師と目があってしまい、仕方なくギイも他の訓練生たちと共に自室へと引き上げた。

ギイが部屋に戻ったすぐ後、嵐のような強風が吹き、雨が叩きつけるように降り始めた。空には暗雲が立ち込め、日が暮れたのがいつかもわからない。鐘の音で夕食時間だと知り大広間に下りていったが、いつもの喧騒はそこになかった。みんな不安げに親しい友と肩を寄せ合い、ひそひそと囁き交わしていた。

夕食を終えるころには雨はいつの間にかやんでいたが、風はまだ吹き続けていた。明かりをどれだけ灯しても、なぜかいつも以上に暗く、寒く感じる。同室の仲間の数人は早々に寝台に入り、起きている者は灯の傍で頭を寄せ、とりとめもなく話をしていた。もしかしたら、寝台に入っている者も、眠ってはいないのかもしれない。

ギイも寝ようとしてはみたものの、どうしても胸が騒いで目を閉じることもままならないので、結局起き上がった。いつの間にか風が戸を叩く音が弱くなっている。そこで、窓の鎧《よろい》戸《ど》を少しだけ開けてみた。すぐに生温い風が顔に叩きつけられる。しかし、外の空気を取り入れたせいか、室内の空気が少し軽くなった気がした。

そのままぼんやり隙間から外を見ていると、不意に向かい側にぼうっと明かりが灯っているのに気づいた。ただ灯っているのではない。その明かりは、ゆらゆらと右へ左へ、まるで見る者を誘うかのように、あるいは助けを求めるかのように揺れている。

まず最初に、幽霊ではないかと思って息を呑んだ。そんなはずはないと自分にいいきかせ、何度か深呼吸した後、不意に昼間の光景が思い浮かんだ。緋色の塔へは向かわず南東の方向に歩き出していたリューリ……緋色の塔の南東にあるのは祈りの塔だ。そして、ギイの部屋は訓練場を挟んで祈りの塔、つまり書庫と向かい合っている。ならば、あの明かりはリューリのものではないか。書庫に忍び込み、何か不測の事態が起こって助けを求めている……そんな考えに至った途端、ギイは鎧戸を閉める暇も惜しんで燭台《しょくだい》をひっつかむと、部屋を飛び出した。背後で文句をいう同室の仲間たちの声がきこえたが、答えている余裕はなかった。

中庭に出た途端、突風が吹きつけて燭台の火が消えてしまった。思わず舌打ちしながら、ほとんど手探りで祈りの塔へと向かう。風が雲をものすごい勢いで吹き飛ばしていき、細い月が現れては隠れ、現れては隠れる。

ようやく祈りの塔へ辿り着くと、入り口の扉は開いていた。中に入って、その理由を思い知らされる。入ってすぐのところに、おそらく壊れた壁の応急処置に使うはずだったのであろう木材が山積みにされており、そんなことは思いもよらないギイは暗闇で足をとられて転んでしまった。

床にぶつけた顔をさすりながら、闇に呑まれた階段を慎重に上っていく。上り慣れたはずの階段は、いつもより随分と長く感じられた。

やがて最上階の書庫の入り口に辿り着いた。やはり鍵はかかっていない。

「リューリ」

ギイは慎重に辺りを窺《うかが》いながら、闇に向かって囁くように呼びかける。しかし、返事はない。開いた扉から体を滑り込ませると、異臭が鼻を襲った。何かが焼ける臭いと……血の臭いだ。

ガラスのはまった窓に鎧戸は降ろされておらず、雲間から射す微かな月明かりがさっと書庫内を舐《な》めるように照らした。ほんの一瞬だったが、そこに人影がないことはわかった。

無人の書庫を前に、いくらリューリでもこんな日に忍び込むような真似はしないのではないか、と改めて思い始めた。彼は今頃、自分の部屋で先ほどまでのギイと同じように落ち着かない夜を過ごしているのだろう。

では、先ほどの明かりは何だったのだろう？

そのとき、呻《うめ》き声がきこえた。ぎょっとして声のした方を振り返る。続き部屋の方向だ。震える足で近づいてみると、扉が少し開いている。そして、臭いが強くなった。

再び月明かり……微かな光が、床にうずくまる人物を照らした。

「……先生！」

床に膝をつき、呻いているのはリース師だ。

「大丈夫ですか！」

思わず駆け寄って傍に跪《ひざまず》くと、リース師がわずかに体を起こした。

「……誰だ？　なぜここにいる」

以前あなたの部屋に忍び込んだ者です、とはいえなかった。幸い、暗くて向こうも顔の判別はつかないだろう。

「明かりが見えたんです。助けを呼んでいるように、揺れていて……何があったんですか?」

床には燭台が倒れていた。そして、リース師の衣服の前面が焼け焦げている。おそらく、火が燃え広がらないよう、身を挺《てい》して防いだのだろう。魔導書を守るために。

それは素晴らしいことなのかもしれない。先人の知恵の結晶を、命を懸《か》けて守るということは。だが、狂気じみてもいるような気がして、ギイは寒気を覚えた。

「明かり……? なんの話だ……?」

リース師は本当に知らないようだった。荒い息で切れ切れに呟《つぶや》いている。どうやら火傷《やけど》以外にも怪我を負っているようだ。この血の臭いの原因だろう。ならば、彼が明かりを使って外に知らせるようなことはできなかったはずだ。

(じゃあ、あれは一体……?)

そういえば、蠟燭《ろうそく》の明かりにしては妙に青白かったような気がする。やはり幽霊だったのでは、そう思った瞬間、ギイの体に震えが走った。もしかして、見えていないだけで、今もこの場に死者がいるのだろうか。

リース師が壁に手をかけて体を支えながら、立ち上がろうとしている。咄嗟《とっさ》に助けようと手を伸ばしたギイは、手にぬるりとした感触を覚えて、すんでのところで悲鳴を呑み込んだ。血だ。腹部の辺りから血が流れ出している。

よろめきながらなんとか書き物机の前の椅子に座ったリース師だったが、不意に体から力が抜けたように椅子からずり落ちる。

「た、助けを……だ、誰か呼んできます！」

恐怖に慄《おのの》きギイが慌てて駆けだそうとすると、一瞬死んだのではと疑ったリース師がかっと目を見開き、身を乗り出してギイの腕を強い力で摑《つか》んできた。ぬるりとした感触に総毛立ち、情けない悲鳴を上げてしまう。リース師の手の平は血に濡れていた。

「いらん！」

叫ぶリース師の声には力がこもっていた。しかし、叫び終わると喉の奥から喘鳴《ぜんめい》がきこえる。どう見ても大丈夫そうではない。

「で、でも、怪我を」

「もうじき塞《ふさ》がる……」

リース師はそういい、切れ切れに何か呟きながら書き物机の前の椅子に沈むように座りなおした。右手はずっと腹部に当てられている。

「……もしかして、治癒術が使えるんですか？」

驚いて尋ねると、リース師は何もいわなかったが、沈黙こそが肯定だと思った。

治癒術は魔術の中でも特殊な技で、訓練しても使えるようにはならない。生まれ持っての才能が必要なのだ。だから普通、治癒術が使える魔導士は医療関係の部署にいることが多いのだが、まさか書庫番をしているとは思わなかった。

沈黙の中、腕を掴まれたままのギイは居心地が悪くなり、視線を床に落とした。微かな明かりの下、血が床に飛び散っているのが見える。それは部屋の反対側の隅にまで及んでいた。

（そもそも、なぜこんな怪我をしているんだ）

そのことに気づいた途端、恐怖が襲ってきた。

明らかに、これは誰かに刺されたか切られた傷だ。自分で自分の腹を切り裂く者はいないだろうし、うっかり何かの拍子に傷つけてしまったという大きさの傷ではない。

では、誰が？

本当に幽霊がいて、恨みを晴らすために生きている者を襲ったのだろうか？

そんな馬鹿な。幽霊に武器が使えるものか。……よくは知らないが、たぶん。

腕を掴む力が急に弱くなった。治癒術というのは、どれくらいで傷を治せるものなのだろう。そもそも、使う本人が死にかけているとき、その術は働くのだろうか？　ギイには判断がつかなかった。

ギイの腕を掴む手が落ちそうになったとき、もう一度ギイは相手が死んだのだと思いかけた。……が、すぐにその手に力は戻った。どうやら、気を失いかけては、必死でこらえているようだ。

やはり、誰かに知らせた方がいいのではないか。たとえ治癒術で傷が塞がったとしても、失われた血はすぐに戻らないだろう。それに、誰かが――幽霊ではない――忍び込んで、リース師を襲った可能性もあるのだから。

しかし、そんなギイの考えを読んでいるかのように、地の底からきこえるような低い声でリース師がいった。その声は時折喘《あえ》ぐように掠《かす》れる。

「いいか……ここで見たことは誰にも、いうな。忘れるんだ。もし、誰かにいったとわかったら、そのときは……」

腕を摑む力が更に強まる。どう見ても生死の境を彷徨っているのに、どこからこんな力が湧いて来るのか。

「誓え。誰にもいわないと。すべて忘れると。おまえは何も見なかったんだ……そう、誓うな？」

気がつくとすぐ傍にリース師の顔があり、爛々《らんらん》と輝く血走った目がギイを睨《にら》んでいた。本当は、この人はすでに死んでいて、人ならざる力でこの世に留まっているのではないか……そんな妄想が一瞬ギイの頭を過《よ》ぎった。

恐怖に震えながら、ギイはがくがくとうなずいた。とても声に出して誓えそうにはない。ギイが何度目かにうなずくと、ふっと再び腕を握る力が弱まった。そのままリース師の腕は体の横へぶらりと垂れ下がる。まさか今度こそ、と凍りついたギイは、直後に微かだが穏やかな呼吸音を耳にした。どっと全身から汗が吹き出る。

本当はたとえ本人になんといわれようとも、死にかけの人間を置いていくべきではないのかもしれない。だが、ギイはもう何も考えたくなかった。今夜のことがすべて悪夢の中の出来事で、目が覚めると自分の寝台に横たわっているのであればいいと思いながら、ふらふらと書庫を後にする。

そのまま外に出ると、再び雨が降り出していた。風も戻っていて雨が全身に叩きつけられる。

ふと腕を持ち上げてみると、くっきりと手の形に血の跡がついていた。ひっと喉の奥から悲鳴が上がる。確かに、襲撃者がいたのだ。誰かが、リース師を殺そうとした。

(なんのために?)

もしかして、襲撃者は魔導書を燃やそうとしたのか? それを阻《はば》んだから、リース師は襲われた?

このことを誰かに相談したかった。冷静に、笑わずに話をきいてくれる者に。的確な判断をしてくれる者に。すぐにリューリの顔が思い浮かんだが、同時にあの恐ろしい声が耳元に蘇《よみがえ》った。リース師こそ、死者の国から舞い戻った死人のようだった。

ギイが佇《たたず》んだまま見つめていた腕からは、叩きつける雨によって襲撃者の証が流し落とされていった。

自分の寝台の上で目覚めたギイは、昨夜の出来事を思い出してみた。残念ながら記憶は鮮烈に残っており、とても夢の中の出来事だったと自分を誤魔化せそうにはない。寝不足で重い体を引きずり、訓練場へ続く扉を出ると、曇天の中に聳える祈りの塔が見えた。気にはなるが、もう一度あそこに行く気にはなれない。

そろそろ大広間で朝食用のパンが配られるころだが、なんとなく胃の辺りが重い。とはいえ、今日は朝から城外で農作業の予定だ。少しは食べておかないと体がもたない。気分を変えるために少し散策でもしようと、ギイは祈りの塔のある方向とは反対側へ向かった。早速家畜たちの世話を始めているジェフに手を上げて挨拶をし、城壁に沿って歩いていく。

鷹の塔を通り過ぎ、ところどころ崩れた城壁の瓦礫《がれき》を避けながら旧聖堂と城壁の間を抜ける。そのとき、どこか……まるで地の底から声がきこえた気がした。ぞっと一気に背筋に寒気が走る。風の音か何かが声にきこえただけだ、と自分にいいきかせながら思わず耳をすませると、確かにきこえた。おーい誰か、と呼ぶ声が。

咄嗟に城壁にぴったり背を当て、周囲を見回す。しかし、誰もいない。遠く中央塔の方から、微かに訓練生たちの笑い声がきこえるだけで、後は木の上から響く鳥の囀《さえず》りくらいしか他に音もない。

「誰かいるのか?」

不意に足元から声がして、ギイは飛び上がり足をもつれさせて転んだ。恐怖で声も出ない。

「あーよかった、やっと出られる。誰か知らないけど、ちょっと手を貸してくれない？」

切羽詰まっているようでいてどこか呑気《のんき》なその声をよくよくきいて、ギイはぽかんと口を開けた。

「……リューリ？」

「その声、ギイか？　助かった！　ここだよ、ここ、ここ」

しゃがみこんだまま声のする方を探したギイは、城壁の下方に伸びた草に覆われた小さな通風孔のようなものを見つけた。リューリの姿は見えないが、声は確かにそこからきこえるようだ。

「リューリ、君、そんなところで一体何をしてるんだ？」

「話は後、後。昨日から閉じ込められててさ、腹が減って死にそう。早く城壁の中に入って。床に鉄扉があるはずだから。何かで塞がってると思う」

いわれるままにギイは城壁の左右を確認し、中へ入って行けそうな入り口を見つけると、今来た方向へ駆け戻って薄暗い城壁の中へと入った。中はひんやりとして黴《かび》臭く、しかも瓦礫があちこちに散乱していて注意していなければすぐに足をとられてしまう。

先ほどリューリの声がした辺りまで来ると、確かに彼のいう通り壁際に瓦礫に埋もれた鉄扉の端が見えた。瓦礫をどけていると、その衝撃のせいか更に壁が崩れてくる。この辺りはかなり脆《もろ》くなっているようだ。

頭や手の上に瓦礫が落ちてこないか冷や冷やしながらすべての瓦礫を除け、扉を開けるとすぐにリューリの暗褐色の頭がひょっこりと現れた。全身が埃《ほこり》と砂、そしてまたもや蜘蛛《くも》の巣だらけだ。

地下から這い出てきたリューリは、崩れた壁をじっくりと確認してから視線を上げ、ギイの姿を認めるとほっとしたように微笑んだ。

「いや、参った。壁が崩れたのか……まさか、入った後でこんなことになるなんて、思いもしなかった。持つべきものは、友だな」

笑いながらギイの肩を叩くリューリを、ギイは呆れて見返す。

「一体、こんなところで何を……ああ、例の探し物？」

まあね、と答えたリューリが髪についた蜘蛛の巣を払おうとした瞬間、その顔が凍りついた。その髪が珍しく束ねられていないことにギイが気づく前に、リューリは慌てた様子で何かを探すように周囲を見回し始めた。つられて地面を見ていたギイは、扉の傍に除けた瓦礫の間に見覚えのある布を見つけて拾い上げた。

「これ、君のじゃない？」

リューリに向かって差し出すと、明らかにほっとした様子で受け取った。その表情は安堵を通り越して泣きそうにも見えたから、どうやらよっぽど大事なもののようだ。

砂ぼこりを落とすためにリューリが古びた赤茶の布を広げている。それは長方形の布だが、元はおそらく大きな正方形だったのだろう。それを半分に切ったようだ。縁にはくすんだ緑の糸で蔦《つた》のような刺繍《ししゅう》が施されているが、長辺の片方にはそれがなく、ほつれ防止のためか明らかに雑に縫った後がある。常に身に着けているせいか、もう向こう側が見えそうなほどすり切れているところもある。

「大事なものなんだね」

埃を払い終えたリューリは、恭《うやうや》しい手つきで布を四つ折りにして細い帯状にしながら答えた。

「まあね。兄貴の……形見みたいなもんだからさ」

リューリの顔がどこか無理しているようにも見え、ギイは返答に窮《きゅう》した。リューリには兄がいて、しかも亡くなっているとは。

リューリはその布で自分の髪をいつも通り束ねると、ギイを促《うなが》して城壁の外へ出た。そのままふたり並んで他愛もない話をしながら中央塔へと向かう。先ほどからリューリの腹の虫が大音声《だいおんじょう》を奏でていた。そういえば、昨日からあそこに閉じ込められていたといっていた。

「何を探しているのか知らないけど、あんなところにひとりで入るのは、危険だと思う。僕でよかったら、手伝うよ」

そういうと、先ほどまでいつも通り陽気に喋《しゃべ》っていたリューリがふっと口を閉ざした。差し出がましいことをいってしまっただろうか、とギイが不安になっていると、リューリの足が止まった。その顔にはなんともいえない表情が浮かんでいる。悲しみと困惑、あるいは怒りともとれるような。

「実をいうと、自分でも何を探しているのか……何が見つかれば納得するのか、よくわからないんだ」

「どういうこと?」

拒絶されているようには感じなかったのでギイが問うと、リューリは何か考え込むように視線を地面の方に向けた。

「さっきの話……俺の兄貴はイーグといって、ここの訓練生だった」

リューリの口調からして、兄弟子というわけではなさそうだ。実の兄なのだろう。珍しい話だ、とギイは思う。兄弟揃って導脈を持って生まれることは、ないわけではないがかなり珍しい。しかも、どちらも〈鉄の砦〉直営の訓練校に入れるほどの才能を持っているなんて。

「でも、さっき、形見、って……」

「……十年前、行方不明になった。今も行方はわかってない。休暇の度に俺や師匠に会いに帰ってくるような人だったから、生きているならなんの音沙汰もないなんておかしい……だから、たぶん」

おそらく生きてはいないのだろうと思っていながら、死んだという証拠はない。だから、形見みたいなもの、という表現をしたのだ。

「行方不明って……どうして」

「わからない。俺たちの師匠の家はここから馬車で三日ばかり離れた場所にあるから、さっきもいったように兄貴は年に二回は帰って来てた。手紙も月に一度くらいは来てたんだ。それが急に来なくなって、師匠がネレイス城に問い合わせてみると、最初は何も問題はないという答えが返って来た。納得できなくてもう一度問い合わせると、今度は脱走して行方がわからないという。そんな馬鹿な話があるかよ。でも、それ以降は何をきいても、師匠が直接出向いても、門前払いだ」

「だから、自分で調べるために、ここへ……？」

「そう。うちの師匠は田舎の三流魔導士で〈鉄の砦〉に直接知り合いもいないから、最初は伝手《つて》を辿って、なんとか別の訓練校に入れてもらうしかなかったんだけど」

ギイは話をききながら考え込んだ。

「調べるといっても……何を？　行方不明になったのは、実地訓練中か何かで？」

実地訓練はときに〈鉄の砦〉の魔導士の任務に同行することがあり、かなりの危険を伴う。ネレイス城でも昨年、実地訓練中に教師役の魔導士がひとり亡くなっている。しかし、リューリは苦々しい顔で首を横に振った。

「いや。俺は当時まだ小さくてよくわからなかったんだけど、師匠によれば兄貴はこの城に不審感を抱いていたらしい。なんでも十年前、ここでは訓練生たちが何人も行方不明になっていて、兄貴はそれを調べているところだったとか」

ギイの脳裏にネレイス城が人食い城と呼ばれる怪談が過ぎった。しかし、胸に湧き上がる恐怖をすぐに打ち消す。リューリが語っているのは、そういう類《たぐい》のものではないのだ。

「兄貴は最後の手紙で、師匠に尋ねていたんだ。古い城に地下室が残っていると思うかって」

「地下室……」

それで、リューリはあんなところにいたのだ、とギイはやっと納得した。

「去年この城に来て、書庫で何か地下室にまつわる資料がないか、探してた。闇雲に探し回ってなんとかなるほどこの城は小さくないし、厄介なことに何度も改築もされてるからな。古い図面の切れ端やら記述やらをなんとかかき集めて、自分なりに照合して、地下室への道を探してたんだ。でも、ほとんどが塞がれてる。おそらく、改築されたときにだろうな。……そもそも、地下室を見つけても、そこに何があるのかわからないし、何を見つけたいのかもわからない」

亡くなったという証拠を目にしたいわけではないだろう。それでも、はっきりさせたいという想いはある。だが、いざそれを突きつけられたとき、どうすればいいのかは、きっとリューリ自身にもわからないのだ。

ギイは何をいえばいいのかわからず、ただ黙って視線をぎこちなくリューリへ向けた。

「俺はさ、導脈があるってわかったのが早くて……四歳か五歳のころだった。何せ親としちや、兄貴という例があるから、普通の子どもとは違うってすぐにわかったらしい。わかった瞬間に追い出されそうになって、そこを師匠に弟子入りしていた兄貴が噂をききつけてすっ飛んできてくれた。この布は兄貴がいつも身に着けてたもので、兄貴が訓練校に入るときに俺が泣いて行かないでくれってごねるから、自分の代わりにって、半分に切って片方をくれたらしい。そんな恥ずかしい話、俺は覚えてないんだけどな」

困ったように笑うリューリを見て、ギイもつられて笑った。しかし、視界は歪《ゆが》んでいた。

彼の兄はきっと生きていないのだろう。それが悲しく、気の毒に思うと同時に、どこかリューリが羨《うらや》ましくもあった。ギイ自身は弟と会ったこともない。その存在すら、両親は知らせてくれなかった。当然だ。ギイは穢《けが》れた存在なのだから。弟もそんな兄とは会いたくないだろう……そもそも、自分に兄がいたなどとは知らないに違いない。

血を分けた肉親と何かを分かち合えるということがひどく羨ましく、自分には決して得られない経験だと思うと空しくて悲しくて、ギイは半分泣きながら友人の肩を叩いた。

10

金風節二の月九日　セレス

城内は騒然としていた。訓練生は部屋に戻るよういわれたが、セレスはその流れに逆らって中央塔の一階を歩いていた。

何があったのかよくわからないが、誰かが暴走を起こし、城の一部が壊れたらしい。訓練が中止になるということは、よほど大規模な暴走だったのだろうか。詳しいことが知りたくないわけではないが、わざわざアレンカにききにいくほどでもない。いずれ噂話が耳に入るだろう。それよりも、人気《ひとけ》がないこのときを狙って城内を探索しようと思いついた。

地下室を探す。あの日記の主はそう残していた。彼、あるいは彼女は、一連の謎の答えが地下室にあると結論づけたようだった。どういう過程でそうなったかは、セレスが見つけた日記には書かれていなかった。だが、地下室を見つければ、答えに一歩近づける気がする。

ただ、これまでの生活の中で地下室への入り口を見かけたことはなかった。

とにかくあまり通ったことのない場所を探そうと思って城をうろついているとき、ふと思い出したのがあの機織りの老女だ。

（彼女は本当に、十年前にここで働いていたマーゴなんだろうか）

そうでない、としたら？　マーゴの名を騙《かた》り、城に入り込む目的とは？

考えながら、足は自然とあの機織り部屋に向かっていた。

使用人たちの居室や洗濯室などが並んでいる半地下に潜り込む。普段は忙しなく出入りしている使用人たちも、今は部屋か上の厨房《ちゅうぼう》にこもっているのか姿が見えない。

あの部屋の前で中の気配を探ってみたが、どうやら人気はないようだ。思い切って申し訳程度に扉を叩いた後、すぐに開ける。やはり誰もいない。

織機には途中まで織られた布がそのままになっている。しかし、織り終えた幅はほんのわずかで、出来栄えは平凡に見える。

セレスは思わず眉をひそめた。彼女は機織り名人で名が通っていたのではなかったのか。

もちろん、年齢のせいでその腕が衰えたという可能性もあるけれど。

そのとき、何か声をきいた気がしてはっとセレスは動きを止めた。油断なく四方八方に視線を巡らせながら耳を澄ます。

壁の向こうから、呻《うめ》き声がきこえた。

さすがに肝が冷え、こめかみに汗が伝う。空耳ではない。確かに耳にした。

呻き声は一旦途絶えたが、しばらくすると再びきこえた。微《かす》かに。更には咳き込むような声も。

（壁の向こう……！）

そう直感し、セレスは足音を立てないように声がしたと思われる部屋の奥へ向かった。だが、間もなく壁の向こうにきこえたと思った声は遠ざかるようにして消えた。

そっと壁を触って確かめてみるが、隠し扉のようなものはなさそうだ。しかしすべての壁を叩いて回ったところ、奥の壁の一部だけ音が違うような気がした。おそらく向こうには空間が広がっているのだろうが、この部屋の中には秘密の通路への出入り口はないか、あるいはセレスにはわからないように巧妙に隠されているらしい。

舌打ちして、セレスは仕方なく機織り部屋を出た。

未練がましく周辺をうろうろするが、やはり隠し扉のようなものは見つからなかった。意気消沈して階段を上がり、大広間の前の廊下をぶらぶらと歩く。

一体、地下室に何があるというのだろうか。あの日記の主は、なんのために探そうと決意したのか。……そもそも、日記の主は何者なのか。

アレンカの話によれば、この五年は訓練生が失踪した形跡は見られないらしい。なら、あの日記は五年より前のものということになる。ネレイス城が訓練校となったのは二十年くらい前だときいたことがあった。紙の劣化具合なども考えると、あの日記は十年くらい前のものだと考えるのが妥当だろうか。

日記の書き手が順当に訓練を終えていれば、今頃〈鉄の砦〉の魔導士となっているだろう。

ふと、彼あるいは彼女は生きているのだろうか、と思った。友人を探すために調査し、地下室に何かあると突き止めたようだが、調べられたくないと考える者もいたはずだ。その連中は、どういう行動に出ただろう？

あの日記は、ネレイス城で行われているであろう研究への疑惑とそれに関する調査過程を後世に残すために書かれたのだろう。……自分が調査を続けられなくなった後、他の誰かに引き継いでもらうために。あの日記の紙片がばらばらに隠されていたのは、万が一調査を歓迎しない者たちに見つかっても、すべて奪われてしまわないようにするためだ。

セレスはネレイス城で秘密裏に行われていた何かが、非常によくないことだと感じていた。口に出すのも憚《はばか》られるようなことだったのではないかと。

知らず知らずのうちに息を詰めていたらしく、セレスはふうっと息を吐いた。

なんだか、急に疲れを感じた。心に重しが載っているかのようだ。不意に、ル・フェに会いたい、と思った。

もう今日は地下室のことなんか考えるのはやめにして、食事を多めにもらってル・フェの仕事が終わるころに持っていってまた一緒に食べてもいい。あれ以来、ル・フェとは城内で会えば互いに親しみを込めた挨拶を交わすようになった。相変わらず彼女がセレスの前で声を発することはないが、セレスを見ると強張った顔がほころぶので嫌われてはいないと思う。ル・フェは勉強に興味があるのか、セレスが訓練や座学の内容について語ると、じっと耳を傾けてくれた。

もう二度と、誰にも心を許すまいと決めていたのに。この世に自分の味方はいないと信じていたのに。たったひとり、自分に微笑みかけてくれる人間がいると思うと、久しぶりに心に温かい炎が宿ったかのようだった。

そんなことを考えながら歩いていると、廊下の角で慌てた様子のアレンカとぶつかりそうになった。

「ああ、セレス！　ちょうどよかった、あなたを探しに行くところだったの！」

アレンカの顔には明らかに焦りの色が見える。

「返事が来たのよ！」

「はあ」

「知り合いの商人に、スネル村にあるマーゴの家を訪ねてもらったんだけど……ああもちろん事情は伏せてね。彼女、去年の冬に亡くなってるわ」

それをきいた瞬間、セレスの全身の毛が逆立った気がした。

「近所の人が簡単に弔っただけで、村でも特に気に留められてなかったみたい。……彼女は曰くつきの城にずっと住んでいたから、村人から敬遠されていたようね。ただ、彼女が死ぬ前に、村の者ではない何者かが訪ねて来たところを見た人がいるという話よ」

それは、といいかけて、セレスは口を噤《つぐ》んだ。胸の内にはやはり、という想いばかりが溢れている。

やはりあの老女はマーゴではなかった。彼女の名を騙る何者かが生前のマーゴを訪ねたのは、城の話をきいて潜り込むためだろうか。

(誰が、なんのために)

「地下室!」

セレスは自分でも知らず知らずのうちにそう叫んでいた。アレンカが急に大声を出した下級生を見て目を丸くしている。

「地下室を……地下室がどこにあるか、知りませんか? どこから行けるのか」

セレスの問いに、アレンカは一瞬狼狽《うろた》えた様子だったが、すぐに考え込むように口元に指を当てた。

「昔の図面を見ると、確かにこの城にはそれなりの規模の地下室があったらしいわ。ただ、百年前の戦争でこの中央塔は大半が焼失し、その後改築されたから、そのときに入り口が塞《ふさ》がれてしまった可能性がある。実際、それらしきものを見たことはないもの」

城にはどこも地下室があるのが当たり前で、食料の備蓄庫として使われたりする。他にも、特に古い城では地下室が捕虜や罪人を捕らえておく牢獄として使われていたというが、そういったものは古城を城主の居館として改築する場合、忌《い》まわしき記憶として塞いでしまうこともあるという。

「残っているとしたら、城塔ね。緋色の塔は城主の居室があった場所よ。そういうところには大抵、秘密裏に城外へ抜け出せる地下道への出入り口があるはず。祈りの塔も可能性はあるかもしれないわ。ただ、どちらも常に人がいるから、調べきれていないのよ……ちなみに、あなたがいる鷹の塔にはそれらしき出入り口はないわ」

サイモン学長たちが秘密裏になんらかの研究を行っているのなら、人の寄りつかない場所で行うだろう。すでにその可能性を考慮して、アレンカはある程度調べていたようだ。

城塔の内、最も大きく重要視されているのは緋色の塔と祈りの塔だ。残りの鷹の塔と西の塔は楼門《ろうもん》に近く、東の塔も城の正面に面した城塔である。いざ敵の襲撃を受けたときに敵に脱出路である地下道への侵入を許すわけにはいかない。だから、それらにはそもそも地下への出入り口は作られなかったのかもしれない。

「……セレス、あなたは地下室があると、そこに答えがあると、思っているのね?」

セレスは小さく唸《うな》った。まだ確信があるわけではない。上手く言葉にして説明もできないのだが、ただ、そうしなければならないと感じるのだ。

いい淀んだセレスは、自分でもなぜかわからないうちに、思いついたままを口にしていた。まったく彼女らしくないことを。

「わかりません……でも、たぶん、そこを調べなきゃいけないんです。誰かが、そう望んでるから」

11

金風節二の月十一日　真光日《しんこうじつ》　ル・フェ

まるで太陽に祝福されているかのように輝く金髪、澄んだ青空のような美しい青の瞳、整った顔立ち。ローレンに似ている、とふとル・フェは思った。ただし、いつも優しく穏やかな微笑を浮かべているローレンと違い、目の前の青年の美しい容貌に浮かぶ表情は、ただただ醜《みにく》い。

怒りに紅潮した顔がこちらを睨《にら》みつける。まるでその視線だけで心臓が射抜かれて死んでしまうのではないかと思うほど、強い眼差しだ。

エイベル王子が何かいっていることはわかるのだが、はっきりとはききとれない。その声はわんわんと耳に響くばかりで、まるで水を張った桶に頭を浸けられたときのようだ。

だが、相手がどういう内容を喋《しゃべ》っているのかはなぜかわかった。

王子は古い革表紙の本をつきつけ、口角泡を飛ばす勢いで叫んでいる。この本を読み解き、使えといっているのだ。それに対し、ル・フェは力なく首を横に振る。……いや、ル・フェの意志ではない。まるで自分の目で見ているかのような光景だが、首を振ったのはル・フェの意志ではないのだ。誰かが王子と対峙していて、まるでその誰かと重なるようにル・フェがこの光景を見ているだけだ。

ル・フェと重なる誰かは、それはできない、と丁寧《ていねい》に断ったようだ。その答えに王子がますます激高していくのがわかった。古くて脆《もろ》くなった本が顔面に叩きつけられる。ル・フェには痛みなどなかったが、衝撃は感じたような気がした。

これを使えばあの連中を打ち破れるはずだ、なぜ協力しないのだ、兄である自分に反抗するつもりか。

弟などと思ってもいないくせに、こういうときだけ血を分けた兄弟であるという事実を持ち出す。胸に苦い気持ちが広がった。

どうせ兄は自分を捨て駒程度にしか思っていないのに。それはわかっているのに、それでも役に立ちたいと、そう思ってしまう自分が嫌だった。

本当は戦争は嫌だ。魔術で人を殺すのは嫌だ。自分と共に戦う魔導士たちは、みんなそう思っている。相手の軍には、この城へ来るまでは共に任務をこなしていた仲間もいるのだ。

でも、拒絶することはできない。そんなことをすれば反逆の罪で即刻死刑もあり得るだろう。

結局のところ、従うしかないのだ。ただ、これ……この魔導書については兄の命令に従ったとて、望む結果を引き出せないことを、既に仲間と共に解読してわかっていた。

のろのろとした動きで床に落ちた魔導書を拾い、俯《うつむ》いたまま知り得た事実を訴える。

この魔導書はあなたの思っているようなものではない、と。

確かに大昔の魔導技術について書かれてはいるが、そもそも大昔の魔導士が使っていた魔術は、敵を奇跡のように一瞬で打ち倒すようなものではないのだ。ここに書かれているのは人体を変質させる魔術で、使うにはより詳しく解読し研究することが不可欠だ。そしてそれが行えたとしても、強大な力を持つ剣や弓矢のような使い方ができるわけではない。

肩に衝撃が走った。痛みに思わず膝をつくと、目の前には見事な装飾が施された剣の鞘が見え、それがもう一度振り下ろされた。

言い訳はいい、と冷たい声が最後通告を突きつける。

ただでさえ、おまえたちの中には裏切者がいるのだ。我が忠実なる家臣を殺した裏切者が。従わないなら、魔導士全員反逆罪で捕らえる。

行け、といわれて魔導書を抱えたまま、痛む肩を押さえて兄の前を辞す。

どうしてこうなるのだ、と思いながら。

どんな命令も拒絶せずに、忠実に仕えてきたのに。どんな理不尽な扱いにも耐えてきたのに。どうしてほんの少し、自分たちの思う通りにならないことが起きただけで、すべて魔導士のせいにするのだ。やり場のない怒りや憎悪をいつも魔導士に向けるのだ。

死にたくない。戦争で殺されるのも嫌だが、いわれのない罪を着せられて死ぬのはもっと嫌だ。それでも、今回の兄の望みだけは、叶えることができないのはわかっている。この魔導書にそんな力はない。

（いや）

そもそも、この魔導書に書かれている内容を研究し実行しろといわれても、それもすべきではないのだ。

本当は後世に伝えるべきでもない。自分たちの手で燃やしてしまうのが一番いいだろうか？　だが、そんなことをすればまた怒りを買うだろう。

打ち据えられた肩が痛む。だが、それ以上に心が痛む。もう何も感じないようになっていると思っていたのに、これから自分たちに降りかかる災厄を思うと……。

いつの間にかル・フェは自分の部屋の寝台の上でぼんやりと天井を見上げていた。視界は涙で歪《ゆが》んでいる。

言葉でいい表せないほど深い絶望と苦しみを、我がことのように感じていた。

今しがた見た夢も、百年前の誰かの記憶の一部なのだろうか？

立ち上がれないほど体が重くだるい。まるでル・フェまでも、起きて部屋を出たその先に、絶望しかないような気持ちになっている。

（……似たようなものか）

大きく息を吐いて、ル・フェはなんとか起き上がると、着替えてまだ薄暗い外へ出た。

ル・フェは、いつものようにまだ湯気の立つ朝食を載せた大きなトレイを両手で持って、緋色の塔へと向かった。中身が零《こぼ》れないように慎重に階段を上り、扉を叩く。いつもなら学長が自ら開けてくれるのだが——親切心からではない。他者に勝手に開けられるのが嫌いなのだ——今朝はいつまで待っても扉に変化はなかった。何度か叩き、待ち、叩き、待ちを繰り返してみたが、一向に返事すらない。さすがに両手が痺れてきて、ル・フェは怒られるだろうなと思いつつも、一旦トレイを床に置いて空手で扉に向き直った。はっきりゆっくり、扉を叩く。しかし、やはり返事はなかった。

もしかして部屋にいないのだろうか。こんな朝早くに？　不思議に思いながら取っ手に手をかけると、すんなりと開いた。鍵がかかっていない。初めてこの部屋に入った日のことが思い出されて、嫌な予感がした。少し手に力を込めると、扉は勢いがついたのかすーっと開いていった。

初め、また幻影が現れたのだと思った。

部屋の中央付近に広がる赤い液体。その中に倒れ伏す人物。

しかし以前目にした光景とは違って、魔導士たちに残酷な死をもたらした冷酷な王子の姿はない。彼を取り巻く家臣たちの姿も。そして、部屋は無音だった。なんの声もしなかった。あるのは、横たわる死体だけ。

血の臭いがした。独特の嫌な臭いが。

幻影を見たときは、漂って来そうなほど現実感があるとは思ったものの、実際には血の臭いなどしなかった。

なぜ？

目の前にあるのは、本物の死体だからだ。

ル・フェは夢でも見ているかのようにふらふらと部屋に入った。何も考えずに倒れている学長のところに向かう。

何か恐ろしいものでも見たかのように、サイモン学長の顔は恐怖に凍りついたまま硬直していた。目はかっと見開かれ、口は助けを求めるかのように大きく開けられて、そのまま事切れていた。

これは一体、どういうことなのだろう。王子の腹心を殺した暗殺者は、どうやって時を越えてサイモン学長を殺したのだ？　死者が蘇《よみがえ》ってきたのだろうか？　ああでも、死者は生きている者を傷つけることはできないと、ローレンはいっていたのに。

学長の体を揺さぶってみるが、なんの反応もなかった。当たり前だ。

ル・フェは呆然としたまま、死体の傍《そば》に座り込んでいた。

頭の中で百年前の殺人の光景と、今自分の目の前に広がる光景が結びついて離れない。双方がごちゃごちゃになり、今にもあの王子がやって来て魔導士たちこそ裏切者、彼らを地下室へ閉じ込めろと命令するような気がする。そして、あの火事が起きる。火に呑まれていく恐怖が、まざまざと思い起こされて体中が震え始めた。

ル・フェの奇妙な思考を打ち破ったのは、怒声と悲鳴だった。

「こ、これはどういうことだ！」

振り返ると、アンセル副学長と確かウィラーという名の魔導士がル・フェの方を見ていた。ウィラー師は悲鳴を上げてうずくまったが、アンセルは憤怒《ふんぬ》の表情を浮かべ、ル・フェのところまで走ってくると、呆然と見上げるル・フェの顔を握り締めた拳《こぶし》で殴りつけた。たまらずル・フェは床に倒れ込む。

「まさか貴様、本当に間諜《かんちょう》だったのか……いいや、暗殺者だ！　誰に頼まれた！　おまえを雇ったのは誰だ、送り込んだのは誰だ！」

最初は掠《かす》れ声だったが、その声に徐々に強い力がこもっていく。怒りのせいだ。

ル・フェは髪の毛を摑《つか》まれ乱暴に起こされた。怒りと憎しみにぎらつくふたつの目が、すぐ目の前にあった。

アンセルはル・フェの髪を摑んだまま、がくがくと前後に揺する。雇った者の名をいえと。

最初は質問の意味がわからなかった。

殴られ、床に引き倒されながら、だんだんと理解した。アンセルは、ル・フェが学長を殺したと思い込んでいるのだ。

違うといいたかった。しかし、相変わらず声は出ない。むしろ、暴力に怯え固まる体は、いつもより声を出すことを拒んでいるような気がした。

「何をなさってるんです！　これは……」

急に別の複数の声と悲鳴が部屋に響き渡った。

「この娘が、学長を殺したのだ！　きっと誰かに雇われたに違いない」

ル・フェがなんとか部屋の入り口の方を見ると、初めてこの部屋に入った日とほとんど同じ魔導士たちが揃っていた。何もかも、まるであの日の再現のようだ。……学長が死んでいることを除けば。ソル師は真っ青な顔で駆け寄ってくると、アンセルの手をル・フェから引き離した。

「そいつは暗殺者だ！」

「何を馬鹿なことを……！」

ソル師はル・フェを自分の背後に隠してアンセルと対峙した。

「何がどうなってるんだ……なぜ、サイモン学長が……いくらなんでも、殺されるなんて！」

駆けつけた魔導士のひとりが学長の遺体を見つめて呆然と呟《つぶや》く。それにアンセルは鋭く反応した。

「裏に誰がいるのか、この娘にきけばわかることだ！　そいつをこちらへ渡せ。尋問してやる」

アンセルは尋問といったが、その語気の強さから拷問する気でいることはわかった。ル・フェはソル師の背後でぶるぶると体が震えるのを止めることができなかった。

「待ってください。ただでさえ目立つセルディア人に暗殺を任せるのは不自然では？」

「仮にこの子が学長を殺したのだとしても、事情を何も知らされていないということもあり得ます」

「黙れ、訓練生の分際で口を出すな！」

若い魔導士たちが口々にアンセルを止めに入ったが、目を血走らせたアンセルは一喝した。

そして、ソル師を押しのけてル・フェの腕を掴んだ。

骨が砕けるのではないかというほどの強い力で掴まれた瞬間、ル・フェの頭は恐怖に支配された。

このままではきっと殺される。それも惨《むご》たらしいやり方で。火あぶりかもしれない。百年前の魔導士たちのように、自分も炎に焼かれるんだ……！

いつもはル・フェの思い通りに動く見えないもうひとつの手が、助けを求めるかのようにでたらめに方々に伸び始めるのを感じた。藁《わら》にもすがる思いで、魔を引き込んでいく。どんどん。しかしその引き込まれた力を、恐怖に支配されたル・フェの心では制御できない。どうすることもできない。爆発する……暴走を起こしてしまう。

そう思った瞬間、エメリン聖導女に何度も何度もいわれた言葉が脳裏に蘇った。決して暴走を起こすなという警告と、それと……。

『あなたは野蛮で、愚かな異民族の娘。何もできない、なんの役にも立たない、なんの価値もない人間なの。本当は、生かしてもらっているだけで奇跡のようなもの。本当は、生きることすら許されないような存在なの。生きているだけで迷惑をかけているの。そんな人間が暴走なんて起こそうものなら……』

ル・フェを見つめる真剣な眼差しが目の前にあるような気がした。

(……ああ、そう、そうだ。暴走なんて起こして、人に迷惑をかけるわけにはいかない。ただでさえ、生きてるだけで迷惑だと思われているのに。迷惑をかけるくらいなら……いっそ死ぬべきなのだ)

目にじわりと涙が溢れ出し、全身の力が抜けていくような気がした。そして、ル・フェの全身にこれまで以上にすさまじい苦痛が襲いかかった。まるで荒れ狂う竜巻に呑み込まれたかのように。そして、やがてル・フェは何も見えず、何も考えられなくなった。

ただ、すべてわからなくなる直前、優しくて力強い声がきこえた気がした。

『君が悪いんじゃない』

……その言葉を信じてもよかったのだろうか?

12

金風節二の月十一日　真光日《しんこうじつ》　ギイ

ウィラー師が暴走を起こした翌日は、訓練が再開された。崩れた城塔を修復する音をききながら。

誰もが事の真相を知りたいと願いながら、誰にもきくことができずにそこここで囁《ささや》き合うにとどまっていた。少し緊張感はあるものの、いつも通りの穏やかな日常が戻ったと思っていた。

しかし、それは嵐の前の静けさだったようだ。

翌朝、少し寝坊したギイが慌てて大広間に下りていくと、既にそれぞれの訓練や作業に散っていっただろうと思っていた訓練生たちでごった返していた。上級生たちや教師たちが、慌ただしく出たり入ったりしている。

誰も大きな声を出していないのに、細波《さざなみ》のようなざわめきが大広間中に広がっていて誰が何をいっているのか、さっぱりわからない。時折上がる悲鳴だけがやけに耳についた。

とんでもないことが起きたのだということは、場の雰囲気でわかった。

出遅れたギイは知り合いを見つけては片っ端から声をかけ、事情をきいて回った。下級生たちの話は要領を得ず、上級生からは相手にしている暇はないと追い払われることもあったが、大抵は普段築いている友好関係のおかげで情報を教えてもらえた。

とてもではないが信じられないような話が飛び出してきて、ギイの頭は混乱した。だが、複数人が同じ話をしたこと、話してくれた相手の性格などから考えて、信憑性が非常に高いと思われる情報はふたつ。

ひとつ目は、サイモン学長が亡くなったこと。

ふたつ目は、犯人はセルディア人の使用人の少女と目されており、彼女は懲罰房《ちょうばつぼう》に入れられたということ。また、彼女を手引きした疑いでソル師も謹慎を申しつけられていること。

どちらも信じられなかった。

不安と恐怖が心に忍び寄り、誰かとそれらを分かち合いたくて、ギイは大広間の中に友人の姿を探した。しかし、まだ部屋から出て来ていないのか、リューリの姿はない。

懲罰房は緋色の塔の手前にある小さな楼門《ろうもん》の中にある。ギイはため息をついて、ざわつく大広間からそっと外へ出た。廊下や中庭では、教師たちが大広間に集まるよう呼びかけていたが、ギイのようにそれを無視する者は少なくないようだった。

楼門の周辺には訓練生が集っていた。どうやら野次馬のようだ。まさかと思っていたが、あれだけ人が集まっているということは、あの少女があそこに入れられているのは間違いがないということだろう。

（あの子が、人を殺す？　しかも、サイモン学長を？　馬鹿な）

監視役の教師が遠巻きに集まる訓練生たちを大声で追い払おうとしているが、みんななかなか従わない。そこへ、ひとりの訓練生がやって来た。周りの者は、思わずといった様子で道を空けている。セレスだ。彼女は背筋を伸ばし、真っ向から監視の教師を見据えた。

「ル・フェに会わせてください」

「だめだ。あいつには暗殺の容疑がかかっている。誰にも会わせられない」

「暗殺？　あんなに小さな女の子が、なんのために学長を殺すというんです？」

セレスの声はまるで相手をせせら笑っているかのようだ。

「答えられない。いいからもう行け。訓練生たちは大広間に集合するよう指示が出ているはずだ」

「わたしは、ル・フェの安全を確認できるまでここを動きません」

「強情なやつだな。人を呼んで引きずっていってもらうぞ」

「ならばわたしは、あなたを押しのけて中に入りましょうか？」

セレスの口調は一貫して落ち着いていたが、周囲の空気が急速に冷えていくような気がした。

彼女は非常に怒っている。

　思わずギイは飛び出した。

「す、すみません、すみません、お邪魔しました」

　一心に謝りながら、一触即発といった雰囲気の教師とセレスの間に割り込む。そして、セレスの腕を取って有無をいわさず少しずつ後退した。教師にはペコペコ頭を下げながらだ。

「何するのよ、放して」

　しばらくすると、強い力で摑《つか》んでいた腕を振り払われた。不愉快そうな声に、ギイは思わずため息をつく。

「き、君ね、教師に向かって喧嘩を売ってどうするの？」

「喧嘩なんか売ってないわ。殴り倒してでも、中に入るつもりだっただけよ」

　口調は淡々としているが、怒りが収まらない様子のセレスに怯え、同時に呆れ果てながらギイはなおもセレスを楼門から引き離すように歩いていった。

「力づくでどうにかするのは無理だよ。とりあえず、あの子があそこにいるってことは、一連の話は大体本当らしい」

「ル・フェが人を殺すわけないでしょう」

　あのセルディア人の少女はル・フェというのか。そして、セレスと仲が良かったのだ。そのことにギイは驚いた。いつも怯えてばかりのあの少女と、誰もが怯えるセレスがどうやって友情を育んだのだろう。

「もし拷問でもされて自白に追い込まれたらどうするの！」

セレスの言ももっともだ。大広間できき集めた話によれば、野蛮なセルディア人なら人を殺してもしょうがないというふうに考える者もいるようなのだ。

まだ幼く気の弱そうなあの少女に、なんのために学長を殺す必要があったのか、ギイも疑問に思ってはいる。

まあまあ、となだめながらも少し考え込んでいたギイは、自分に注がれる視線に気づいてセレスの方を見た。彼女は目を細めてギイを見ている。

「ところで、あなた誰？」

遠慮のない問いに、ギイは思わず苦笑してしまった。

「僕は……ギイ。あの子、ええと、ル・フェとは……その、ちょっとした知り合いで。気になって様子を見に来たんだけど」

ル・フェと知り合いというのは、まあ嘘ではない。友人とはいっていないのだし。

ギイはもちろんセレスを知っているが、他人に興味のなさそうな彼女がギイを知らないのは無理もない。そう思ったのだが、意外にもセレスはああ、というようにうなずいた。

「あなた、あちこちでいろんな人に声をかけられている訓練生よね」

この言葉には驚きを隠せなかった。まさか自分が認識されているとは。

「あなたもル・フェが学長を殺したなんて、信じてないわよね？」

否、とはいわせない口調だった。もちろんギイとて、あのセルディア人の少女が学長を殺したなどと、信じてはいないが。

ギイは小さくうなずいた。

「あの子をネレイス城に呼んだのは、ソル師らしい。ソル師は暗殺者を引き入れたということで、間諜《かんちょう》あるいは背信容疑で自室に謹慎させられているそうで……セレス？」

ソル師に話をきけば、何かわかるかもしれない。ギイはそう思っていたのだが、一緒に会いに行ってみないかと誘う前に、既にセレスは教師たちの私室のある中央塔の方へ歩き出していた。そして途中で振り返り、苛立っている様子でいった。

「ぐずぐずしないで。早く行くわよ」


中央塔の二階にあるソル師の部屋の前には訓練生のひとりが立っていた。こちらも監視されているらしい。

困ったなとギイは思う。何が困るって、セレスが今にも突進していきそうなことがだ。

見るからに苛々した様子のセレスをなんとかなだめていると、階段を上ってくる足音がきこえた。咄嗟《とっさ》に通りすがりのふりをしかけたが、やって来たのは教師でも訓練生でもなく、前掛けを着けた女性と少女だった。その手には料理の載ったトレイや水差しがある。

「すみません」

セレスの服の端をしっかりと摑んだまま、ギイはふたりに声をかけた。ル・フェのことでどうしてもソル師に会いたいのだと切々と訴える。しばらく黙ってきいていた女性は――ドナと名乗った――じっとギイとセレスを見つめた後、後ろに控えていた少女を呼んだ。

「モーリーン」

そして、少女の耳に何事か囁くと、少女は持っていたトレイをギイに押しつけて監視役の訓練生の前へ歩いていった。

「あなた、こんなところで何してるの？」

急に話しかけられて、しどろもどろに答える青年に、モーリーンは更に話しかける。

「ねえ、学長先生が亡くなったって本当？　殺されたっていうのは？　怖いわね。ねえ、もしかしてこの城の呪いってことはない？　きいたことあるでしょ。この城には昔から恨みを残して死んだ幽霊が彷徨《さまよ》っていて……」

モーリーンの話は止まらない。どこで息継ぎしているのか心配になるほど、次から次へと言葉が出て来る。思わず感心して見ていると、ギイたちはドナに促《うなが》された。

ドナは先に立ってソル師の部屋の前へ行き、おしゃべりな少女にたじたじとなっている青年に持っていた水差しを掲げて見せ、すんなりと部屋の中に入った。ギイとセレスを伴って。

部屋の中に入ると、疲れた様子の女性が何をするともなしに書き物机の前に座っていた。ギイは直接指導を受けたことがないが、顔は見たことがある。彼女がソル師だ。

ドナに時間はあまりないわよ、といわれ、ギイはそそくさとソル師に近づき、簡単に名乗った。

「突然すみません、どうしても噂の真偽をおききしたいんです。あの、あなたがウェノン派以外の派閥と繋《つな》がりがあって、誰かに命じられてサイモン学長を殺すために疑われにくい子どもを暗殺者として呼び寄せたという……」

ギイの話をききながら、ソル師は呆れたというように肩を竦《すく》めてため息をついた。すると、セレスが横から口を挟んだ。

「そんなわけありませんよね？　たとえあなたがどこかの間諜だったとしても、欲しいのはネレイス城で行われている研究の成果だもの。年老いて、おまけに大して能力を評価されてもない魔導士を殺したところで、所属する派閥の益にはなりませんから。それに、本当に殺すためにル・フェを呼んだのだとしたら、自分との関わりがないように見せかけるでしょう？」

先ほどまでとは打って変わり、セレスの言葉にソル師は興味を持った様子で顔を上げた。

「あなたはなかなかよくわかっているようね」

「ええと、つまり、噂は嘘だということですよね」

恐る恐る確認しようとしたギイに、ソル師はぴしゃりと答えた。

「当たり前よ」

「ル・フェをあなたが呼び寄せたのも、嘘ですか?」

ギイが重ねて尋ねると、ソル師は微妙な顔をした。

「呼び寄せたわけじゃないのよ。古い知り合い……というか、同じ師の下で学んだ姉妹弟子が勝手に弟子を寄越しただけというか」

「姉妹弟子……もしかして、その人は何かウェノン派と敵対する派閥に縁のある魔導士ということは」

「あるわけないわ」

ソル師は嘲笑《あざわら》うようにいった。

「ル・フェの師は、非常に凡庸《ぼんよう》で才能に恵まれない、自分勝手な聖導女よ。ギルドにすら入れなかったあの子に、どんな派閥とも繋がりを作れるはずないわね」

「なぜ、ネレイス城に寄越したんです? 訓練生としてとってほしかったということですか?」

「違うわ……知能が足りなくて口もきけなくて、呪文すら唱えられない、半人前以下のどうしようもない魔導士だから、もう自分の手には負えない。下働きとして使って、というような手紙と一緒にル・フェは来たの」

そういうソル師の口調はどこか腹立たしげだった。

「ル・フェはしっかりした、働き者のいい子ですよ」

食事の準備を整えながらドナがぽつりと呟《つぶや》いた。それにソル師もうなずく。

「魔導士としての評価も、でたらめだわ。ル・フェはアンセルに捕まるとき、恐怖と混乱のあまり暴走を起こしかけたの。でも、あの子はすんでのところで、周囲に害をもたらさないよう制御した。制御して、すべての魔を自分に向けて放った。アンセルたちはそれを観念して自害しようとしたのだろうなんていってたけど、馬鹿馬鹿しい。あの状況がちゃんと見えていなかったのかしら」

再びギイのすぐ傍《そば》で空気が冷たくなり始めたような気がした。怖くて隣を向けない。

「起こしかけた暴走を抑えるなんて、並大抵の精神力ではないし、操魔技術も大したものだわ。しかもル・フェはそれを、おそらく独学で身に付けている。エメリンにそんなことを教える能力があるはずないから。……そう、そうなのよ。本当に、あのエメリンという女はどうしようもないの。昔からそう。自分が一番正しくて、一番優れていると思っている。自分より才能のある魔導士がいると、些細《ささい》な粗《あら》を見つけて師にいいつけるの。わざとその子のものを壊したり、傷つけるようなことをする。最悪なのは、自分の行動に悪意があるなんてエメリンが微塵《みじん》も思ってないこと。嫉妬からそんなことをしているなんて、考えたこともないの。いつだって、一番正しい自分が判断したことに間違いはないと思っている。だから当事者となった相手以外は、簡単に騙《だま》されていた。真面目で、献身的で、およそ悪意とは無縁のような顔をして見せるから……いえ、自分で自分をそういう人間だと思い込んでるから」

ソル師の口調は憎々し気で、どうやら彼女自身、幼い時分にエメリンという聖導女に何かされたことがあったようだった。

「おそらく、ル・フェの才能に気づいていたんでしょう。自分なんか足元にも及ばない才能を持った異民族の子どもを前にして、エメリンが何を思ったか想像がつくわ。どうせろくに指導もせずに、いじめ抜いただけよ。まあ、指導するような能力もなかったでしょうけど」

話をきいているだけで、ギイはル・フェが可哀そうでたまらなくなった。ろくでもない師匠に当たってしまったようだ。ギイ自身は、ちょっと気弱だがいい師と出会えた。貴族の息子だからと差別されたことはないし、他の兄弟弟子から嫌がらせを受けたときも庇《かば》ってくれた。ネレイス城に推薦してくれたのだって、実力を認めてくれたのはもちろんだが、実家との関係を知る者のいない遠方へ行った方がギイのためだと考えてくれたからだ。

ちらりとセレスを見ると、彼女は怒っていた。だが、怒ると同時に悲しそうな、あるいは諦めたような目でどこか遠くを見ているようだった。

「ル・フェを助けなくちゃ。このままじゃ、副学長たちに何をされるかわからない」

ドナの声はまるで子を心配する母のように重かった。

「わかっているわ。でも、わたしは動けないし……下手に動くとかえって状況が悪くなりそうだもの。犯人がル・フェじゃないという証拠を摑めればいいのだけど」

ソル師も深くうなずいてドナに同意を示したが、困り果てている様子だ。

そのとき、セレスが口を開いた。

「なぜ、学長は殺されたのだと思いますか？　殺すことで、得をする人物は？」

ソル師は少し考えた後、首を横に振った。

「あの人を殺して得をする人間がいるとは思えない。どうして殺されたのかしら。物盗り、なんてわけないでしょうし。……それより、どうしてあのとき、アンセルとウィラーはあんなに怯えていたの？　確かにわたしも他の魔導士も、サイモンが殺されたことが信じられなかったわ。でもあのふたりだけはなんというか、反応が全然違った……」

「ウィラー師といえば、一昨日の暴走は、一体何が原因だったかご存知ですか？」

「ああ、あれは、ゴートという魔導士が亡くなったという知らせが来たからよ。わたしが来たのと入れ違いにネレイス城を引退した老魔導士で、故郷に戻っていたらしいのだけど、急に亡くなったと……でも、どうしてそれで暴走まで起こしたのかしら。それほど親しい間柄だったのだろうとしか思っていなかったけど……こっちも忙しかったし、あのウィラーだから、と深く考えなかったんだけど、よく考えればおかしいわよね。仮にも〈鉄《くろがね》の砦《とりで》〉の魔導士ともあろうものが、友人の死の知らせで暴走なんて」

そのとき、扉が不自然に叩かれた。はっとして振り返ると、外からモーリーンが何やら声高に喋《しゃべ》っているのがきこえる。

「そろそろ行きましょう」

ドナに促され、ギイとセレスはソル師に礼をいってそそくさと部屋を出た。不審がられないよう素知らぬ顔で階下へ下り、ドナたちと別れる。

さてこれからどうしたものかとギイが立ち止まると、セレスは迷いのない足取りでさっさと中庭へ出る出口へ向かった。

「セレス、どこに行くんだい？」

彼女は振り返りもせずに答えた。

「決まっているわ。緋色の塔よ」

13

金風節二の月十一日　真光日《しんこうじつ》　セレス

緋色の塔の周辺には人気《ひとけ》がなかった。みんな人が殺された場所に近寄りたくないのかもしれない。その代わり、塔の入り口にも、それから当然ながら学長の部屋の扉にもしっかりと鍵がかけてあった。

そのどちらの鍵も、セレスは針金を使って器用に開けた。以前、姉弟子たちに物置に閉じ込められたとき、死に物狂いで身に付けた技だ。あれ以来、どこに行くにも針金を持ち歩くようにしている。同行している少年は——名前はギイといったか——驚いて目を丸くしていた。

学長の部屋は綺麗に片づけられていた。遺体はなく、血の跡も消し去られている。ただ、締め切られた室内には微《かす》かに錆《さ》びたような臭いが残っており、想像するとさすがに気分が悪くなった。

「何を探すつもり？」

同じように考えたのか、青ざめた顔でギイがきいてきたので、セレスはソル師との会話を思い出しながら答えた。

「まずは、学長が受け取ったという手紙。それになんと書いてあったのか、詳しく知りたいわ。ソル師がいっていたでしょう。誰も学長が殺されるとは思っていなかったから驚いた。でも、副学長とウィラー師だけは違う反応をした……怯えていた。つまり、そのふたりは学長が殺される可能性があると思っていたのではないかしら？」

あるいは自分たちが殺される可能性もだ。だから怯えていたのだろう。

どういうこと、と更に質問を重ねるギイに向かって、黙ってセレスは棚を指さした。自分は書き物机の周辺に向かう。

しばらく無言で調査を続け、部屋には微かに物を動かす音、紙のこすれる音だけが響いた。セレスは机の引き出しを片っ端から探った。荒らしたと思われないよう、丁寧《ていねい》に、しかし素早く。関連のありそうなものをひたすら探す。途中、サイモン学長の印章が目に入った。そこへギイの声がかかったので、何か目的があったわけではないが、咄嗟《とっさ》に摑《つか》んでポケットにしまう。直後に、手紙が目に入ったので、それも摑む。

「この辺り、変だな。埃《ほこり》の跡がくっきりと残っている。最近まで、何か置いてあったんじゃないかな」

棚には綴じられた紙の束がいくつも立ててある。確かにギイがいうように、その一カ所が不自然に空いていていた。

「こっちも、学長が受け取ったと思われる手紙は見つかったわ」

近づいて来たギイに、セレスは引き出しに突っ込まれていた手紙を渡した。受け取り手の動揺を表すかのように、紙の左下方がぐしゃりと握りつぶされている。

「……特に、おかしいところはないよ。ゴートという魔導士は、故郷で私塾を開いていたんだ。弟子が、師の急死をかつての同僚であるサイモン学長に知らせた……学長と親密だったのなら、当然の行動だと思う」

「そうね。健康になんの問題もなく、新たに幼い弟子をとったばかりだったのに残念だとあるけど」

「それは仕方ないよ。死がいつ来るかは、誰にもわからない」

「学長たちはそうは考えなかったんでしょうね」

セレスは答えながら、先ほどギイが示した棚に向かった。その途中で暖炉の傍《そば》に何かが落ちているのに気づき、興味を惹かれて腰を屈めた。紙片だ。暖炉で燃やそうとして、上手く入らなかったのだろう。拾い上げてみると、奇妙な一文が記されていた。

『清算の日は近い』

セレスは黙って背後のギイに紙片を見せた。

「どういう意味かな？」

首を捻《ひね》るギイを他所《よそ》に、セレスは頭を高速で回転させていた。薄々そうではないかと思っていた。学長を殺して利益を得る者がいないのなら、その目的は復讐ではないのか。つまり、彼に過去の罪の清算を迫った何者かによる殺人。

つまりこのたった一文だけが記された紙片は、脅迫なのだ。おまえたちも罪を清算する日は近いぞ、という。

「清算の日は知ってる？」

セレスの問いに、ギイは小さくうなずいた。

「うん、一応。真光日のことだろう。というか、元々あった清算の日という祭日が真光日と合わさったというか」

「過去の罪に清算を求める日よ」

「死者が蘇《よみがえ》って、罪人に清算を求めるんだろう？　それが、何か？」

ギイは何も知らないのだろうか。この城で訓練生たちが消えたことを。

セレスは空いている棚を見た。学長の部屋ならば彼らが行っていた研究の手がかりが摑めるかもしれないと思ったが、見つからなかった。学長を殺した者が持ち去ったのか？　いや、警告を受けた学長が隠したのかもしれない。だとすれば、まだこの城のどこかにあるはずだ。彼らにとって簡単に手放せるものではないだろう。アンセル副学長なら知っているかもしれない。

「行きましょう」

もうこの部屋に見るべきものはない。セレスはギイがついてくるかどうか確認もせずに、歩き出した。どうすれば副学長に真実を問いただせるか考えながら。

中庭を横切り、途中で大広間に戻れと教師に注意され、一旦は大広間近くに行ったものの、反対側の廊下から外へ出て家畜小屋の前まで来た。背後ではずっとギイが何かいいながらついて来る。

セレスは目の前に何者かが走り出て初めて歩みを止めた。誰かと思えば家畜番の老人ジェフだ。血相を変えた彼はセレスではなく、ギイに向かっていった。

「ル・フェが捕まっているというのは本当か？」

「ま、まあ」

「何を馬鹿なことを！　あの子が学長を殺したなんて話を、みんな信じているというのか？　まったく、馬鹿げている！　あの子がどれだけ熱心に動物たちの世話をしていたか。あの捻くれ者のローレンでさえ、あの子には懐いているのに！」

興奮する老人を、ギイがなんとかなだめた。セルディア人のル・フェに対して嫌がらせをする者は使用人にも訓練生にもいたが、ドナやモーリーン、そしてこのジェフは違うようだ。そのことがわかって、セレスは少し嬉しくなった。

「僕たちは、ル・フェがやったなんて思ってないよ。だから、なんとか助けられないか調べてるんだ。こっちはセレス。えーと、ル・フェの……」

「友だちです」

そういい切ると、ジェフは深くうなずいて頭を下げた。

「なんとかあの子を助けてやってくれ。どうせ〈鉄《くろがね》の砦《とりで》〉の連中は、おれたちみたいな下っ端のいうことには耳を貸さん。だが、君らは将来有望な才能ある魔導士だからな」

将来有望かどうかはわからないし、訓練生ごときのいうことに皆がどれだけ耳を貸してくれるかはわからないが、セレスに諦めるつもりはない。

理不尽で一方的な判断に従ういわれはないのだ。

セレスがそう固く決意しなおしたとき、ギイがふと思い出したようにいった。

「そうだ、ジェフ。あなたはここに来て長いでしょう？　ゴートという魔導士を知ってる？」

「長いといっても、七年くらいだがな。学長たちには及ばん。ゴートなら覚えているよ。五年前だったか、田舎に引っ込みたいとかで、辞めて故郷に帰ったな。元々サイモン学長と学長の席を争った間柄らしいが、仲は良かったようだ」

「ということは、ゴート師も長く勤めていた？」

「もちろん。サイモン学長やアンセル副学長、それから去年死んじまったロメ師や腰抜けウィラーと一緒に、ここの訓練校創設時からいるはずだ」

ふたりの会話をきいていたセレスは、はっとして失礼だと思いながらも割り込んだ。

「ごめんなさい、今、死んだといった？　教師が？」

ジェフは話を遮られたことに気を悪くした風もなく、うなずいた。

「そうだ。去年、実地訓練中にロメ師が率いる訓練生たちが道に迷ってしまったらしくてな。運悪く野盗に出くわして、訓練生たちはなんとか逃げ延びたがロメ師は殺されちまった」

「それは、いつ頃のこと？」

「……そういえば、ちょうど去年の今頃だったな。もう少しで真光日という日だった」

去年も清算の日近くに魔導士が亡くなっていたのだ。これは偶然だろうか？　セレスは思わず興奮のあまり拳《こぶし》を握った。

「ああ、そうだ、もうひとりいたな」

「何がもうひとりなんだい、ジェフ？」

「創設時からいた魔導士だよ。あの陰気な書庫番、あれもずっと学長たちと一緒だったな、確か――」

書庫番、ときいた瞬間、ギイが押し殺した奇妙な声を漏らした。悲鳴のような。彼の方を見ると、顔面蒼白になって固まっている。

祈りの塔と呼ばれる城塔に書庫があることは知っていたが、セレスは行ったことがなかった。当然、書庫番の魔導士に会ったことはない。だが、おそらく無関係ということはないだろう。

副学長よりは話をききやすいかもしれない。

セレスはジェフに礼をいい、なんとかしてル・フェを助け出すと約束してから、すぐに踵《きびす》を返した。やはりギイもついてきたが、先ほどまでと違い、その声は震えて涙声だ。

「セレス、セレス……まさか、書庫に行くつもり？」

「他にどこに行くというの？」

少々苛立ちながら、小走りに祈りの塔へと向かっていると、急に後ろから腕を掴まれた。青い顔をしたギイが、真剣な顔で見つめている。

「その……リース師に会うのは、まずいと思う」

「なぜ？」

書庫番はリースという名らしい。そして、ギイは彼のことを知っているのだ。

「そ、その……ええと、ちょっと気まずくて。詳しくはいえないというか、いうなといわれているというか」

「なんなの」

逆に腕を掴み返して迫ると、ギイは観念したように項垂《うなだ》れた。

「一昨日の夜、リース師が何者かに襲われたところに出くわしたんだ。命は無事だったんだけど、怪我をしてて……絶対誰にもいうなと脅されたんだ。あの人、墓から蘇った死者みたいで怖いんだよ……」

ギイの話をきいてセレスは確信を深めると、再び走り出した。祈りの塔へ。

ネレイス城に訓練校ができた当初からいる魔導士が、既に三人――あるいはゴートも含めると四人――危害を加えられている。おそらく、なんらかの忌《い》まわしい魔導の研究に関わった魔導士たちが。この城から訓練生たちが消える原因となった者たちが。

罪の清算を求められている。

14

金風節二の月十一日　真光日《しんこうじつ》　ギイ

セレスはまたも見事な鍵開けの技を見せ、書庫への道を開けた。ギイは気が乗らないながらも、彼女についていかざるを得ない。先ほどから、彼女の背中を追ってばかりだ。どうしてセレスは、こうも迷いなく瞬時に判断し、前へと進めるのだろう。

本当のところ、ギイはそこまでル・フェの無実を証明したいというわけではなかった。彼女が気になったのは事実で――罪悪感を抱いてもいた――、だから無事は確認したかった。しかし、所詮は先ほどまで名前も知らなかった少女なのだ。こんな危険を冒してまで彼女を助けようとは、思っていなかった。謹慎させられている教師のところに乗り込んで、亡くなった学長の部屋に忍び込んで……ばれたらどんな罰が待っているかわからない。

情けないことだが、ギイは怖いのだ。自分が罰せられることが。将来の希望を完全に失ってしまうことが。おそらく、よく知らない少女の命が失われることよりも。そんなふうに思ってしまう自分が嫌で、己の臆病さに腹が立つ。それでも、きっとひとりだったら、仕方ないと自分にいいきかせ、諦めていただろう。

しかし今はセレスがいる。

彼女は怖いものなど何ひとつないように、友人のために危険を冒そうとしている。その姿はギイにとって眩《まぶ》しく、理想の具現のような気がしていた。彼女のように行動できたらいいのに、と思った。

だから、本当は今でも大広間へ取って返して何事もなかったふりをしたいのだが、その衝動をこらえて、揺るぎなく進んでいく少女の背中だけを見ていた。道標を見失わないように。

書庫はいつもと変わらないように見えた。窓からは陽光が射し込み、いつもギイが座っている場所を明るく照らしていた。リューリはいない。当然だ。書庫には鍵がかかっていたのだから……セレスは難なく開けてしまったが。緋色の塔と違い祈りの塔、そして書庫の鍵はいつもなら昼間は開けられているが、さすがに今日は締まっていた。非常事態だからだろうとギイは思ったのだが、そうではなかった。

不自然に開いた続き部屋の扉を覗いたギイは、呆然としてその場に固まった。何を見ているのか、頭の理解が追いつかない。先に入ったセレスが落ち着いた様子で机に突っ伏したリース師に近寄っていった。

最初、リース師は眠っているように見えた。顔色が死人のように青白いのはいつものことだ。しかし、その口の端から赤いものが零《こぼ》れているのに気づいて、ギイは声にならない悲鳴を上げた。

リース師が、血を吐いて死んでいた。

「こ、こここここ殺されたの？」

声が裏返ってしまったが、自分ではどうしようもなかった。死体に近づき周辺を調べるセレスは非常に落ち着いて見えたのだが、傍らに転がる小さな瓶を拾い上げたその指は震えていた。

「違うわ、たぶん」

セレスも動揺し、おそらく恐怖も感じていたはずだ。しかし、彼女は努めて冷静に見えるように振る舞った。あるいは、自分で自分にそう思い込ませようとしていたのかもしれない。

改めてなんと自制心の強い少女かと、ギイは感心した。

「これは、毒の瓶みたいね。それに、遺書……なのかしら？」

リース師が覆いかぶさるように倒れた書き物机の一角に、何か乱暴に書きつけられた紙が置かれていた。

「『見てはならなかった、触れてはならなかった』……伝えて……いえ、『記憶してはならなかった』……？」

セレスが書き殴られた一文を読み上げる。

「遺書にしては、変ね。どうしてわざわざ古語で、それもおかしな文を……」

瞬間的に、ギイは思い出した。文法は過去形になっているが、あの文だ。

慌てて書き物机の周辺、そして書棚を確かめ、あの日に開かれていたあの魔導書を探し出した。

「これだ！」

「随分古い魔導書のようだけど……ああもう、なんて読みにくい字なの」

ぶつぶつ文句をいっていたセレスだが、頁の初めに書かれた警告文を読んで顔色を変えた。そしてそれからは、まるでリース師の遺体もギイもいなくなったかのように、彼女は立ち尽くしてただ目で文字を追っていった。

現代語を読むよりは遅いものの、とんでもない速さで読み進めていく。リューリも速いとギイは感じていたが、セレスはそれ以上だ。さすがとしかいいようがない。ただ、紙をめくるごとに彼女の表情が曇っていくのが気にかかった。

やがてセレスは顔を上げ、書棚を眺めた。そこから数冊の魔導書を抜き取り、無言でギイの腕に積んでいく。慎重に。そして、自分でも数冊を持った。

「わたしの部屋まで運んで」

「ええ？」

「ここは暗いし……こんな場所じゃ集中できないわ」

十分集中していたような気がしたのだが、彼女のいうことももっともだ。だが、死者のものを勝手に持ち出すのは気が引けたし、遺体をそのままにしていくのはもっと気が引ける。

「その前に、誰かに知らせないと」

「そのうち誰か気づくわよ」

「放っておく気？」

「わたしだって申し訳ないと思うけど、誰になんといって知らせるの？　わたしたちがここにいる理由をどう説明する気？　絶対にこの魔導書は取り上げられるわ。でも、謎を解くためにはこれが必要なの」

ギイは反論を試みたが、結局言葉が見つからず、またもセレスの後についてそそくさと馴染み深い書庫を後にするしかなかった。


鷹の塔にあるセレスの部屋はひとり部屋で、お世辞にも綺麗とはいえなかった。おまけに狭い室内には彼女の勉強道具が所狭しと並んでいて、年頃の少女らしさは欠片《かけら》もなかったが、なぜかとてもセレスらしいと感じた。

セレスはリース師の部屋から持ち出した魔導書を寝台の上に積み上げ、部屋の中で一番明るい場所を選んで床に座り込んだ。自分のものらしい数冊の帳面を広げ、その傍らに早速魔導書を開く。それからは、まるでギイがその場にいることなど忘れたかのように魔導書の中身に没頭していった。その集中ぶりはすさまじく、たとえ傍《そば》に雷が落ちたとしても気づかないのではと思うくらいだ。なるほど、これを見る限り、確かに書庫ではまだ集中していたと手持ち無沙汰のギイは、時折「どう？」「何かわかった？」と声をかけてみたが、大体忘れたころに「うう」とか「ああ」とかいう相槌とも呻《うめ》き声ともつかない返事が返ってくるだけだったので、終いには声をかけるのを止めてしまった。

途中、こっそりと部屋を出て食べ物を取りに行こうとしたが、大広間の近くは教師や上級生たちが頻繁《ひんぱん》に出入りしていることが遠くからでもわかったので、家畜小屋の近くにあるジエフの小屋に行き、食料を分けてもらった。

ギイがもらってきた食べ物にも興味を示さなかったセレスは、随分経ってから顔を上げた。おそらく窓からの光が弱くなったからだろう。いつもならまだ日が完全に暮れるような時間ではないが、昼過ぎから厚い雲が空を覆っているせいか、やけに暗く感じる。

「何かわかった？」

そう声をかけると、セレスは青い顔で振り返り、目を細めてギイを見た。よほど集中していたのか、なぜギイがそこにいるのか一瞬思い出せなかったようだ。

セレスは数回目を瞬《しばたた》いた後、開いた魔導書をギイの方に向けた。といっても、ギイには読めないのだが。

「思っていた通りだったわ」

呟《つぶや》くようにセレスは話し始めた。

「これは、恐ろしく昔の魔導知識を伝える魔導書よ。おそらく、何度も書き写されてる。あちこち写し間違えられているせいで、意味が通じないところがたくさんあるわ。それに、この短時間ではすべてを理解しきれない」

「でも、君は大体の内容を摑《つか》んだんだろう？　思っていた通りって、どういうこと？」

そう問うと、セレスは何度か口を開けようとしては閉じ、何か考え込みながらもう一度話し始めた。

「ここに書かれている魔術は……魔導士でない者に導脈を通し、魔導を使えるようにするというもの」

そう説明されて、ギイは困惑した。魔導士でない者を魔導士にする……あり得ないことだ。逆なら喜んで飛びつく者が大勢いるだろうが。

ギイの反応にセレスは少し苛立った様子で魔導書を振った。

「わからない？　つまり、大本の本が書かれたのは、魔導士であることに価値があった時代なのよ。つまり、魔法王国時代ということ」

ギイは呆気にとられた。確かにリューリと冗談まじりにそんな話はしたが、本気ではなかった。

「だって……千年くらい前の話だろ……一体、誰が……」

「それはわからない。でも、誰かが密かに伝えたのよ。この魔導書には、魔導士でない人間に導脈を通すというだけではなく、導脈を強化させる術についても書かれているわ。こっちの方は、現代でもさぞ需要があることでしょうね」

魔術は使役する魔導士の導脈の強度によってその威力や規模が変わる。同じ魔術を使っても、導脈が弱い者と強い者とでは結果がまるで違うのだ。当然、魔導士として大成するためには、強い導脈を持っていた方が有利となる。だから、セレスの言葉はもっともで……つまり、誰かがこの古い魔導について研究していた可能性を示していた。

「具体的にどんな方法で行うのか、詳しくはわからない。ここまで解読するには時間が足りないわ。ただ、これだけはいえる。この術で、ひとりの魔導士の導脈を強化するためには、別の魔導士の導脈を……おそらく、ひいては命を犠牲にすることが必要よ。そしてその術を行うために、治癒術を使える魔導士も必要になる」

治癒術、ときいてギイはどきりとした。この城内でそれを使える人間を、ギイはひとりしか知らない。……厳密には、使えた、だが。

セレスは魔導書を閉じ、頭痛でもするのか頭を押さえながらため息をついた。

「あなた、この城で人が消えるという話をきいたことがある？」

その問いに、ギイの心臓が大きく鼓動を打った。つい昨日、リューリから彼の兄が十年前にこの城で姿を消したという話をきいたばかりだ。だが、簡単に漏らしていい話ではないだろう。ギイは誤魔化すように引きつった微笑を浮かべて答える。

「城が人を食うとかいう怪談話のこと？　それはあるけど……」

「ただの怪談話だと思う？　何か根拠があると思ったことは？」

セレスの青白い顔に浮かぶ痛いほど真剣な表情を見て、ギイの背筋に悪寒が走った。

強化のために犠牲になる魔導士が必要。彼女はそういったのではなかったか。

（それは、つまり）

ギイの手が知らず知らずのうちに震え始めていた。

「何年か前まで、本当に訓練生たちの中に行方不明になる者がいたの」

「君はどうして、それを」

知っているのか、と最後まで口にする前に、セレスは紙を取り出してギイの前に並べて置いた。紙は古いものらしく、あちこち汚れたりすり切れたりしていて文字の読めないところもあった。セレスはその隣に、新しい紙を置いた。どうやら、古い紙の内容を彼女が整理したものらしい。

それは、誰かの日記のようだった。非常に簡潔な内容が箇条書きに記されている。最初は日々の雑事を、それが時が経つにつれて不穏なものになっていく。

「これは……」

「わたしは、この部屋でこれらの日記を見つけたの。それからいろいろと調べていた。でも、今日すべてがはっきりしたわ」

表れていた。

そういうセレスの声は確信に満ちており、顔は青ざめてはいるものの、強い怒りと意志が

「サイモン学長や他の死んだ魔導士たちは……リース師以外わたしは殺されたんだと思っているけど、彼らはきっとこの古い魔導書の禁じられた魔術を研究していたのよ。その実験のために、脱落の決まった訓練生たちを使っていたんだわ」

そんなまさか、といおうとしたがギイだが、声が出なかった。いくら何でも、人の命を犠牲にしてまで魔導の研究をしていたなんて。しかも、奪っていた命は、まだ子どもといっていいほど年若い魔導士たちのものだ。

「そして、おそらく犠牲になった訓練生たちの誰かが生きのび、かつての罪の清算を迫っている」

セレスのいいたいことはわかった。その何者かが、復讐のために三人——セレスの考えている通りなら——の魔導士を殺したのだ。そして、それを察したからこそ、アンセル副学長とウィラー師は怯えていた。彼らは全員、ネレイス城が訓練校となって以来ずっとここにいる魔導士たちだ……おそらく、研究を始めた魔導士たち。

「リース師……あの人は、なぜ……」

自ら命を絶ったのか。思わず呟くと、セレスは顔をしかめた。

「それは、わからないわ。もしかしたら、あの人には良心があったのかも」

ギイはあの夜のことを思い出した。

何者かに襲われていたリース師……だが、あの人はそのことを誰にもいうなといった。もしかしたら、自分たちが犠牲にした子どもたちの中に生存者がいたと知って、その誰かが復讐のために戻って来たと知って、自らの罪の重さを実感したのだろうか？　本来、人を救うべき治癒の力を持って生まれながら、その力で子どもの命を奪っていたことに、苦しんでいたのだろうか……。

あの後悔の滲《にじ》む遺書ともいうべき一文を、ギイは思い出した。

「『見てはならぬ、触れてはならぬ、記憶してはならぬ』……そもそも、そう警告されていた。きっと、この魔導書を書いた誰かは、内容の恐ろしさを知っていたんだ。リース師も、この研究に手を出すべきではなかったと、後悔したはずなんだ。なのに、なぜ、魔導書を燃やしてしまわなかったんだろう」

ましてや、倒れた燭台《しょくだい》の火から、身を挺《てい》してまで守るなんて。

ギイが思わず疑問を口にした瞬間、青白い顔のセレスが奇妙な表情を浮かべた。それは笑みのようでありながら、憐れむような、同時に羨《うらや》んでいるような、なんとも表現しがたい表情だった。

「ああ、あなたにはわからないのね……知らないことを教えてくれる未知への扉を、その鍵を、そう簡単に捨て去れるものではないことが」

彼女が何をいっているか、ギイにはよくわからなかった。しかし、やるべきことはわかっていた。

「とにかく、このことを誰かにいわなくちゃ。さすがに、僕たちだけではどうしようもないよ。すべてを明かしたら、学長を殺したのはル・フェじゃないってことはわかってくれるだろう。それに、他に犯人がいて、今も副学長たちの命が危ないことも」

リューリになんと告げればいいのかは、まだわからない。もし自分たちの考えている通りのことが過去にこの城で行われていたとしたら、彼の兄の最期はどれほど残酷なものであったか……。

「そう……そうね。でも、誰に？　研究に加担した教師が、今わかっている六人だけだとは限らないわ。仲間が他にもいるかもしれない」

「あ、そうか……ソル師なら？　あの人は、絶対に仲間じゃないだろう」

「でも、部屋に閉じ込められて……いえ、そうだわ。行きましょう」

セレスは何かを思いついたのか、はっと顔を上げると、さっさと部屋を飛び出した。ギイは仕方なく、またしても彼女の背中を追って侵食し始めた闇の中へ出た。

てっきりソル師の部屋に向かうのかと思っていたが、意外にもセレスは大広間へと向かっていく。すっかり太陽が隠れてしまい、陰影しか見えない暗い世界において、明かりのたくさん灯された大広間は、まるで荒れ狂う嵐の海でやっと見つけた灯台のように、安心感を与えてくれた。

中に入ると、大広間は蜂の巣を突《つつ》いたような騒ぎだった。あちこちで悲鳴とすすり泣きがきこえ、セレスでさえ唖然として一瞬立ち止まったほど、異様な空気に満ちていた。

しかしセレスはすぐに辺りを見回しながら上段の方へ進んでいった。誰か探しているようだ。

ギイもリューリを探すが、今朝と同様にやはりその姿はどこにも見当たらない。不意に嫌な予感がした。

セレスは明らかに苛立っている様子で、混乱する訓練生たちに落ち着くよう呼びかけていた監督生のひとりヴァレルに近づいていきアレンカはどこか、と尋ねた。

顔に疲労を滲ませたヴァレルは、近くの訓練生に指示を出しながら呆れた顔でセレスとその隣のギイを見返した。

「何をいってるんだ、君たちは……まさか、知らないのか？」

「何をです？」

「アレンカもレミも、脱走した訓練生たちの捜索と救護中だ」

「脱走ですって？」

ギイは思わず素《す》っ頓狂《とんきょう》な声を上げてしまった。訓練校の魔導士が勝手に近隣の村や町に逃げれば、下手をすれば捕縛される。そんなことは、誰でもわかっているはずなのに。一体何が起きているというのだろう。

ヴァレルは唖然とするセレスとギイを見て、ため息をついた。

「一体、君たちはどこに雲隠れしていたんだ……。ただでさえ、このところ今度の真光日には百年前の亡霊が蘇《よみがえ》るとかいう噂でもちきりだっただろう？　そこへ、学長が死んだという知らせがあってから、ずっと訓練生たちは不安と緊張に苛まれていた。そこに更に、今度はリース師まで亡くなったという……それで緊張の糸が切れたんだろう。一部の訓練生たちが、この城の亡霊のせいだと騒ぎだしたんだ。ここにいては自分たちも殺されると。それで、混乱のあまり城を抜け出す者が続出して……無事に抜け出せたならまだいいんだが、空堀に落ちて怪我をして動けなくなった者もかなりいてね。アレンカもレミも、その救出と周辺の捜索に当たっているが、暗くてなかなか順調に進まないんだ」

「先生方は、何もしてくれないんですか？」

「ソル師を始めとして協力してくれる人もいるが、一部は真っ先に逃げ出したらしい」

苦々しいヴァレルの答えに、ギイは呆れた。

「ル・フェは？　まだ閉じ込められているんですか？」

焦れた様子のセレスの問いに、ヴァレルはなんのことかわからないというようにきょとんとした。学長を殺した罪をなすりつけられたセルディア人の女の子のことだ、とギイが説明すると、ヴァレルはただ首を振った。そこまで考えていられないということなのだろう。大広間のこの混乱具合を見れば、当然だ。彼らにとって、異民族の少女の命など今はどうでもいいに違いない。

「様子を見て来るわ」

いうや否や駆けだす背中に、慌てたようにヴァレルが叫ぶ。

「君たちはここで待機するんだ！」

しかしセレスがそんな注意をきくはずがないことを、ギイはもうよく知っている。そして、自分も今はたとえ監督生の警告といえど従うわけにはいかなかった。

15

金風節二の月十一日　真光日《しんこうじつ》　ル・フェ

喋《しゃべ》り方がおかしいといわれた。

食べ方も、歩き方も、すべての所作が、笑われた。そしてそこかしこから嘲笑《ちょうしょう》と共にため息がきこえるのだ。ああ、野蛮な異民族の子だ、と。

みんなとどこが違うのか、ル・フェにはわからなかった。最初は腹を立てて、笑った相手に突っかかったり、逆に無視したりしていたが、やがてやはり本当に自分がおかしいのだ、と思うようになった。

エメリン聖導女が、悲し気に注意する度に。

彼女は誠実な人だ。嘘をついたり、相手をいたぶったりするような人ではない。悪意とは無縁の人だ。

傷ついた人間、誰もが厭《いと》う重病人を、率先して看病する様をル・フェは見た。魔導士である以上、エメリン聖導女も聖導院内で嫌われ蔑《さげす》まれていたが、どこかでみんな彼女の無私の献身性に一目置いてもいた。

そんな人が魔導の師であることを、ル・フェは誇りに思っていた。ル・フェを獣以下に見下す聖導師たちから、身を挺《てい》して庇《かば》ってくれたから。誇りに思わなければならないのだ。

一度だけ、自分の喋り方のどこがおかしいのですか、と直接きいたことがあった。教えてもらえれば直せると思ったからだ。しかし、エメリン聖導女は絶望したかのような顔で、『そんなこともわからないの』と細い声で呟《つぶや》くだけだった。

自分がどれだけ師を失望させたのかと、ル・フェは怖くなった。そんな小さな出来事が重なるうちに、おかしいのは自分で、すべて自分が悪いのだと思うようになった。

本当は……本当は、そうではない、と思いたかった。

自分がおかしいのではない。悪いのではない。

誰かにそういってほしかった。

ル・フェには自分のどこがおかしいのか、どこが悪いのかわからない。だから、誰かが否定してくれなければ、自分のすべてが間違っていて、存在そのものが悪いと思わなくてはいけなかったから。

どこかで歌がきこえる。まるで子守歌のよう。

誰かが、傷ついたル・フェの傍らに座り、母のような慈愛に満ちた眼差しで見守ってくれているような気がした。

ずきずきと全身が痛む。その痛みで目が覚めた。ル・フェは冷たい床石の上に横たわっていた。懲罰房《ちょうばつぼう》として使われているというこの部屋に寝台はなく、薄い毛布一枚だけ置いてあった。ここに入れられたときはそれを敷く元気もなくて、ただ倒れ伏したのだ。

外は妙に静かで、人の気配がしない。

暗い室内で静寂の中、ル・フェはこれからどうなるのだろうと考え始めた。どう転んでもいい方向に向かわないことはわかる。アンセル副学長の憎々し気な瞳は今も鮮明に思い出せるし、彼は周りがなんといおうと学長殺しにル・フェが関わっているという意見は変えないだろうということもわかっていた。

殺されるのだろうか。

(痛いのは嫌だな)

どうせ死ぬのなら、ひとおもいにやってほしい。拷問されてずっと痛い思いをするのは嫌だ。

そんなことを考えていると、どこからか自分を呼ぶ声がきこえた。恐怖と寂しさのせいできこえるはずのない声をきいているのだと無視していたが、もう一度声がきこえた。今度はすぐ傍《そば》で。驚いて痛む体を忘れて飛び起きる。いつの間にかローレンが立っていた。

「ル・フェ、おいで」

「……ローレン？　そんなところで何をしてるの？　勝手に出ていったら、怒られる」

「いいから、来るんだ。急いで」

ローレンはいつものように穏やかで優しい表情を浮かべていたが、どこか焦っているようにも見えた。

「彼らが来る前に、ここを出ないと。あそこに燭台《しょくだい》がある。持ってきて」

「彼らって？」

「アンセルとウィラーだ」

アンセルという名にどきりと心臓が跳ね、思考が恐怖で一瞬凍りついた。あのウィラーという魔導士も副学長の仲間なのか。

「やつらは、君が自分たちのことも狙っていると思い込んでいるから、何をするかわからない」

ローレンの重々しい声をきいたル・フェは震える足で立ち上がり、部屋を出たところにあった燭台に火を灯すと、ローレンについて歩き出した。歩きにくいと思ったら、足に鈍い痛みがある。どうやら折れてはいないようだから、ひどい打撲といったところだろうか。アンセルに殴られたのは顔だけだったはず、と考えてその後に暴走を起こしかけたことを思い出した。周りに被害を及ぼさなかっただろうか。

また怒られてしまう、失望されてしまう、という恐怖で息が苦しくなった。

「大丈夫？」

先を行くローレンが振り返って心配そうにきくので、ル・フェは慌ててうなずいた。それからふと、周囲の様子に気づいた。懲罰房を出て、ローレンは左に折れて進んでいたはずだが、ふたりはいつの間にか階段を下りている。

（階段……？　外に出るんじゃなくて？）

懲罰房のある楼門《ろうもん》を東に出れば訓練場、西に出れば旧聖堂があった。しかし、そのどちらに行くにしても、階段なんか通らなかったはずだ。

通路はどんどん狭く、暗くなっていく。先を行くローレンの背中だけを頼りにル・フェは進んだ。

階段はどこまでも続いていく。途中、平坦な道に戻ることもあったが、狭いのと暗いのに加え、埃《ほこり》っぽさと黴《かび》臭さもひどくなってきた。ここが長年ろくに掃除されていないことは明白だ。

通路はほとんどが一本道だったが、途中で枝分かれすることもあった。その分かれ道の先に明かりを掲げてみたが、暗くてまったく見えなかった。

ローレンは分かれ道に出ても、迷うことなく進んでいく。まるで通路すべてを知り尽くしているかのように。

随分歩いたような気がするのに、通路はまだ続いているようだ。ル・フェは不意に怖くなって、どんどん進んでいくローレンに声をかけた。

「ね、ねえ、ローレン。一体どこに向かってるの？　逃げるって、どこへ？」

「城の外だ。とにかく、今はやつらから離れないと」

城の外、といわれてル・フェは思わず足を止めた。それに気づいたローレンが振り返る気配がしたが、距離が離れすぎていて、心もとない蠟燭《ろうそく》一本の明かりでは彼の表情までは見えない。

「だめ……ここを出て、どこに行くっていうの？　あたしには、行く場所なんてない。もう、戻れないんだから」

聖導院を出る日、やんわりと、しかしはっきりとエメリン聖導女はいった。もう二度とここに戻って来てはならないと。だから、ネレイス城に来るしかなかった。何が何でも、ここにいるしかなかったのだ。

「しばらくの間でいいんだ。やつらもそう長くは逃れられない」

「しばらくって、どのくらい？　それまで、どこにいればいいの？」

「……ル・フェ、やつらはきっと君を殺そうとする。あるいは、拷問にかけて雇い主をききだそうとするだろう」

「あたしは、誰にも何も頼まれてない、学長を殺してない！」

「やつらはそう思い込んでるんだ」

諭《さと》すようにいわれ、ル・フェは黙るしかなかった。ル・フェの無実を証明してくれる人がいればいいが、一体誰がそんなことをしてくれる？　セルディア人の子どものために骨を折ってくれるような者が、いるはずもない。

仕方なく、ル・フェは歩みを再開した。

「ここは一体何？」

「緊急時に、城の外へ脱出するための秘密の通路だよ。城主の居室や聖堂みたいな重要人物の使う部屋を主として、城の至る所から通っている。そのひとつだ。入り組んでいるから、知らない人間は絶対に迷う。外に出たらここを使って戻ってこようなんて思っちゃだめだ」

それをきいてル・フェは震えあがったが、同時になぜそんな通路をローレンが知っているのだろうと不思議に思った。彼は常に確信を持って道を選んでいるように見えた。時折、視線を巡らせることはあったが、周囲の様子を探っているだけで、道がわからなくなったようには見えなかった。

そのことを尋ねようとしたとき、ル・フェの耳に悲痛な叫び声がきこえた。いや、実際にきいたのかはわからない。きこえた気がしただけかもしれない。しかしル・フェは無視することができず、立ち止まって耳を澄ませた。闇の向こうから助けを求める声がする。苦しむ声が、泣き喚く声が。労《いたわ》りあうような、か細い涙まじりの歌声が。

先ほどまでは気がつかなかったが、右手に脇道があった。そういえば、そこを通るとき、一瞬ローレンがそちらを見ていたような気がする。

「声がきこえる」

再び立ち止まったル・フェは、魅入られたように脇道の方を見つめた。

「ル・フェ」

「誰かが、助けを呼んでる……あたし、この声きいたことがある。あたしをずっと励ましてくれた声たちだ」

「ル・フェ！　きいては駄目だ。今は、自分の身の安全だけを考えるんだ」

ローレンの声は珍しく厳しかった。決してそちらの道に行っては駄目だ、と全身で告げていた。だからこそ、ル・フェはますます無視できなくなる。

「行かなきゃ……助けなきゃ。放っておけない、みんな苦しんでる、救われたいと望んでる！」

自分でもどこにそんな力、勇気があったのかわからない。しかしル・フェは気がつくと、ローレンの制止を振り切って脇道に飛び込んでいた。どうしても、この先に向かわなければならない気がしていた。痛む足を引きずりながら走る。風で燭台の炎が揺らめいた。

通路はどこまでも続いているような錯覚を覚えたが、気がつくと前方に微《かす》かに射し込む光が見えていた。通路の先では明かりがついているのだ。なぜかその明かりが禍々《まがまが》しく見えた。その先に苦しむ者たちがいると、ル・フェは確信していた。

暗闇から飛び出したル・フェの目には、煌々《こうこう》と辺りを照らす明かりが眩《まぶ》しかった。人の気配がしたように思ったが、姿は見えない。思わず目を瞑《つぶ》り、何度も瞬《まばた》きを繰り返しながら徐徐に周囲を見回した。

そこは研究室のようだった。たくさんの本と紙の束が積まれている。あるいは、書棚に詰め込まれている。それらのほとんどは埃を被っており、きちんと整理されている様子はなかった。抜け道への出入り口は、その書棚の陰に隠れていた。ル・フェのように体の小さい者でなければ、重い書棚を動かさなければ入れない。振り返ってみたが、ローレンが追ってくる様子はない。自分の忠告を無視したル・フェのことを怒っているのかもしれない。ル・フェは申し訳なく思いながらも、何かに突き動かされるように歩き出した。

（何、ここ……みんなはどこ？）

いつの間にか声は消えていた。だが、来るべき場所はここだったのだと、なぜか確信していた。〝みんな〟が誰なのかすらわからないのに。

ル・フェは足音を立てないようそっと歩き、机の上に出しっぱなしになっていた紙の上に視線を落とした。小さく乱暴な筆跡で文字がたくさん書かれている。ほとんどは難しくて読めなかったが、いくつかの単語はローレンから教えてもらったものだったので読むことができた。

（『魔導』……『古い』……昔？『導脈』……を、なんだろう、導脈を何かする……どうするんだろう？……え、『死んだ』？）

そのとき、乱雑に置かれた紙の下に見覚えのある革表紙を見つけた。

（これ……！）

夢で見た本によく似ている。書かれている文字の形は微妙に違うようだが、作りはほとんど同じものだ。

なぜかあのときはこれが魔導書だと知っていた。人の体を変える、何か恐ろしい魔術について書かれたものだと……。

（どうして、これがここに）

そのとき、どこからか声がした。怒鳴り声と、それに応じる弱々しい声……ル・フェを呼んだ声とは違う。部屋に入ったときは気づかなかったが、どうやらここは続き部屋らしい。声は扉のすぐ向こうできこえた。

頭では逃げなければ、と思った。しかし、四肢は硬直して動かない。立ち尽くすル・フェの目の前で扉は開かれ、現れたふたりの魔導士は部屋の中央にぽつりと佇《たたず》むル・フェの姿を見て驚いたように固まった。

先に我に返ったのはアンセルの方だった。すぐにその顔に怒りと憎悪の色が浮かぶ。

「やはり、目的はこの研究室だったか！　誰に頼まれた？　どうやってここを見つけた！　リースの部屋から魔導書を盗んだのも、おまえか！」

ル・フェは震えあがって一歩後退《あとずさ》った。

「ウィラー、こいつを殺せ！」

「え、ええ？　で、でも、雇い主が誰かわからなくなります」

「もういい。ここが知られているのなら、無駄だ。できる限り資料を持ち出し、ここは放棄するしかない」

「火を放ちますか？」

「もったいないが、それしかない。早くそいつを始末して、こちらの資料をまとめろ。まったく、どうやって持ち出したものか……もっと早くにこのような場合に備えておくべきだった」

ル・フェを冷たく一瞥《いちべつ》したアンセルは山積みの紙の束に目を向けた。もうル・フェなどいないも同然というように。

もうどこにも逃げ道はない。ル・フェは自分がやって来た抜け道の方を見たが、ウィラーの方が近くにいる。

ウィラーは青ざめ震えていたが、しかし指示に背く素振りは見せなかった。ウィラーが魔術を使おうとしているのがル・フェにはわかった。

（どうしよう、どうしよう……！）

激しい恐怖がル・フェを襲い、視界が明滅する。今にも気を失ってしまいそうだ。

ローレンのいう通りだった。自分のことだけを考えるべきだった。そう後悔しても、後の祭りだ。

ウィラーの手が動く。それを見たル・フェは悲鳴を上げることもできず、思わず目を瞑った。その瞬間、何かが体にぶつかってきて、たまらずにル・フェは床に倒れ伏した。ぶつかってきた何かが上に覆いかぶさる。

呻《うめ》き声と血の臭いに驚いてル・フェは恐る恐る目を開けた。自分の上に、誰かがのしかかっている。伸ばした暗褐色の髪が束ねられているのが見えた。その顔を覗き込んでみると、驚いたことに見覚えがある。まだこの城に来たばかりのころ、ル・フェがセルディア人と知って興味深そうに近づいてきた訓練生だ。名前を名乗っていたはずだが、あのときは緊張していたから覚えていない。

ル・フェの手に生温かいものが触れた。ぬるりとした感触だ。それが血であることに、すぐに気づく。少年の腹部が裂けていることにも。自分を庇ってウィラーの術を受けたのだと、ル・フェは徐々に理解した。

「おまえは……リューリ・ウィールズ！　なぜ、おまえがここにいる？」

少年に怪我を負わせた張本人であるウィラーが、素《す》っ頓狂《とんきょう》な声を上げた。彼にとっても、このリューリという少年の登場はまったく予想外であったようだ。しかし、ウィラーの問いかけにリューリは答えられなかった。息をしているから死んではいないようだが、腹部に一撃を食らった衝撃で気を失っているようだ。

すぐに顔色を変えたアンセルも駆け寄って来た。

「どういうことだ？　まさかおまえたち、仲間なのか？　裏にいるのは一体誰だ！」

アンセルは狼狽《ろうばい》を隠そうともせず、ル・フェに詰め寄った。だが、ル・フェは答えるどころではない。自分が拷問されるかもしれないという恐怖も今はどこかへいっていた。それよりも、自分を庇ってくれた人間が、目の前で死にかけていることの方が、恐ろしかった。自分なんかを、守ろうとしてくれる者など、いるはずがないと思っていたのに。

16

金風節二の月十一日　真光日《しんこうじつ》　セレス

懲罰房《ちょうばつぼう》はもぬけの殻《から》だった。

セレスは部屋を一周して誰もいないことを確かめると、すぐに緋色の塔へと向かい始めた。

昼間とは違い、周囲には人っ子ひとりいない。みんな大広間に集まっているのだろうか。アンセルとウィラーも消えた。ル・フェも。あのふたりはおそらく、ル・フェが学長を殺した犯人で、裏で誰かが研究成果を狙っていると思っているはずだ。すぐに殺されることはないにしても、ル・フェの身が危ないことに変わりはない。

彼女にはどんな傷ひとつ負ってほしくない。辛い想いをしてほしくない。いつの間にか、セレスはル・フェを妹のように思い始めていた。……あるいは過去の自分のように。ル・フェもまた、人に恵まれない人生を送ってきたのだと、ソル師の話をきいてセレスは痛感した。

自分勝手な師に振り回されて、周囲の人間は誰も彼女を助けようとしなかったようだ。それはル・フェがセルディア人であったからかもしれない。その点はセレスと違う。しかし、そんなことは関係ない。

重要なのは、ル・フェが怒りすらも奪われていたということだ。彼女の師は弟子に嫉妬し、自身ではそのことに気づきもせず、とにかく幼い弟子を支配した。ル・フェが口がきけないのは、精神的なものだろうと察してはいた。おそらく、師による虐待のせいで、言葉を失ったのだろう。

そんな目に遭いながら、ル・フェは師の下を追い出されて、ただ唯々諾々《いいだくだく》といわれた通りにネレイス城へ来た。訓練生や他の使用人にいじめられても、黙々と働いてきた。その姿からは、怒りというものが感じられなかった。

彼女の師は、彼女から反抗する心、理不尽な扱いに対する怒りを奪い取ったのだ。そうすることが悪いとでも教えたのかもしれない。徹底的に、支配下に置くために。

そう考えると、会ったこともないル・フェの師に対する怒りで目が眩《くら》みそうだ。

セレスは元々他人に対して怒りをぶつけるのが苦手な子どもだった。自分を嫌う姉にも、どうして嫌うのか理解できずに悲しむことはあっても、彼女に怒りから抵抗したことはない。だからこそ、姉弟子たちから受けた仕打ちに大きな衝撃を受け、更にはそれを師が見て見ぬふりしたことによって絶望の淵に落とされたのだ。セレスがそこから這い上がったのは……這い上がれたのは、怒りという感情を自らの内に燃え滾《たぎ》らせたからだ。

自分に非はない。自分を傷つけ、あるいは貶《おとし》める行為は理不尽なものだ。そんなことをする者たちに対して、自分には怒り、抵抗する権利がある。そう自分自身を諭《さと》し、鼓舞した。

結局のところ、自分のために戦えるのは、自分だけだ。自分の尊厳を守ることができるのは自分だけだ。そう気づいたから、自分の内に芽生える怒りの炎を、消すのではなくあえて燃え上がらせるようにしてきた。魔導士というだけで差別されるこの世の中で、怒りは前に進む原動力にもなったからだ。

その力を、幼い子どもから奪ったことが許せない。

セレスはいつの間にか風が荒れ狂い始めた中庭を突き抜け、猛然と緋色の塔へ飛び込んでいた。室内に入ると風の音が小さくなり、代わりに少年の叫ぶような声が響き渡った。

「セレス、どこに行く気？」

ギイもついて来たようだ。そんなことを確認するのも忘れていた。

「地下室よ。そこにおそらくあの研究のすべてが隠されている……そして、あのふたりとル・フェがいるはず」

「地下室に行くのに、どうして緋色の塔に？」

中央塔は改築された。まだどこかに地下への道が残されているかもしれないが、確実なのは中央塔より昔のままの城塔だ。何より、元々緋色の塔は城主の私室があった場所だ。

「地下室は、おそらく城の外へ続く脱出路と繋《つな》がっているはず。そこへの入り口は複数あるのかもしれないし、すべてを見つけ出す時間はない……でも、絶対に城主の部屋にはあるはずよ。そしておそらく、学長を殺した何者かはその通路を使ったのよ」

地下の秘密の研究室と通路を知る者……それはかつてそこに閉じ込められた経験のある者だ。まだ疑問はいくつもあるが、少なくともこの城の中で名を騙《かた》り不審な動きをしている人間をひとりは知っている。

学長の部屋にはセレスがかけなおしたままなのか、鍵がかかっていた。今は鍵を開ける時間が惜しい。セレスは迷うことなく小声で素早く呪文を唱え、扉を吹き飛ばした。背後で小さな悲鳴と「なんてことを」と慄《おのの》く呟《つぶや》き声がきこえたが、構わずに部屋に飛び込み、暗い室内に素早く視線を巡らせる。

手近な壁に近づき、叩いて回る。必要なら部屋中の壁を叩き壊すことも辞さない……そう思っていると、暖炉の近くに一カ所、音のおかしい場所を見つけた。その周辺を探ると、隠し扉が見つかった。経年によるためか歪《ゆが》んで開けにくくなっている扉をこじ開けて中を覗くと、暗くて先までは見通せないが、入り口のところに付着した煤《すす》が不自然にこすれている部分があった。最近、誰かが出入りした証拠だ。

ここで間違いないと確信したセレスは、室内を振り返った。

「燭台《しょくだい》と火口箱《ほくちばこ》を取って」

棚の方を指し示すと、驚きに固まっていたギイは弾かれたように走って取りに行き、セレスのところまで戻って来た。手早く蠟燭《ろうそく》に火をつけて、セレスは隠し通路に足を踏み出す。

「待ってよ！」

慌てた様子でギイがすぐ背後に続いた。たった一本の蠟燭の明かりでは、目の前の闇に今にも呑まれそうだ。

まずは滑り落ちそうなほど急な下り階段が続き、やがて平坦な道になる。かと思えば、再び下りとなった。おそらくここからは地下へと入るのだろう。そう思うと、まるで死者の世界に足を踏み入れたような底の知れない恐怖が腹の底から湧き上がって来た。

セレスがぶるりと震えたときだった。

「……やっぱり、助けを呼ぶべきじゃないか？　僕たちだけでは、危険すぎる」

振り返ると数段上で、ギイが立ち止まってこちらを見下ろしていた。声が震えていることから、彼が怯えているのがわかった。無理もない。セレスだって怖いのだ。だが……。

「誰を呼ぶの？　誰が助けてくれると思う？」

頼みのアレンカもソル師も、今は城外にいる。もしかしたらもう戻っているかもしれないが、そんな保証はない。

「一刻を争うのよ。アンセルたちが、いつまでル・フェを生かしているかわからない。早く助けなければ、手遅れになってしまう！」

「で、でも、向こうは〈鉄《くろがね》の砦《とりで》〉の魔導士がふたりもいるんだぞ？　君は……年齢の割には優れた魔導士かもしれないけど、それでもまだ子どもだ。それに、僕は、僕は……足手まといにしかならないと思う」

最後の方は消え入るような声だった。随分と自信がないようだが、それが謙虚さゆえか、真実なのかセレスに知るすべはない。だが、彼が自分と同等の能力を持っていたとしても、危険なことに変わりはなかった。不意をつきでもしなければ、ル・フェは助けられないだろう。

だが、ギイに無理を強いることができないのはわかっていた。彼は、なんというか普通の少年なのだ。優しくて善良で少し臆病な、ごく普通の少年。魔導士であること以外は。

セレスは小さく息を吐いた。

「……わかったわ。じゃあ、あなたは助けを呼びに行って」

そういうと、ギイは大きくうなずいた。すぐに踵《きびす》を返そうとして、振り返る。

「君は……？　君も一緒に来るだろう？」

「わたしはこのまま行くわ。なんとかして時間を稼ぐから、その間にあなたは誰か連れて来て」

そういいながら、セレスは期待していなかった。今から大広間に戻って、事情を説明して……すぐに信じてもらえたとしても、応援が来るまで時間がかかりすぎる。間に合うとは思えなかった。

だが、間に合わなかったとしても、この少年を責めるまい。セレスは胸の内でそう決意した。

ギイは一瞬だけ躊躇《ためら》う様子を見せたが、セレスが急かすとぎこちなくうなずいた。

「すぐに戻るから、無茶はしないでくれよ！」

そういって、手探りで戻っていく少年の背中は、すぐに闇に消えた。

セレスはひとつ深呼吸し、死者の国へ通じているかのような細く暗い通路を再び下りていった。

通路は果てがないかのように長く、そして入り組んでいることにやがてセレスは気づいた。分かれ道がいくつもある。おそらく、城のあちこちの通路に通じているのだろう。どれがどこに通じているか、まったく見当もつかない。

（どうしよう……）

迷ってしまうかもしれないという恐怖、目的地に辿り着けずル・フェを救うのに間に合わないかもしれないという焦りで心臓が早鐘のように鳴る。手も足も震え出す。それでも歯を食いしばって歩みを進め、持っていた針金で分かれ道の壁に何度目かの傷をつけたときだった。壁に伸ばした手を、急に干からびたような皺《しわ》くちゃの手が摑《つか》んだ。セレスは声にならない叫びを上げ、咄嗟《とっさ》に振り払うと距離をとった。

「……あなた、誰？　こんなところで、何をしているの」

セレスの手を摑んだのは確かに老人の手だと思った。しかし、闇の向こうからきこえてきた声は予想に反して若々しい。きき覚えのない声……だが、摑んだ手の感触にはなんとなくだが覚えがあるような気がした。老人の手にしてはしっとりと弾力のある手の平、こちらの腕を摑む握力、指の形。

慌てて燭台を掲げると、すらりとした人物が分かれ道の向こうに立っていた。明かりに照らされて、相手の右頰にある大きな傷痕が浮かび上がる。あのときは、この傷にばかり目がいってしまったが……。

老人のはずだった。マーゴではないとしても、彼女を騙る以上それなりに高齢な人物なのだろうと思っていた。だが……目の前に立つ人物は、どう見ても若い女性だ。アレンカよりは年上のようだが、ソル師ほどではない。二十代後半といったところだ。

（十年前ならちょうど訓練生……）

そう思い至って、セレスは自分でも愕然とした。

マーゴを騙る人物に不審を抱いていたが、謎の老人が何をしにネレイス城にやって来たのか、まるで見当がつかなかった。罪の清算を求めて学長たちの死にかかわったのが誰にせよ、——学長らが開校当初から忌《い》まわしい研究を始めていたとしても——四十歳は超していないと思っていたからだ。

「その手……それは、どういうことですか？」

化粧で老人のように見せかけているのではない。浮いたしみも刻まれた皺も本物だ。間近

で見たセレスにはわかる。よく見ると、相手の首元にも皮膚のたるみが見られた。髪はほとんど真っ白だが、これも染めたりしているわけではないようだ。だが、顔立ちは若く見える。老人と若者がひとつの体に同居しているかのような奇妙さだった。

女性は呆然とするセレスに対し、にやりと笑った。

「人食い城の話を知らないのかしら？　わたしはあなたを捕らえ食べてしまう、城に巣食う化け物かもしれないのよ？　わたしの手なんかを気にしている場合？」

少し声を低くし、凄味のある声でゆっくりと問いかける相手に、セレスは嘆息して首を軽く横に振った。脅せば怯えて逃げ出すと思ったのだろうか。

「説明してください。あなたが本物のマーゴでないことは、既にわかっています」

落ち着いた声でそういうと女性は目を見開き、まじまじとセレスを見つめた。

「あなた……前に、機織り部屋に来た子ね？」

セレスがうなずくと、女性もうなずき返し、目を細めた。

「あのお婆さん、自分のことなんて城の人間は覚えていないだろうと、いっていたけれど」

「村まで調べに行ってもらいました。彼女が昨年亡くなったことは、わかっています。生前、何者かが彼女を訪れていたことも。その何者かとは、あなただったんですね？　あなたは誰なんですか」

「わざわざ調べるなんて、物好きね。……わたしは、ジャニス。あなたとはなんのかかわりもない者よ。とっとと、上へ戻りなさい。探検か何かのつもりだったの？　ここから先は、好奇心で足を踏み入れていい場所ではないわ」

ジャニス。

その名に、セレスはもちろん覚えがあった。

「ジャニス……十年前に学長たちに捕らわれた訓練生のひとり……まさか生きていたとは」

セレスの言葉にジャニスの纏《まと》う空気がさっと変わった。セレスは努めて冷静な声で続ける。

「わたしは、セレスといいます。あなたは……あなたが、学長を殺したんですね？　復讐のために」

ジャニスはさっと懐《ふところ》に手を差し込みかけながら、威圧するような声でいった。

「あなた、何を知っているの？」

「過去に、この城の地下で行われていたおぞましい研究について。そして、そのために犠牲になった訓練生がいることを」

淡々と答えると、ジャニスの纏う空気が少し和らいだ。狼狽《うろた》えたような表情が浮かぶ。

「なぜ、そのことを」

「調べたんです。日記を見つけたから。リース師が隠し持っていた古い魔導書も読みました」

「日記？　なんのこと？」

セレスが自分の部屋に隠されていた紙片の話をすると、最初不思議そうな顔できいていたジャニスの顔が見る見るうちに曇っていき、最後には痛みに耐えるような声で呟いた。

「それは、たぶんわたしの友人が残したもの……彼らが助けに来てくれなければ、わたしは……。先ほどあなたは復讐だといったけど、それは否定しないわ。でも、それだけじゃない。あの研究について、何ひとつ残すわけにはいかないの。この十年、ずっとそのことを考えてきた。あれは伝えてはならない。再び同じ愚行を犯す者を出してはならない」

セレスはうなずき、ジャニスのいる通路の先へ明かりを向けた。

「その先に研究室があるんですか？」

ジャニスはちらりと暗闇を振り返り、肯定はせずにセレスに視線を戻した。

「あなたは戻りなさい。ここから先は危険だから」

「そういうわけにはいきません。おそらく、アンセルたちに友人が捕まっているんです。学長を殺したのがその子だと、アンセルたちが思い込んでいるから」

そういうと、ジャニスは衝撃を受けた様子で微《かす》かによろめいた。

「それは……申し訳ないことをしたわね」

「そう思うなら、案内してください」

そういいながらセレスはジャニスの方に近づいていった。そして、すぐ傍《そば》まで来て彼女の様子がおかしいことに気づく。ジャニスは片手を壁に置いて体を支えている。その肩は緩やかだが大きく上下し、顔色は青ざめていた。明らかに体調が悪そうだ。

「大丈夫ですか？」

思わず尋ねると、ジャニスは苦しげな息の下で薄く笑った。

「ここ数日、無理をしたせいね」

そして、おもむろに腕を振り上げ、肌が剝きだしになった老人のものにしか見えない腕をセレスの眼前に突きつけた。

「見て。まるで老婆の腕でしょう？　髪も。これを見せて顔を隠し、声色を変えれば大体の人はわたしを老人だと勘違いするわ。事実、わたしは老人のようなものなの」

どういう意味かわからずセレスが戸惑っていると、ジャニスは腕を下げ肩で息をした。たったあれだけの動作でも辛いようだ。ジャニスは自分の腕、それから首元、胸、髪を撫でながら続ける。

「髪や一部の皮膚だけではない。医者によれば、わたしの体の中身も……心臓や臓腑《ぞうふ》は老人と変わらないくらい老いているそうよ。もういつ死んでもおかしくない」

なぜそんな話をするのかという疑問は、彼女がなぜそうなったのかという理由に思い当たって、セレスは納得した。

「あの研究のせいですか」

ジャニスは黙ってうなずき、一瞬躊躇《ためら》いを見せた後、ゆっくりと歩き出した。辛そうだが、その歩みは決然としていて、セレスは手を貸そうかと考えたが、やめておいた。

「導脈を強化する代償に、どうやら通常の数倍の速さで体が老いていくらしいわ。わたしの場合、最初は皮膚に現れた。次は心臓……。本当は、人目につくような殺し方をしたくはなかった。でも、もうわたしには時間がない」

ロメとゴートもおそらく彼女が殺したのだろうが、事故死や病死とされていた。誰かに殺されたとわかれば、残りの魔導士たちに警戒されてしまうからだ。また、事件を調べられることで、例の研究に行き着かれてしまうことも恐れたのだろう。

「先ほど、十年ずっと、といいましたね。十年前に逃げ出したんですね？　どうやって？」

「友人たちが、気づいてくれたのよ。訓練生の何人かが失踪していることに。そして、地下で何かが行われていること、そこにわたしがいることにも気づいて、助けに来てくれた」

その中にはきっと、あの日記を残した者も含まれていたのだろう。

「この地下通路を使って逃げて……でも、途中で見つかって、追われた。最後に残ったのは、わたしひとり。死ぬべきは、わたしだったのよ。あの中で、わたしだけが欲に目が眩んだ愚か者だった……でも、わたしだけが生き残ってしまった」

ジャニスは今にも泣き出しそうだったが、ぐっとこらえるように少し言葉を切った。彼女は助けに来てくれた者たちがどうなったのかは明言しなかったが、セレスにはわかっていた。彼らは……あの日記の主は、殺されたのだ。学長たちによって。この城を抜け出し、自分たちの罪を公にされることを恐れたのだろう。……いや、他の派閥の魔導士たちに研究内容を漏らされることを恐れたのか。

「長年城で働いていたマーゴもまた、異変に気づいていた。彼女は魔導士ではなかったけれど、学長たちを怪しんでいて、放っておくことはできないと思っていたのね。でも、どうすることもできず……その代わり、わたしを匿《かくま》ってくれた。協力してくれた。最後まで」

ジャニスはそこまでいうと、しばらく黙り込み、やがて再び躊躇うように口を開いた。

「……ねえ、やはりあなたは来るべきではないと思うわ。あの人たちは、研究のためなら何を犠牲にしても構わない連中よ」

「失礼ですけど、あなたのその様子を見るに、命を懸《か》けて目的を果たすことはできたとしても、わたしの友人を助ける余裕はないと思います」

きっぱりというと、ジャニスは小声でごめんなさいと呟いた。他人に無実の罪を着せてしまったことに対する謝罪なのか、セレスを危険の中に飛び込ませてしまうことに対する謝罪なのかはわからなかった。

ジャニスはしばらく歩くと、立ち止まって呼吸を整えなくてはならないようだった。時間だけが過ぎていき、セレスの中に焦る気持ちが大きくなるが、ジャニスの案内なくしては、おそらく目的地に辿り着けない。

何度目かに立ち止まったとき、ジャニスは懐の中から厳重に鞘に納められた二本のナイフを取り出してセレスに見せた。

「これには、即効性の毒が塗ってある。何が何でも、あのふたりはわたしが……でも、もしその後で、わたしが力尽きたら、資料は全部処分して。お願いよ」

おそらく、彼女はもはや歩くだけでやっとの状態なのだ。それを悟って、セレスはゆっくりとうなずいてみせた。

「さあ、もうすぐよ。……行きましょう」

17

金風節二の月十一日　真光日《しんこうじつ》　ギイ

がむしゃらに暗闇の中を手探りで戻り、転げるように緋色の塔を出たギイは、荒れ狂う風と、叩きつける雨に見舞われた。いつの間にか外は嵐になっている。そういえば、この時期は天候が荒れやすいと、リューリがいっていた。

雨に視界が塞《ふさ》がれ、なかなか先が見えない。それでも、大広間に向かおうと風に逆らって歩き出した瞬間、視界が切り裂かれたように明滅し、耳をつんざくような轟音《ごうおん》が鳴り響いた。咄嗟《とっさ》にギイは悲鳴を上げ、緋色の塔へと逃げ戻る。

一瞬にして濡れ鼠となった体がガタガタと震え出す。寒いのではない。怖いのだ。幼いころに、雷が人に落ちるところを見て以来、ギイは雷が苦手だ。

『男のくせに、軟弱な』

まだ導脈があるとわかる前のことだ。厳格な父はそういって遠雷がきこえる度に母の背に隠れる息子を叱った。そんな父も怖かった。

昔からギイは臆病だ。

雷が怖い。戦いも怖い。というか、争いというものすべてが怖いのだ。

だから故郷では、兄弟弟子たちからどんなにからかわれても、師の飼っていた馬と同じ名で呼ばれても、ただへらへらと笑ってやり過ごしてきた。

ネレイス城に来てからも、誰とも反目しないようにと、それぱかりに注力してきた。もしギイにどこかの派閥から誘いがあったとしても、二の足を踏んだことだろう。どこかに属するということは、それ以外の者と対立するということだ。それがギイには恐ろしく、精神的な重圧になる。願わくは、誰とも摩擦《まさつ》を起こさず、むしろ誰とでも友好的な関係を築きたい。誰かを傷つけることなど、決してないように。

それが、ただの臆病者の世迷言《よまいごと》であることはわかっている。人はときに戦わねばならないことがある。

セレスは強い。

彼女は、間違ったもの、自分が許せないと思ったものに、昂然《こうぜん》と立ち向かう。友のために命を懸《か》けて進む強さを持っている。どれもギイが持っていないものだ。そういう人間になりたいと願いながら、なれなかった。

情けない。

少女たちが危険に晒《さら》されている今このときに、雷に怯えて縮こまることしかできないなんて。

不意に涙が込み上げて、ギイは声を押し殺して泣いた。泣くことしかできない自分が、この世で一番嫌いだ。

うずくまって床に拳《こぶし》を叩きつけた瞬間、自分を呼ぶ声がした。

「ギイ！」

はっとして顔を上げると、城壁へと続く通路にリューリが立っていた。

「こっちだ、早く！」

泣いている姿を見られた恥ずかしさと、なぜここに彼がいるのかという疑問で頭が混乱し、急かされるままによろよろと立ち上がって彼の方に向かった。リューリはギイがついて来るのを見ると、さっと身を翻《ひるがえ》して城壁の中の通路を進み出す。

「待ってくれ！」

一体どこへ行こうというのか。大広間へ行く道はこっちではないはずだ。そう思うものの、途中崩れ落ちた石に躓《つまず》きながら魅入られたように友人の背中を追う。

やがて暗くて方向感覚がおかしくなってきたギイが連れてこられたのは、見慣れた部屋だ。リューリは迷うことなく続き部屋へ向かった。リース師の遺体を思い出して怯《ひる》んだギイだったが、恐る恐る室内を見回してみると、既に遺体は片づけられていた。乱雑な机の上を見て、思わずほっとする。

「急げ！」

反対側から声がして振り向くと、いつの間にかリューリはぽっかりと開いた暗闇の前で手を振っていた。暗闇へと続く入り口は、学長の部屋で見た秘密の通路への入り口とよく似ていた。この部屋にもあったのだ。そう驚くと同時に、ギイは思わず青ざめる。また再び、あの狭く息苦しい地下の世界へ戻るというのか？

「リューリ、待ってくれ！」

どんどん先に下りていく友人を、ギイは必死に追いながら叫んだ。

「助けを呼んで来なくちゃ！　大広間に行かなくちゃ！」

「だめだ、それじゃあ間に合わない！」

リューリも事情を知っているのだろうか？　なぜ？　セレスと自分を尾《つ》けていたのか？　次々と疑問が浮かんでくるが、それよりも恐怖が勝った。

「でも、僕らだけで行っても……君はともかく、僕は足手まといになって、どうせ何もできないよ……」

ほとんど泣きながらそう訴えると、リューリが振り向いた。奇しくも、セレスとも先ほど同じ立ち位置で、同じようなやり取りをしたことを思い出す。

そのときギイは、いつかと同じ違和感を覚えた。

なんだかよく知っているはずの友人がひどく大人びて見える。それだけではない。何かが、違う。

こんな暗闇の中で、なぜリューリの表情が見えるのかわからなかったが、ギイには彼の顔がよく見えた。あるいは、そんな気がしただけかもしれないが。

セレスはおそらく、ギイひとりを戻したとき、ギイのことを諦めた。助けを呼んで戻って来ることなど、彼女は期待していなかった。それをわかっていながら、ギイは我が身可愛さに逃げたのだ。

自分の卑怯《ひきょう》さに、今更ながらに吐き気がしてくる。本当に、この世で一番、ギイは己という人間が……。

「ギイ」

リューリもまた、セレスのように諦めるだろうか。所詮、ギイはその程度の人間だと。それは耐えられないほどの羞恥、そして絶望ではあったが、でも、自分はそういう人間だ。いっそ臆病者めと詰《なじ》ってくれた方がまだましだ。でも、この友人がそうしないことはわかっている。だからこそ、耐えられない。

ギイが自分を蔑《さげす》み、自分に対する希望を失う度に、その視線は下方へ向いていく。こんな情けない人間を、友人がどんな目で見ているのか確かめられない。

そんなギイに、リューリがいった。

「頼む。助けてやってくれ」

彼は、ギイに対し必死で助けを求めた。責めるでも、諦めるでもなく。かつて、臆病は罪ではない、といってくれた彼が、それでも、と。

罪悪感が胸を突き刺し、ギイは恐る恐る顔を上げた。そして、気づいた。違和感の正体に。ギイとリューリの背丈はほとんど変わらない。そして、リューリは二段ほどギイの下に立っているから、目の高さは随分下になるはずだ。だが、ギイが頭に思い浮かべるそれと、ずれている。

いつかもそうだった。リース師の部屋の扉の前に立つ彼と並んだとき、顔を仰《あお》ぎ見なければならなかったのだ。

一瞬呼吸が止まり、それから心臓がどくどく打ち始めるのを耳の奥できききながら、ギイはもう一度よく目の前にいる人物の顔を、姿を見た。

その顔はギイのよく知るものとほとんど同じだ。よく似ている、というべきか。だが、最初から疑いながら見れば違いがあることもわかる。眉の形、鼻筋、笑い方、髪の長さ……微妙な、違いが。書庫で会うのはいつも日が暮れてから、仄《ほの》かな燭台《しょくだい》の光の中でだった。だから今まで、気づきもしなかった。

特に、髪を結わえている布に施された刺繍《ししゅう》の色……。

まったく色あせていない。布がすり切れてもいない。まだ使い始めてそれほど経っていないかのように。

「君は……いや……」

知らず知らずのうちに声が震える。こんなことがあるわけないと理性が囁《ささや》くが、ではどう説明するのだ、と冷静に反論する自分もいた。

リース師が襲われたあの夜、書庫の窓に浮かび上がった青白い光……ネレイス城内で囁かれる怪談では、死者の魂だという話だったか。

「あなた、は……」

「頼む」

切羽詰まったようなその声に、ギイははっとした。

彼が助けてくれという相手は、まさか。その可能性に気づいて、恐怖で頭が真っ白になった。友人を永久に失ってしまうかもしれないという恐怖に。

臆病は罪ではない、といってくれたのはどちらだったのだろう？　どちらにせよ、きっと本心からいってくれたのは間違いない。

……臆病は罪ではないのかもしれない。でも、それでも、やはり戦わねばならないとき、歯を食いしばらねばならないときは、きっとあるのではないだろうか。

不意にギイはそう思った。

そうしなければ、自分が後悔するとわかったのだ。

ギイはそれ以上考えることなく前に足を踏み出した。頭は依然恐怖に支配されており、その恐怖が行ってはならないと警告したが、それを振り切るように走り出し、後は転がるように駆け下りていった。

通路はどこまでも続いているような気がした。何度も分かれ道を曲がり、再び階段を下り、進んでいく。もうギイは自分がどこからきてどこへ行こうとしているかもわかっていない。あえて考えないようにして、ただ進み続けた。まるで光っているかのように、暗闇に不思議と浮かび上がる友人――彼のことも友人と呼んで許されるなら――の背中だけを見つめて。

「あの先だ」

そういって長い指が暗闇の先を指すのが見えた。彼は生者の世界にどれくらい関われるのだろう。こうやってギイのような頼りない人間に助けを求めてくるくらいだから、あまり関われないに違いない。ここから先は、自分がひとりで友人を助け出さなければ。震える拳を握って決意を新たにしていたギイは、異臭に気づいた。何かが燃える臭い。そしてこの煙たい空気。

「ま、まさか、火事！」

地下で火に見舞われたら、逃げ場がない。ぞっとした瞬間、足が宙に浮いた。数歩先が再び下り階段になっていることに気づかず、走り抜けてしまったのだ。

「うわあああっ！」

間抜けな悲鳴を上げながら、ギイは硬い石の階段を、今度は文字通り転がり落ちていった。そして、勢いが止まらないまま、通路を塞ぐ板を突き破り外へと飛び出た。

18

金風節二の月十一日　真光日《しんこうじつ》　ル・フェ

ふたりの魔導士がじりじりと迫ってくるのを、どうすることもできずにただル・フェは見上げていた。そこへ、奥の部屋から不意に新たな人物が現れ、それが誰か気づいてル・フェは目を見開いた。

「待ちなさい」

大人びているとはいっても、ル・フェより少し年上なだけの少女が、荒い息を抑えながら凛とした声でアンセルたちを制止した。

振り返ったアンセルは驚愕の声を上げた。

「セレス・ノキア……？　おまえもか！　一体、背後にいるのは誰だ！」

苛立ったようなアンセルに、セレスは冷淡な声で応じた。

「誰もいないわ。愚かな人たちね。わたしは自分の意志で、力で、ここまで辿り着いた。あなたたちの罪に」

「罪だと？」

「あなたたちの研究に気づくのは、成果を狙う者だけだと思っていたの？　その罪を断罪する者など永遠に現れないと思ったの？　罪の清算を要求する者が、いないとでも？」

セレスはアンセルたちに向かっていいながら、一瞬だけ視線をふたりの背後のル・フェに向けた。ル・フェに大丈夫とでもいいたげに、小さくうなずいて見せる。その仕草を見て、ル・フェはセレスが自分を助けに来てくれたのだと理解した。

（でも、どうして……）

どうして、ここにル・フェがいるとわかったのか。何より、どうしてル・フェなんかを、危険を冒して助けに来てくれるのか。

いつもセレスは、何気ないふうに話しかけてくれた。ときには食事に誘ってくれたりもした。まるで、何年も共に過ごした友人であるかのように、接してくれた。

（どうして）

「あなたたちは、十年前までここで導脈を強化するための研究を行っていた。古い魔導書から着想を得て。そのために、訓練生たちをそそのかして研究の材料とし……死なせた。これが罪でなくて何なの？」

「まるで我々のせいだとでもいいたげだが、あいつらは自ら志願したのだ。強い導脈を得るため、〈鉄《くろがね》の砦《とりで》〉に入るため、自ら実験に参加したいと」

アンセルはせせら笑うようにいった。自分たちには責任などないと思っているようだ。

その言葉を受けたセレスに、一見変わった様子はなかった。相変わらず背筋を伸ばして真っ向から大人の魔導士ふたりと対峙し、淡々とした様子で言葉を連ねた。その姿は至極冷静で、勇敢に見える。だが、ル・フェはセレスの体がおそらく恐怖のあまり微《かす》かに震えているのを感じ取っていたし、その震えが徐々に怒りによって強くなっていくのにも、気づいていた。

「……自ら参加した。それは間違いないのかもしれない。でも、あなたたちは、成功率がどれくらいか示したの？　あるいは、成功率など算出できないほど暗中模索の状態だと、説明したの？　脱落をいい渡されて、将来への希望が潰《つい》えたと絶望する若い魔導士に、たとえ死ぬかもしれなくても、上手くいけばより強い導脈を得られると誘えば、彼らがどんな選択をするか、予想できなかったとはいわせないわ」

「それでも、選んだのはやつら自身だ！」

セレスの言葉に、ル・フェは先ほどなんとか読み取れたいくつかの単語を思い出した。

何か古い魔導の研究がここでは行われていた。導脈に関するものだ。そして、そのせいで誰かが死んだ。

つまり、昔この城にいた訓練生たちの中に、アンセルたちが行っていた秘密の研究に参加した者がいたのだろう。だが、その研究はまだ成功する見込みの薄いもので、それを承知で、アンセルたちは訓練生たちを犠牲にしたのだ。

不意にル・フェの耳に、泣き叫ぶ声が再びきこえた。それは後悔の念、痛苦を訴える声だ。燃え盛る炎に巻き込まれていった者たちの悲痛の叫びとはまた、別の。

（百年前の魔導士たちとは別に、十年前にも殺された魔導士たちがいたんだ……）

彼らの嘆きの声が、死への恐怖が耳に木霊《こだま》し続ける。

彼らは自らの選択を後悔していた。こんなはずではなかった、と。度重なる実験は生き地獄のような苦しみで、今日を生きのび明日同じことが繰り返されるなら、いっそ死んでしまった方がいいとさえ思った。それでも、死ぬのは怖い。ここから逃げ出したかった。明るい地上へ、再び出たかった。日の光を、もう一度。

知らず知らずのうちに、ル・フェの目に涙が溢れていた。

百年前の魔導士たちは、抵抗という選択肢を選べずに死んでいった。十年前の魔導士たちは、なんとか現状を変えようともがきながら死んでいった。常により強い力を持つ者が、彼らを利用し、その命を蹂躙《じゅうりん》してきたのだ。

涙がとめどなく溢れ、同時に胸の内に炎が燃え盛っていくような気がした。蠟燭《ろうそく》に火をつけるように、小さな炎が徐々に大きく膨らんでいく。すべてを燃やし尽くしたい、とふと思った。彼らに苦しみを与えた者たちすべてを。

「……そうね。選んだのは彼ら自身。捕らわれた者たちを助ける道を選んだのも、また彼ら自身なのでしょう。人には、選ぶ権利がある。自分への不当な扱いに対して、声を上げる権利も。あなたたちより立場が弱いから、逆らわないと思っている？　弱い者は常に泣き寝入りすると思っている？　だとしたら、大馬鹿者だわ。誰にだって、戦うことはできるのよ。理不尽な運命に、抗うことが。誰かを力で支配しようとするとき、同じく力でやり返される覚悟が、あなたたちにあったのかしら。弱いからといって、甘く見ないことよ。不当な扱いに対し、人は怒りを覚える。その怒りは正当なもの。自分のために怒り、戦うことができるのは自分だけなのよ！」

セレスのほとんど叫ばんばかりの言葉に、ル・フェは頭を殴られたような衝撃を受けた。自分の受けた扱いが不当なものだなんて考えてはいけない……はずだ。でも、ル・フェはずっと悲しかった。苦しかった。全て自分が悪いのだとは、思いたくなかった。自分はいつだって自分なりに、懸命に生きてきたのだから。

エメリン聖導女が間違っていたと思ってはいけない、と頭のどこかで警告する自分の声がする。でも……セレスのいう通り、ル・フェの悲しみ苦しみを理解できるのはル・フェ本人しかおらず、そのために戦うことができるのもまた、ル・フェを置いていないのだ。

ル・フェが衝撃に目を見開いていると、セレスの脇を何かがすり抜けて飛んできた。それはアンセルの肩に刺さり、その瞬間、くぐもった呻《うめ》き声を上げてアンセルはよろめいた。続いて、もう一度飛んでくる。今度はウィラー目がけて。そのとき、ウィラーが思いもかけない行動に出た。足元のおぼつかないアンセルの体を引き寄せ、盾にしたのだ。ふたつ目も無防備なアンセルの体に刺さる。

ほんの一瞬の出来事で、その場にいた全員がしばし呆然とした。ル・フェは自分のすぐ近くに、アンセルがどす黒い顔で頽《くずお》れたのを見てやっと我に返った。体に二本のナイフが刺さったアンセルは口から泡を吹きながらしばらく痙攣《けいれん》していたが、やがて静かになった。どうやら事切れたようだ。

誰かが激しく咳き込む音がする。

「ジャニス！」

セレスの叫び声がした。

「ジャニスだと……？　そうか……おまえか！　あのときたったひとり、仲間を見捨てて逃げた……どこかで行き倒れているものと思っていた、どうせ長くは持たないはずだったのに……おまえだったのか！　学長たちを殺したのは！」

セレスが駆け寄る先に、苦し気に肩で息をしながらかろうじて立っている白髪の女性がいた。顔には無惨な傷痕がいくつもある。彼女がジャニスなのだろう。彼女を見ながら、ウィラーが耳ざわりな笑い声を上げる。

「やった……よくやってくれた！　これで、すべては私ひとりのものだ！　もう誰にも指図されるものか！　この研究成果は、すべて私のもの。臆病だと、役立たずだと罵《ののし》られたこの私の！　みんな死んで、私だけが、〈鉄の砦〉に迎えられるのだ！　栄誉と共に！」

ウィラーが低く呪文を唱え始めた。周囲の魔が彼の意志によって操られていくのをル・フェは感じた。セレスがよろめくジャニスに急いで肩を貸しているのが見える。

ウィラーは彼女たちを殺して、彼女たちの存在をなかったことにして、すべての手柄を自分のものにして欲望を満たそうとしているのだ。

このままではセレスが死ぬ。殺される。ル・フェなんかを助けに来てくれた……友だちが。耳にはこの地下で死んでいった多くの魔導士……強者に食い物にされ、無念のうちに死んでいった多くの同胞たちの叫び、救いを求める声が残っている。……あれは救いを求めていたのだろうか？　そうではなく、鼓舞していたのではないだろうか。おまえは、戦え、と。最後まで、抗えと。

心の中に、燃え盛る炎の柱があった。ほんの小さな灯火から、ル・フェの怒りに応じて大きく成長した炎が。

自分を取り巻く世界を巡る不可視の力、その流れ……魔脈に、見えないもうひとつの手を浸す。涸《か》れた大地に水が沁み込むように、一気に力を吸い上げていく。この心の炎を現実に引き出すために、十分な力を。

（あたし、あたしは……）

セレスを死なせたくない。自分も死にたくない。もう二度と不当な扱いを受けたくない。

「あたしは……！」

怒る。

自分を取り巻くすべての理不尽に。そして、戦うのだ。自分のために。

自分でも意識しないうちに、ル・フェは叫び声を上げていた。その声に応じるかのように、四本の火柱が現れ、ウィラーを取り巻く。炎は周囲に積まれた紙の束を呑み込み、一気に火勢を増していった。それを見たウィラーは操魔を中断し、金切り声を上げながら燃え上がる紙を必死で救い出そうと火柱に飛びついた。自らの衣服に火が燃え移っても、構いもせずに。

「ル・フェ！」

セレスの呼ぶ声にル・フェははっと我に返った。顔を上げると、すぐ傍《そば》までセレスが駆け寄ってきていた。

「立って！　早く逃げないと！」

火はすぐに部屋中に広がっていった。そんな火の海を、ウィラーは彷徨《さまよ》い続けている。これほど強い火勢では、魔術で制御し鎮火するのは困難だ。セレスは瞬時に逃げるべきだと判断したのだろう。

倒れたままのリューリをセレスと一緒に抱え上げ、隣の部屋へ続く扉へ向かう。そこにはジャニスが立っており、三人の後ろで扉を閉めた。激しい熱からはひとまず逃れられたが、扉の隙間から煙が容赦なく侵入してくる。

「その子は……その子も、仲間？」

ジャニスは一瞬驚いたように声を詰まらせ青い顔で気を失ったままのリューリをまじまじと見たが、セレスもル・フェもその問いには答えられなかった。ジャニスは答えを待たずに、静かに呪文を呟きながらリューリの体に触れた。その腕は、若々しい顔とは違ってまるで老婆のようだ。

「ジャニス、あなた治癒術が使えるの？」

彼女にしては珍しく素《す》っ頓狂《とんきょう》な声を上げたセレスに、ジャニスは自嘲《じちょう》気味に笑った。

「これも代償のひとつよ。いえ、祝福というべきかしらね。失ってばかりだったけど、これだけは唯一新たに得られたもの……。一応、出血は止めたわ。でも、早く適切な治療を受けさせなければ」

そういいながら、ジャニスは視線を天井へ向けた。セレスもまた、困ったような顔で上を向く。つられてル・フェもふたりと同じ場所を見上げると、一カ所だけ穴が開いている。

「わたしたちが通って来た道には、戻れそうにないわね」

セレスたちはあの穴から下りてきたらしい。

「ジャニス、他の通路は知らないの？」

「あっちの部屋にはあったはずだけど……」

そういってジャニスは顔をしかめ、完全に火の海となっているであろう扉の向こうを見た。おそらく彼女は、ル・フェが通って来た道のことをいっているのだろう。あるいは、それとは別の入り口もあちらの部屋にあったのか。

「ご、ごごごめん、なさい……あ、ああたし、火、を」

自分が火を放たなければ逃げられたのだと気づき、ル・フェは激しく後悔した。感情のままに魔術を放ってはいけなかったのだ。

「いいえ。あのままではウィラーに殺されていたでしょうし、どのみち、あの部屋は燃やさなければならなかったわ。……なんとか、あそこに上れないかしらね」

ジャニスの言葉を受けて、セレスがすぐに移動できそうな机や椅子を穴の下に引っ張ってくる。しかし、高さが足りない。セレスだけならなんとかよじ登ることができるかもしれないが、背の低いル・フェには無理だし、ましてや体調の悪そうなジャニス、意識のないリュ一リを引っ張りあげることは不可能だ。

隙間から流れて来る煙がいよいよ部屋中に充満してきた。燃え盛る炎の音も迫ってくる。

三人が思わず暗い顔を見合わせたとき、どこからか叫び声が響いてきた。かと思うと、壁に固定されていた部屋の隅の棚が突然倒れてきた。叫び声を上げる何者かと共に。

「うわあああああ」

床に転がり落ちて来たのは、見覚えのある少年だった。彼はすでに床に辿り着いているのに、まだ叫んでいる。

「ギイ！　あなた、大広間に戻ったんじゃなかったの？」

セレスにそう声をかけられて、少年ははっとしたように叫ぶのを止め、体を起こした。

「セ、セレス。いや、そのつもりだったんだけど、途中で、友だちに会って、間に合わなくなるっていわれて、それで、祈りの塔に行って……」

「話は後よ！　あなたも、地下通路を通って来たんでしょ」

「あ、うん」

「ル・フェ、ジャニス、行くわよ。立てる？　ギイ、あなたはこの人をお願い」

セレスはル・フェがふらつきながら支えていたリューリをギイに託し、自分はジャニスに肩を貸した。

「リ、リューリ！　無事……じゃなさそうなんだけど！　ぎゃあ、血、血、血が血が、だ、大丈夫なの！」

「応急処置はしてあるわ！　でも、一刻も早く外に出て治療しなくちゃ」

セレスにぴしゃりといわれ、ギイは顔面蒼白で意識のないリューリの腕を自分の肩に回して担ぐと、階段を上り始めるセレスについて歩き出した。

「すぐ急な上り階段になっているわ。気をつけて」

セレスの注意を受けて、最後尾のル・フェは足元に注意を払いながら暗闇へと足を踏み出した。すぐ背後で、扉か家具の一部か何かが燃えて崩れる音がした。

煙に追い立てられながら、足早に通路を進んでいく。しばらく行くと煙は薄れてきたが、先を行くセレスが止まったらしく、続いてギイが、そしてル・フェも立ち止まらざるを得なくなった。

「ギイ、あなたどの道から来たの？」

「ええ？　えーと、どうだったっけ……後をついて来るだけで必死だったから」

「ジャニス、あなたはわかる？」

「いいえ。この道は通ったことがないと思う」

暗闇の中で三人の戸惑う声が響く。外へ通じる道を選ぶのが一番なのはわかっている。せめて、火元となった部屋から遠ざかる道を選ばなければ。もし歩き回った挙句に、火元に近いところに戻るようになってしまったら、目もあてられない。

ル・フェは壁伝いにギイを追い越し、セレスの傍までいった。どうやら道は四つに分かれているようだ。自分たちが今、城のどの辺りの地下にいるかもわからず、方角もまったくわからない状態では、選びようがなかった。かといって、四つの道を虱潰《しらみつぶ》しに調べている時間もない。

「ル・フェ」

そのとき、ル・フェは自分を呼ぶ声をきいた気がした。顔を上げて耳を澄ませると、やはり声がする。

「ル・フェ、こっちだ」

「ローレン?」

暗闇の向こうからはぐれてしまったはずの声がする。明かりも何もない状態だが、微かに前方にぼんやりと人影らしきものが浮かび上がって見えた。

ル・フェはもう少し彼の姿が見えないかと、少し走って進んでみた。闇雲に手を伸ばしてみたが、空を掴《つか》むばかりだ。浮かぶ人影は、ル・フェが進んだ分だけ遠ざかる。

「ル・フェ、駄目よ、勝手に行っては」

セレスの声がする。しかし、止まれなかった。今行かなければ、永遠にローレンに会えなくなってしまう気がする。

「ローレン、待って」

ル・フェが壁に手を当てながら進んでいくと、背後から声がきこえた。

「ついていきましょう。彼女の進む先に、出口があるはず」

ジャニスの声だ。なぜか彼女は確信ありげにそういい、それから複数の足音が響き始めた。みんなついて来てくれるのだ。その音に勇気を得て、ル・フェは自分を呼ぶ声に向かって進んだ。

「君は、本当にすごいな」

不意にすぐ傍で声がしてル・フェが振り向くと、いつの間にかローレンがやれやれといいたげな笑みを浮かべて隣を歩いていた。

「ありがとう」

「何が？　……あっ、ごめん。さっきは、あんたの忠告を無視して。危うく死ぬとこだった」

反省しつつ謝ると、ローレンは静かに首を横に振った。

「いいや、あれでよかったんだ。僕たちはあまりに長いこと彷徨い続けたから、きっとどうすればいいかわからなくなっていたんだ」

「どういう意味？」

「救われたかった。救いたかった。でも、どちらも叶わなくて、彷徨い続けることしかできなかった。君が来てよかった、ル・フェ。君の炎はなんて猛々しくて、清々しいんだろう。闇夜を照らす篝火《かがりび》のようだ」

「……ローレン？」

ローレンは闇の向こうに何か見出しているかのように、ただ先を見つめている。なんだか自分とは見ているものが違う気がして、ル・フェは怖くなった。寂しくなったのかもしれない。不意に、後方で女性の呻き声が上がった。セレスのものではないから、ジャニスだろう。何かあったのかと一瞬振り返りかけるが、気遣うセレスに何でもないと答える声がきこえ、ル・フェは再びローレンを見上げた。

「僕たちは、君の強さが羨《うらや》ましい。そうだ、君は強い。幼いころから理不尽な支配を受け、それに耐え、そんな中で決して心の炎を絶やさず……君には魔導士としての才能がある。何よりも、人としての強さがある。戦う強さがある。不屈の心が。ああそうだ、君こそが炎のように」

不意に立ち止まったローレンは、ル・フェの手に触れた。そのように見えたが、ル・フェには冷たい風が手を撫でていったようにしか感じなかった。

「ル・フェ、君に出会えてよかった。君がここに来てくれて、僕らは救われた。彷徨い続けた想いを、君の炎がすべて導いてくれる。ル・フェ、どうか君はこれからも君で在り続けてくれ。心の赴くままに。その炎を誰かに消されないように、ずっと願っているから。どうか君の行く道を、その炎が照らしますように」

「ねえ、ローレン、あたし、難しい話はわからないよ。あたしは……」

愚かな、異民族の子どもだから。いつもなら、何度もそういわれた言葉を、自分でも繰り返していただろう。でも、なぜかその言葉を発することを、己のすべてが拒んでいた。体も心も。

ル・フェは、自分を貶《おとし》め、蔑《さげす》む声……他人の声はもちろんのこと、何より自分自身の内なる声と戦うと、決めたのではなかったのか。

「さあ、行こう。出口はあの先だ」

微笑むローレンと共に、最後の数歩を踏み出す。すると、ル・フェは草木で覆い隠された出口に辿り着いた。

生い茂る蔦《つた》をかき分けて外に出ると、空が赤く燃えていた。

「これは……！」

ル・フェたちが出てきたのは、城の東の空堀の外側だった。城の方を振り返ると、空の赤さは増し、城が燃えていることがわかった。

「ど、どうなってるんだ？　地下室の火が、もう城にまで燃え移ったの？」

「そんな馬鹿な。いくらなんでも、早すぎるわ」

口々にいい合いながら、楼門《ろうもん》の方へ向かい出す。するとすぐに、橋を渡った辺りに人だかりができているのが見えた。城に残っていた者たちが避難しているのだ。それを見てセレスが駆けていき、ギイもリューリを担いだまま後についていった。

「あなたも、ローレンに導かれたのね」

呆然と燃える城を見ていたル・フェは、声をかけられて思わず振り向いた。そこには、ジャニスが荒い息をつきながら立っていた。

そういえば、彼女は何者なのだろう。セレスとの会話や状況から、恐らく犠牲になった訓練生の生き残りだと思うのだが、なぜローレンを知っているのだろう。

ジャニスはしばらく首を傾げるル・フェを見つめていたが、やがてふっと目を逸らしてセレスたちの後を追った。

ひとりになったル・フェは、再び燃える城に釘付けになりながら、セレスたちを追ってふらふらと城の方へと歩いていった。ル・フェの目には、あり得ないものが映っている。

今や真っ赤に染まった空を背景に、城壁に立つ人々の姿がくっきりと夜空に浮かんでいた。たくさんの人々が並んでいる。老いた者もいれば、まだル・フェと変わらないくらいの子どももいる。ただ、みんな一様に質素な身なりで、ろくな防具もつけていなかった。

彼らの姿にル・フェは既視感を覚えた。いつかの夢の中、あるいは幻影の中で見た、火から逃げようと惑っていた人々だ。

その中央に、よく知る少年の姿があった。輝くような金髪に、あのタイルのように透き通った青い瞳が、この距離からでも見て取れる気がした。

「……ローレン？」

先ほどまでル・フェの傍らにいたはずなのに、いつの間にあんなところへ行ったのか。そもそも、こんな短時間で、そんなことが可能だとは思えない。

そして、あんなにたくさんの人たちが、まだ燃える城内に残っているのに、なぜ誰も騒ぎ出さないのか。

たくさん疑問があった。だが、たぶん、それは最初からだ。

なぜ、ル・フェはローレンの前だけでは、声を出すことができたのか？

なぜ、夜しかローレンと出会わなかったのか？

なぜ、ローレンは百年も昔の話をあんなに詳しく……まるで見てきたかのように知っていたのか？

それらの答えを、最初から知っていた気もした。

城壁に立つ人々の姿が、少しずつ消えていく。月が欠けるように、当たり前のように、ごく自然に。

ル・フェの喉から声が漏れた。

彼らはいなくなる。おそらく、永遠に。直感的にそう思った。

それは悲しく、寂しいことではあったが、それでいい気がした。そうでなくてはならない気が。

この城に来てから、ル・フェに新たな知識を、そして生きる力を与えてくれた少年が、一瞬微笑んだように見えた。そして、その姿が赤い空に消えていく。

「ローレン！」

力の限り、喉も裂けよとばかりにその名を呼ぶ。すると、別の方向から、大きくわん、と答える声がした。

思わず振り向くと、黒と白のぶち犬が尻尾を振りながら駆けてくる。その後ろからジェフが、そしてドナが。

「ル・フェ！　ああよかった、無事だったか！」

ローレンが体当たりする勢いでル・フェに飛びついてきた。衝撃によろめくル・フェを支

えるように、後から来たジェフがローレンごとル・フェを抱きしめる。

「やっと雨が止んだと思ったら雷が落ちて、城が燃え始めて……あたしたちが慌てて懲罰房《ちようばつぼう》に行っても、あんたの姿は見えないし。もう駄目かと思ったよ」

そう震える声で呟いて、ドナはさっと目元を拭った。

嫌われているのだと思っていた。ル・フェには誰かに好きになってもらう価値がないから。それでも、少しでも好感を持たれたくて、いわれることは何でもやった。いつだって必死に働いてきた。それでもきっと駄目なのだと、ずっとそう思ってきた……でも、そうではなかったのだ。ドナの涙を見て、ル・フェは自分まで泣きたい気分になった。

命の危険を冒して、ふたりはル・フェを助けようとしてくれていた。

「ル・フェ！　よかった、見つかったのね！」

更に、モーリーンが駆けてくる姿が見えた。ドナが彼女に向かって、安心させるように手を振っている。ふたりのやり取りを見て、ル・フェは胸が苦しくなった。ただ、不快な苦しさではない……ああそうか、胸がいっぱいになるとは、このことなのだ。

何もいえなくなったル・フェに、彼女の生還を喜ぶように、あの少年と同じ名の犬は鼻面をル・フェの顔に近づけてきた。

ル・フェは後ろ足立ちになっているローレンを抱きしめた。

19

金風節二の月十五日　ギイ

数日経って、ギイは改めてリューリの静養する天幕を訪れた。リューリは簡易設置した寝台から離れられないようだったが、上体を起こすことはできるようになっていた。出血がひどくて、あと少し手当てが遅ければ……あるいは応急処置がなければ命が危なかったと医師はいった。

どうやらリューリはいつものように地下室への道を探している中で、アンセル副学長たちの動きに気づき、後を尾《つ》けたらしい。そうしてあの部屋を見つけ、彼らの目を盗んで調べようと隠れているうちに、ル・フェがやって来たのだ。

まだ血の気のない顔のリューリは、おまえが来てくれて助かった、と笑った。だからギイは素直に、本当は怖くて逃げ出そうとしていたことを包み隠さず語った。自分は己の危険も顧《かえり》みずに少女を庇《かば》った彼とは違う。臆病な人間で、それは恥ずべきことかもしれないが、語ることに躊躇《ためら》いはなかった。……ただ、あの夜のすべてを告げるべきなのか、告げたとして信じてもらえるのかわからず、話すかどうか決めあぐねていた。

「君と知り合ったのは、僕が書庫に忘れた古語の課題の間違いを、馬鹿にしてきたことがきっかけだったよね」

「馬鹿にしてはないさ。随分愉快な間違いをするなあと思っただけだ。朝一番に笑わせてもらった。あれ以来、毎朝また忘れてないか確認するようになったんだよな。で、一体どんなやつなんだろうって探して、食堂で見つけたんだ」

「……？　いや、僕が書庫で見張ってて、それで問い詰めて……」

途中までいいかけて、ギイはやめた。

「毎朝って、いったね。君が書庫に行くのは、いつも朝だったんだ？」

「ああ。俺は午後が作業の方が多かったから、夕方は疲れてもう資料探しをする気にはなれなかったし。それがどうしたんだ？」

確かに、ギイも朝に書庫へ行くことがあり、そこでリューリと出くわしたことはある。でも、ギイが主に行くのはリューリと逆で午後の訓練が終わって夕食までの間だった。日が暮れ、夜の闇にあらゆるものが曖昧《あいまい》になるころ。

考えてみれば、これまでにも時々、些細《ささい》なことだが話が噛み合わないことがあった。いずれも、自分の記憶違いか何かだと深く考えてこなかったが。

「い、いいや……その、君のお兄さんのことだけど……」

そう切り出すと、リューリの笑みが明るいものから悲しみを必死にこらえようとしているかのような歪《ゆが》んだものに変わった。

「セレスとジャニスからきいたよ」

彼女たちの方がギイより先にここへ来ていたようだ。ギイも十年前の事件の生き残りであるジャニスとは話をしていた。

ジャニスは学長たちに、より強い導脈を得て〈鉄《くろがね》の砦《とりで》〉に行くことができると誘われ、脱落をにおわせられていたためその話に飛びついたのだと語った。後悔したときには遅く、何度か脱走を試みたがうまくいかなかったらしい。しかし、彼女の失踪に疑問を抱いたリューリの兄であるイーグと他に数人の友人が地下の研究室の存在を知り、助けに来てくれた。だが、外部に情報を漏らしてはならないと必死になって追ってきた学長たちに、彼女以外は捕まり口を封じられてしまったという。

ギイは友人になんと声をかければいいかわからなかった。何をいっても、彼を慰めることはできないだろう。

しかし、リューリは深く長い息を吐いた後、いつも通りの快活な笑みを浮かべてギイの肩を小突いた。

「まあ、覚悟はしてたんだよな。もしかしたらって、思わないでもなかったけど……でも、やっぱり覚悟はしてたんだ。ジャニスに自分のせいだったって謝られたときは、困ったし、正直少し腹も立った。恨んだ。あんたが馬鹿なことをしなければって。でも、イーグのおかげで生きることができた、っていわれたら、なんか、もうしょうがないなって。兄貴に対して、友だち助けに行っといて自分が死んでりゃ世話ないだろとか、もうちょっとうまくやれよとか、……放っときゃよかったんだろとかも思うんだけど、でも……もう十年も昔に終わってたことだ。……うん、どうやら俺の探してたものは、兄貴の遺体でも生きてる証拠でもなく、真実だったみたいだ」

兄の身に何が起きて、どうなったのか。知りたかったのは、ただそれだけだったのだろう。

ギイはうなずきながら、やはりあのことはいわないでおこうと決意した。今更、君のお兄さんは幽霊になって見守っていたよといわれても、気休めをいっているようにしかきこえないだろう。

「そういえば、ここの訓練校は閉鎖されるんだって？　おまえはどうするんだ？」

真光日《しんこうじつ》の夜の嵐によって、壊滅状態となったネレイス城は閉鎖されることになった。落雷と火災で主な建物は焼け落ち、簡単に再建できる状態ではなかったからだ。また、城の持ち主であるエルマール卿も、もはやこの忌《い》まわしい城に資産を投じようなどと思っていないらしい。

最上級生たちは繰り上げで〈鉄の砦〉に入ることになり――試験的にという条件付きだが――、他の訓練生たちは各地の別の訓練校に振り分けられることになった。

「どうするって、たぶん割り当てられた別の訓練校に行くことになると思うけど」

脱落しなければ、だが。ため息まじりに答えたギイは、最上級生扱いされているリューリは〈鉄の砦〉に行くのだと気づいた。彼ともここで別れることになる。

「君は、いよいよ〈鉄の砦〉の魔導士か」

若い分苦労も多いだろうが、リューリなら大丈夫だとも思えた。しかし、当の本人はあっさり首を横に振る。

「いや。俺は師匠のところに帰る」

「はあっ？」

ギイは思わず素《す》っ頓狂《とんきょう》な声を上げてしまった。

だって、〈鉄の砦〉といえば、ラバルタ中の魔導士の憧れの場所だ。そこの、幹部候補の魔導士として迎え入れられるというのに。

「兄貴のことを報告しないといけないし。もう歳だから面倒を見てやらないと……受けた恩は返さなくちゃな。俺たち兄弟にとっては、本当の親以上に世話になった人だから。いずれは、今いる弟子たちも俺が引き受けようと思ってる」

それは、片田舎の私塾の主になるということだ。まさに、ギイがいずれそうなるだろうと思い描いていた人生だ。

「この三年、訓練校にいてよくわかった。〈鉄の砦〉は、ろくでもない場所だ。派閥に分かれて身内同士いがみ合って、挙句の果てには周りを出し抜こうと人の命を虫けらのように扱う研究を平気でやって。大馬鹿どもの集まりだ。いっそ全員相打ちになって死んじまえばいい」

「リ、リューリ……」

吐き捨てるようにいうのを、誰かきいてやしないかと慌ててギイは周囲を見回した。耳も澄ますが、幸い近くに人はいないようだ。

「……とはいえ、〈鉄の砦〉がなければ魔導士は各地方に散らばって、私刑《しけい》に怯えながら暮らすだけだ。だから必要ではある……ただ、よりよい在り方があるはずなんだ。今の流れは変えるべきなんだ。それはわかってる。自分にもそれができないかと考えたこともあるけど、どうすればいいかまるで見当もつかなかった。でも、おまえに会って、なんていうかそういうことなのかなって初めて思えた」

「え、僕？」

なぜこの流れで自分が出てくるのかさっぱりわからず、ギイはきょとんとしながら自分を指し示した。

「前の訓練校でもネレイス城でも、派閥に関係なく、すべての人間から信頼される人間なんて見たことがなかった。誰とも軋轢《あつれき》を生じさせることなく、平等に接する人間なんて。ましてや、魔導士だけではなく、村人たちとも同じ関係を築けるなんて、そんなことが可能だと思ったことすらなかった」

どうやら過大評価されているとわかって、ギイは慌てて首と手を横に振った。

「そんな大したものじゃないよ。知ってるだろ？　僕がみんなに声をかけられるのは、みんな調達してほしいものがあるからだ……つまり、全員の使いっ走りってことだよ」

なんだか自分でいってて情けなくなってきたが、でも、そういうことだ。ギイなんか取るに足らない人間だとわかっているから誰からも警戒されない。そのうえで、自分たちに有益なことを為してくれると認知されている。

しかし、リューリはわざとらしく馬鹿にするようなため息をついて肩を竦《すく》めて見せた。

「わかってないなあ。……派閥の垣根を取っ払うなんて、誰にでもできることじゃない。俺も昔は、とんでもない才能の大魔導士様でも現れなけりゃ……って思ってたけど、たぶん、逆なんだよな。平凡でいい、大した能力もなくていい。誰からも同じように信頼されるには、使いっ走りくらいがちょうどいいんだ」

なんだか褒《ほ》めているのかけなしているのかわからない。腑《ふ》に落ちずにギイが思わず眉をひそめていると、リューリはそんなギイを見て笑った。

「前もいったろ。おまえは、絶対に〈鉄の砦〉で出世する」

「……はいはい。で、僕が出世したら、戦死しようが、刑死しようが、獄死しようが、骨を拾いに来てくれるんだっけ？」

不貞腐《ふてくさ》れたようにいうと、不意に強い力で肩を摑《つか》まれた。視線を上げると、温かい笑みをたたえた緑の瞳がじっとこちらを見ていた。改めて、本当によく似た兄弟だったのだと思う。

「簡単な道のりではないと思う。でも、なんでだろうな。おまえにはできるという確信がある。俺じゃなくて、セレスみたいなやつでもなく、おまえだ。俺は〈鉄の砦〉には行かないが、いつだっておまえの味方だ」

その真摯な声音に、胸が熱くなった。

なぜリューリがギイなんかにここまで信頼を寄せてくれるのかはわからない。

でも、とギイは思った。

あのとき、自分は恐怖を振り切って進んだじゃないか。それまで怯えるだけだった自分が。友のために。

『臆病は罪じゃない』

そういってくれた、目の前にあるのとほとんど同じ優しい瞳を思い出す。

これまでギイは、魔導士となった自分の運命を嘆き、呪うことしかできなかった。……そして、怯えることしか。これからもそうするのか？　自分なんかには何もできないと嘆いて？

未来を望めなかった者たちの代わりに、こんな自分でもできることがあると、信じたい。

今こそ、自分という人間が魔導士である意味を――もしそんなものがあるのなら――考えてみるべきなのかもしれない、とギイは初めて思った。

20

金風節二の月十六日　セレス

　ネレイス城の閉鎖がいい渡された後、訓練生たちは残った教師たちの指示を待つために、ひとまず仮住まい用の天幕で過ごしていた。

　ひと足先に、他の監督生と共にアレンカは〈鉄《くろがね》の砦《とりで》〉へ旅立った。〈鉄の砦〉で待っている、といい残して。

　彼女は事の真相を暴いた現場に自分がいなかったことを、後から大層悔しがった。そして、すべてをセレスからきいた後、嘲笑《あざわら》うかのように空に向かって鼻を鳴らした。

　彼女が属する派閥の上層部に、今回のことを包み隠さず報告したのかどうかは、セレスにはわからない。ただ、彼女は『魔導書とその写しはすべて燃えたのね』と念を押すように確認した。地下はもちろん、書庫のあった祈りの塔も火災が激しかったから、燃えやすい紙類が残っている可能性は皆無といえる。

『あなたは、どんな選択をするのかしらね』

　最後に会ったとき、自分の利益になるか否かではなく、純粋な好奇心から彼女はそういったように見えた。

〈鉄の砦〉は恐ろしいところだ。

今回のことで、セレスは改めてそう思った。

サイモン学長たちがあのような研究を始めたのは、もう一度〈鉄の砦〉に戻りたいと願ったからだ。

彼らは一度は〈鉄の砦〉に入りながら、その中で実力を認められず、あるいは派閥争いに敗れ……落ちぶれて、ネレイス城の教師となった。自分たちより若い魔導士がネレイス城に派遣されて来ては、再び〈鉄の砦〉へと戻っていく。それを、ただ臍《ほぞ》を噛みながら見送るしかなかった。彼らがいつどこで、あの古い魔導書を見つけたのかはわからないが、あれらを見つけたとき、思いついたのだろう。

古代の魔術を復活させる偉業を為せば、自分たちを見捨てた者たちを見返してやれる。再び、〈鉄の砦〉に返り咲くことができる、と。

子どもたちを殺してまで、そうしたいと願ってしまう。彼らにそう願わせたのは、権力欲か、名誉欲か……いずれにせよ、〈鉄の砦〉という場所だ。

セレス自身にそんな欲はない。しかし、また別の欲がある。知らないことを知りたいという、途方もない欲だ。

そんな自分の性質を恐ろしいと思ったことなどこれまでなかったが、今、セレスは己を怖いと思っている。

鷹の塔にあったセレスの部屋は、中央塔から離れていたため無事に残っていた。……つまり、そこに持ってきていた魔導書も。

見てはならぬ、触れてはならぬ、記憶してはならぬ。

大昔の魔導士がそう書き残したにもかかわらず、おそらくそれでも次代の魔導士が書き継いでいったから、これは残っている。そして、ついには実践しようという者まで出た。

危険だとわかっていて、葬り去るのが最良だとわかっているのに、そうされなかった。

リース師に良心が残っていたのだとしたら、彼はなぜ魔導書を燃やさなかったのか。

ギイがそういったとき、セレスは雷に打たれたような気分になった。

おそらく、これまで魔導書を手にしたのがギイのような善良で、分別のある、慎重な魔導士だったのなら、今まで残ってはこなかっただろう。

でも、魔導書を手にしたのはきっと、セレスのような、未知のものを知りたいという欲求に取り憑かれた愚かで向こう見ずな魔導士だった。

セレスはこれからも、あの数冊だけ残った古い魔導書を、捨てられないだろう。そして、自身の知識がより深まり、環境が整ったら、必ず内容を研究する。断言してもいい。

〈鉄の砦〉に行くことができたら、セレスは絶対に、古代の魔術の復活を試みる。

もちろん、サイモン学長たちと同じ魔術の研究はしないだろうし、犠牲者を出さないように細心の注意を払うだろうが、やってみたいという気持ちは止められないだろう。

そして何より恐ろしいのは、〈鉄の砦〉に行かなくてはそれが為し得ないのなら、何がなんでも行きたいと思うようになっている自分がいることだ。

（自分がこんなに欲深く、罪深い人間だとは、知らなかったわ……）

荷造りをしながら、セレスは思わずため息をついた。そこへ、セレスの天幕を訪れる者があった。

「やあ、セレス。きいた？　僕たち、同じ訓練校に転校だって」

あの臆病でずっとセレスの後をついて来ていた少年は、この数日で随分と変わった。これまで以上に誰にでも友好的で、かつ落ち着いていて、これからの生活を案ずる訓練生たちの相談に乗ってやったりしている。こういうのを、ひと皮剝けた、というのだろうか。

火事の後始末や荷造りなどを進めながら、彼はしみじみと語っていた。

『派閥争いとか、やっぱり馬鹿馬鹿しいよ。〈鉄の砦〉の中でどれだけ争い合って、誰が頂点に立っても、どうせみんな魔導士だもの。魔導士じゃない人間から見れば、みんなひとまとめに穢《けが》れた人間だ。それをいつまでも身内で争ってても、進歩ってものがないよね。そんなことしてるから、今回みたいなことが起きる……そしてそれは、貴族たちの思うつぼなんだ。僕らが身内で争っている限り、その怒りや憎しみが、彼らに向くことはないからね。魔導士は、より身分の高い貴族の庇護を得ようと媚《こ》びへつらって、有力な貴族と縁を結べたと他派閥に対して優越感を抱いている場合じゃないんだ。そんなことをしても、世の中は何も変わらないんだから。……魔導士は、魔導士で団結しなくちゃいけない。派閥とかそんなものを越えて。魔導士としての価値と力を示し、その地位を見直してもらわなきゃ。そのために、僕は僕にできる範囲で力を尽くしてみるよ』

こんなことをいったら、半人前のくせにって笑われるだろうけど、とギイははにかんで付け足したが、セレスは表には出さなかったものの、感心していた。

確かにギイのいっていることは、簡単ではないだろう。これまでもそうすべきだと考えた魔導士はいたに違いないが、彼らも為せなかったからこそ、現状がある。

だが、彼にはできる、という気がした。

このネレイス城という小さな社会で、既に派閥という垣根を越えてその身ひとつで誰とでも友好な関係を築いていた彼なら。いいや、そういう彼にしか、できないのかもしれなかった。

セレスはもう誰のことも信じないと固く決意してきた。信じるに足る人間がこの世にいるとは思えないから。それは今も変わらない。むしろ、アンセル副学長やウィラー師の最期を見た後では、その想いは強くなっている。嫉妬や欲望は人を化け物にする。……しかし稀《まれ》に、そうではない者もいるのかもしれない。己の怯懦《きょうだ》を恥じ、無力さを噛みしめながらも進もうとする者、それから、虐《しいた》げられながらも心を折られることなく、憎悪に駆られることもなく、己の道を進もうとする者もいるのだ。ギイャル・フェのように。

「きいたわ。ソル師も同じ訓練校だって」

「ああ、そうなんだ」

ギイはうなずいたが、その顔は少し緊張している様子だった。そわそわと手を組んだり放したりを繰り返している。

「あ、あの、僕、セレスにいっておかなくちゃならないことがあって」

「何？」

「えーと……嘘をつくつもりじゃなかったし、そうしたくもなかったんだけど、なんとなく、惰性というか、なんというか……」

「なんの話？」

歯切れの悪い様子に思わず眉をひそめると、ギイは小さく深呼吸した。

「あ、あの、実は、ギイっていうのは、僕の師匠が飼っていた馬の名前でさ。面白がって兄弟子たちが僕につけたあだ名っていうか……ぼ、僕さ、本当は……ゲオルギウスっていうんだ。はは、大層な名前で笑っちゃうだろ？　本名は、ゲオルギウス・ランバート。ランバート卿……なんて知らないか。実家が田舎領主なんだけど……」

「そうね、ごめんなさい、知らないわ。そんなことより、わたしも話があったのよ」

「そ、そんなことより……？　あの、僕は元々貴族で、名前が立派すぎるってずっと馬鹿にされてて、嫌がらせもされてたから家の名前を名乗るのがずっと怖くて……でも、もうこれからはちゃんと自分自身と向き合おうって、僕なりに決心したっていうか……」

「わかったわ。どっちで呼んでも構わない。そんなことより、これを見て」

「そんなことより……」

放心したように立ち尽くすギイに、セレスは一枚の書類を見せた。最初はぼうっと見ていたギイだが、その内容に気づくと目をみはった。

「こ、これ、訓練生の推薦書……？　僕たちと同じ訓練校への……しかも、ル・フェの！　え、ちょっと待って、サイモン学長の印章が押してある……まさか、あの人、ル・フェの才能に気づいて……？」

驚いて顔を上げるギイの目の前に、セレスがサイモン学長の机から失敬した印章をちらつかせると、ギイの顔から血の気が引いていった。

「う、嘘だろ、セレス。君、偽造したのかい？」

「ソル師も承知のうえよ。サイモン学長は、自室の掃除に来るル・フェの才能に気づいて、このまま眠らせておくのは惜しい、訓練生として受け入れるべきだと、〈鉄の砦〉に申請しようとしていた矢先に、あんなことになってしまったのよ」

セレスがしれっとしてそういうと、ギイは頭を抱えてよろめいた。

「む、無茶苦茶だよ、セレス。確かに、あの研究室を燃やしたル・フェの魔術の話はきいた。

彼女がまともに訓練を受けておらず、呪文すら唱えられないにもかかわらず、あれだけ精確な操魔ができるということには、驚いた。すごい才能だと思う。でも……ル・フェはまだ読み書きができないし、喋《しゃべ》ることだって少しずつ……彼女が気を許した人間が傍《そば》にいるときだけだ。魔導の知識はまったくないに等しいし、実技だって、操魔だけ飛び抜けてできても、普通はそれだけで訓練生にはなれない」

「じゃあ、このまま放っておくの？　ル・フェが、どこかでただの使用人として生きていくのを？　あれだけの素晴らしい才能があるのに！　読み書きができないからって何？　知識がないからって？　そんなの、わたしたちが教えればいいことだわ。そのために、同じ訓練校に行くのよ」

ギイは何か反論したそうに、しばらくぱくぱくと口を開いていたが、やがてため息をついて項垂《うなだ》れた。

「ソル師も知ってるって？」

「ええ」

ギイはもう一度、今度は先ほどより深いため息をつく。

「新しい生活は、随分と賑やかになりそうだよ……」

「ええ、これからもよろしくね、ゲオルギウス」

セレスがそういうと、ギイは……ゲオルギウスは弱々しく微笑み返した。

21

金風節二の月二十四日　ル・フェ

ネレイス城は来たときとは見る影もないほど変わり果てていた。

中央塔と、緋色の塔、それから訓練場の隅の三カ所に落雷があって、そこから発生した火事が城の半分を廃墟にしてしまった。

幸い家畜小屋のある辺りは被害が少なく、動物たちに犠牲が出なかったのは何よりだ。

ローレンに出会い、共に過ごした城壁も無事だった。

ル・フェは昼間は動物たちの世話や廃墟の片づけを手伝いへとへとになりながらも、夜になるとひとりで城壁の上に上がってみた。

星空は相変わらず美しかったが、もう惨《むご》い幻影を見ることはなかったし、何より、ル・フェを呼ぶ声は二度ときこえなかった。

あの瞬間、彼らは行ってしまったのだ。ローレンも。

ローレン……百年前の魔導士。反乱を起こした王子の、存在を消された弟。

理不尽な運命に呑まれ、大勢の仲間と共に命を落とし、それでも同じように理不尽な死を迎えようとしている少女を救った少年。

ふとル・フェはこの城に来てからのひと月ほどの日々は、夢だったのではないかと思ってしまうことがある。

本当は、ル・フェはローレンと出会ってなどいなくて、彼の言葉はすべて自分が誰かにいってほしかった願望が見せた夢幻だったのではないかと。

やはりエメリン聖導女が正しくて、ル・フェは愚かな異民族の娘で、生きる価値もない人間なのかもしれないと、思ってしまうこともある。自分がとんだ勘違いをしているのではないかと怖くて震える度に、ル・フェは夜空に炎で名前を綴る。

ル・フェ。ローレン。

それから、教わったたくさんの言葉の数々を。

この城に来るまで、間違いなくル・フェは読み書きができなかった。きちんと教わっていなかったのだから、当然だ。

でも、今は自分の名前を綴ることができる。これこそが、ル・フェがローレンと出会った証だ。他の誰も、ル・フェに文字の綴り方を教えてくれたことはない。

ル・フェは、明日ネレイス城を発つ。

セレスに、共に訓練校に移って学ばないかといわれたとき、最初は何をいわれているのかわからなかった。

彼女やジェフ、ドナ、モーリーン、ソル師やギイ――本当はゲオルギウスというらしい――の前では少しずつ声を出せるようになってきていたから、自分はまともに訓練を受けていなくて、読み書きもできないのだともう一度説明した。しかし、みんなそんなことは承知のうえでル・フェに提案しているとわかり、驚いて言葉を失った。

『遅れている知識は、他の人より頑張れば、いずれ追いつくわ。わたしたちが、いくらでも教えてあげる。でも、才能は努力ではどうしようもない。あなたには、それがあるのよ』

セレスの言葉を肯定するかのように、ソル師もうなずいた。

『どこか私塾へと考えていたけれど、この際訓練校でもいいんじゃないかしら。もちろん、あなたにそのつもりがあれば。そして、それだけの努力をする気があるのなら、だけれど』

正直、騙《だま》されているのではないかと思ってしまう。

自分みたいな人間が、魔導士の最高峰である〈鉄《くろがね》の砦《とりで》〉を目指して学ぶなんて。ひと月前とは世界が一変してしまった。

今までだって、セルディア人であることや、まともに口がきけないことを散々からかわれ、蔑《さげす》まれてきた。それはきっと新しい場所でもそうだろう……これまで馬鹿にしてきた者たちと同じか、上の立場になるとなれば、いっそう激しくなるかもしれない。それは怖い。できれば、彼らから見えないところに隠れて、嵐が過ぎ去るのを待つようにじっとしていたい。しかし一方で、なぜ自分がそんな扱いを受けなければならないのだ、という怒りもある。

ル・フェは何も悪いことはしていない。向けられる憎悪も嫌悪も、いわれのない理不尽なものだ。

屈してなるものか。

あの夜、地下室で芽生えた心の炎は、今もって消えていない。これからも、きっと消えないのだろう。ローレンが保証してくれたのだから。彼が願ってくれたのだから。

『君は強い』

心に刻まれた言葉が蘇《よみがえ》り、それにル・フェはうん、と答えた。

『君こそが炎のように』

そうだ、あたしは炎だ。

闇夜のような暗闇に満ちた人生に、自分で篝火《かがりび》を灯す。己の心を燃やして。

『君に出会えてよかった』

誰かに、そんなふうにいってもらいたかった。ル・フェの存在が、誰かに喜びをもたらす、そんな日を夢見ていた。

(あたしこそ、あんたに会えてよかった)

ル・フェはあらゆる理不尽に怒る。その怒りを力に変え、戦うのだ。

自分のために戦えるのは、自分だけだから。

かつて、そんなことすらできなかった者たちの代わりに、戦おうとしても踏み潰されてしまった者たちの代わりに、ル・フェは戦い抜く。

そう決めたのだ。

ル・フェはいつもとは違い、石を手にして城壁に向かった。そこに、渾身の力で文字を刻んでいく。

〝ル・フェ〟。

〝ローレン〟。

そして、〝炎〟。

まだ本当に自信を持って書けるのはこれくらいだ。

でも、ここから自分は変わる。この先に何があろうとも、最後まで戦い抜いてやる。その決意を三つの文字に込め、ル・フェは肌寒くなってきた静かな城壁を後にした。

『どうか君の行く道を、その炎が照らしますように』

もう声はきこえない。だが彼の声、その声が発した言葉を、ル・フェは心に刻んで、死ぬまで忘れないだろう。

真紀九二九年　〈鉄《くろがね》の砦《とりで》〉

22

ゲオルギウスが隊室に飛び込んだとき、セレスは古い魔導書を丁寧《ていねい》に調べているところだった。彼女が大事にしているものだ。

「セレス！」

息せき切って詰め寄ると、相手はわざとらしく――ゲオルギウスにはそう見えてしまう――首を小さく傾げて見せた。

「あら、中隊長殿。そんなに慌ててどうしたの？」

「ル・フェはどこだ！」

焦りながらそうきくと、セレスは小さく鼻を鳴らした。

「さっき、出ていったわ。なんといったかしら……ほら、あの少々傲慢《ごうまん》が過ぎる新しく入った坊や。あの子を探しに」

「……君、またル・フェをけしかけたな」

「人ぎきの悪いことをいわないで。わたしは、きかれたことに正直に答えただけよ。……あの新人が、ル・フェがセルディア人であることを陰で馬鹿にしていた噂は、既に本人の耳に入っていたわ」

セレスの淡々とした答えに、思わず頭を抱えて懊悩《おうのう》する。

「エステンはアディル派の秘蔵っ子ともいわれている、期待の新人だぞ。そんなやつに喧嘩を売るなんて……そもそも、今月で何回目の私闘だよ。どうして君たちは、問題ばかり起こすんだ」

「〝たち〟？　わたしがいつ、問題を起こしたというの？」

「権威ある教授の間違いを、みんなの前で指摘して激怒させたのが、問題じゃなくてなんだっていうんだ！」

かつて上級生を馬乗りになって殴りつけた少女はもういない。ここにいるのは、どんなに地位のある相手でも、理詰めでとことん追い込み相手を自滅させる〝氷の魔女〟だ。

そのとき、中庭に面した窓から複数の男性の声とよくきき慣れた低い女性の声がきこえてきた。どうやら、今はセレスを責めている暇などないらしい。ゲオルギウスは痛み始めた胃を押さえながら慌てて部屋を出ていった。

中庭に出ると、見慣れた背中が目に入った。危険な任務のとき、ゲオルギウスやセレスを庇《かば》うように、常に雄々しく誰よりも率先して前に出る背中だ。もちろん今は任務時のように構えている様子も殺気立った様子もない。ただ庭の景色でも眺めているかのように、何気ないふうに立っている……かのように見えた。

「よくきこえなかったんだけど……もう一度、いう気はあるかい？」

その声をきいて、ゲオルギウスの背筋に寒気が走った。しかし、目の前の青年――まだ少年といってもいいくらいに若い――は、言外の脅しに気づいたふうではなく、明らかな嘲《ちょう》笑《しょう》を浮かべた。彼の両脇には、似たような表情を浮かべた同年代の魔導士がいる。

「セルディア人というのは、ろくに耳もきこえないのか？　おまえのような野蛮人のせいで、〈鉄の砦〉の品位が下がるといっているんだ」

「はっ……穢《けが》れた魔導士の集まりに、品位もくそもあったもんじゃないだろ」

「……少しでも常識があるなら、自分から出ていくべきじゃないのか？　セルディア人と肩を並べなくてはならないなんて、忌々《いまいま》しいにもほどがある。みんな迷惑してるんだよ。面と向かっていわれなければ気づかないなんて、愚かな証拠だ」

「へえ。みんな、ね」

「……ああ、例外もいたな。でも、セレス・ノキアは本当に周りがいうほど天才なのか？　誰を重んじるべきかもろくにわからずに、野蛮人なんかとつるむなんてな」

ゲオルギウスには、エステンの見下すような笑みと、友人の背中しか見えない。が、その背中に炎が立ち上るのが見えた気がした。慌てて走り出す。

「それに、おまえのところの中隊長なんて魔導の才能は十人並み。あるのは人に媚《こ》びへつらう才能だけの、臆病者じゃないか。……なんだよ、その目は。反論できるならしてみろよ。それとも、殴る気か？　その勇気があるなら、そうすればいい」

ゲオルギウスの反応は一瞬遅かった。目の前でゆっくりと——ゲオルギウスにはそう見えた——背中が揺れたかと思うと、次の瞬間にはエステンが地面に仰向《あおむ》けに倒れていた。追撃しようとする背中に慌てて飛びつき、羽交い絞めにする。

ゲオルギウスはただ恐怖と驚きに固まっている周囲の者たちに、倒れたエステンを連れて行くように指示しながら、必死に腕に力を込めた。誰もル・フェには触りたがらないから、ル・フェを羽交い絞めにするのは自分の役目だ。

「いい様《ざま》だ！　これからは言葉に気をつけな！　何せあたしは野蛮なセルディア人だからねえ！　次もその程度で済むとは限らないよ！」

まだ殴り足りないといいたげにゲオルギウスの腕の中で暴れるル・フェをなんとか引きずって後退する。可哀そうに、まだ〈鉄の砦〉に来たばかりの若い魔導士は、何が起こったのかわからない様子で、鼻から血を流して呆然としている。まさか、自分であいったものの、本当に手を出してくるとは思わなかったのだろう。〈鉄の砦〉では、魔導士同士の私闘は禁じられているのだから。

「学ぶことだよ、小僧。その頭に少しでも脳みそが詰まってんならな！」

「ル・フェ！」

友人たちに付き添われて去っていくエステンとは逆の方向に、ゲオルギウスはル・フェを更に引きずっていった。途中で、ひとりで歩けるとばかりに手を振り払われる。

昔はあんなに小さかったのに、と払われてじんじんする手を振りながらゲオルギウスはこっそりため息をついた。

「ル・フェ、頼むから、問題を起こすのはやめてくれ」

「それはあっちにいいなよ。喧嘩を売って来たのは向こうさ！」

「喧嘩を売るとか買うとかいう問題じゃなくてね……少しくらい嫌なことをいわれても、無視するのが大人の分別というか」

「あたしに、泣き寝入りしろと？」

低い声で凄まれ、ゲオルギウスは思わず口を噤《つぐ》んだ。それが何よりル・フェの嫌うところであるのは、重々承知している。

ル・フェはよく食べ、よく眠り、非常によく鍛錬した結果、こんなに強靭になってしまった。身長は平均的だが、体はがっしりと逞しく、その力の強さは並の男では敵わない。

訓練校に入ったときは、他の訓練生たちに比べてあらゆる面で劣っていたル・フェだが、いわれた通り他人の倍……いいや三倍は努力した。読み書きすらままならなかった少女は、数カ月で最低限の知識を身に付け、一年後には同級の者たちを追い抜いた。実技においては抜き去った、といってもいい。

〈鉄の砦〉に入るころには、彼女の実力を疑う者などひとりもいなかった。子どものころは、読み書きはおろか、喋《しゃべ》ることもできなかったなんて、今や誰も信じないだろう。

だが、ゲオルギウスとセレスは知っている。

ル・フェが常に好戦的な態度をとるのは、そうやって常に自分の中で怒りの炎を燃やし、それを力に変えているからだということを。

彼女がいまだに言葉を発することを苦手としており、怒りに任せて怒鳴る方が声を出しやすいと思っていることを。

ネレイス城を去ったあの日からずっと、ル・フェは努力し続けている。誰よりも。

そんなル・フェをすごいと思うし、尊敬もしているのだが、もう少し協調性を身に付けてほしい、というのがゲオルギウスの本音だ。

〈鉄の砦〉に来て以来、ゲオルギウス、セレス、ル・フェの三人は常に同じ隊に配属されてきた。その度に問題を起こす友人ふたりを庇い、ときに尻拭いをする羽目になっている。ゲオルギウスが順調に出世街道を進み、部隊のまとめ役を任されるようになってから、一度三人別々の隊に配属されたのだが、気がつくといつの間にかふたりは自分の隊に入れられていた。

『あのふたりのお守りは、あなた以外には無理みたいね』

同じく中隊長の役職を得ているアレンカはしみじみとそういった。同情を込めて、そしてどこか面白がるように。

ル・フェに勉強を教えるうちに、セレスは人にものを教える才能に恵まれていることがわかった。本人も後進の育成や研究職の方を望んでいるし、そちらへ希望も出しているのだが、上層部との軋轢《あつれき》からいまだにその希望は通らない。

そろそろ、本気で方々に働きかけてなんとかしないと、いつまでも自分が彼女に振り回される羽目になりそうだと、ゲオルギウスは思い始めていた。ル・フェひとりでさえ手に余るというのに。

……まあ、エステンの言葉は本当にひどいものだったし、何よりル・フェの我慢の限界を超えさせた言葉は、セレスやゲオルギウスに対する侮辱だった。自分たちを庇ってくれたのだと思うと、今回はあまり強くル・フェを責める気にもなれない。

「あら、終わった？」

部屋に戻ると、事情を知ってか知らずか、涼しい顔で魔導書を仕舞いこみながらセレスが立ち上がるところだった。

ル・フェに魔導の基礎も勉学の基礎も教えたのは、彼女だ。ゲオルギウスも手伝ったがあまり教え上手とはいえず、彼の役目は主にセルディア人であるル・フェ――と敬遠されがちなセレス――が周囲に溶け込めるよう働きかけることだった。

「相手を完膚なきまでに叩きのめすやり方まで、教えなくてもよかったのに……」

思わず呟《つぶや》いたが、ふたりにはきこえなかったようだ。あるいは、きこえないふりをしているのか。

「もうこんな時間なの？　そういえば、お昼を食べ損ねていたわ。ル・フェ、あなたも一緒に食堂へ行かない？」

「ああ、いいね。ひと暴れしたら腹が減ったな」

見た目はまるで違うのに、相変わらず姉妹のように仲の良いふたりは揃って部屋を出ていく。

「ま、待って。まだ話は終わってない……一応、今回のことも懲罰《ちょうばつ》対象だよ、そこのとこ、わかってる？」

慌てて追いかけようと部屋を飛び出したゲオルギウスは、ちょうど廊下をこちらへ歩いて来るふたり組に気づいた。

「あら、ちょうどよかったわ、ゲオルギウス。上官殿がお話があるそうよ」

先に立って歩いていたアレンカが立ち止まってそういい、背後の人物に道を空けた。そこには苛立たし気に腕を組む上官が立っている。ゲオルギウスは思わずはっと居住まいを正した。アレンカは澄ました顔だが、明らかに目が笑っている。

「君のところの隊員が、また問題を起こしたそうだな」

「あ、いや、その」

「アディル師が呼んでいる。同道してもらおう」

有無をいわさず歩き出す上官に、ため息をつきたくなるのをこらえてしおとついていく。反対方向からは楽し気な女性ふたりの笑い声が響いてきて、ゲオルギウスはとうとう我慢できなくなって深くため息をついた。

アディル師は尊大で話をきかない厄介な人だが、何分老齢だ。引退は近い。幸い、彼の後継者候補たちとは日頃から頻繁《ひんぱん》に接触して印象を良くしているから、彼らからとりなしてもらえば、ル・フェへの懲罰も軽くなるかもしれない。

いつか自分という存在が、魔導士同士の争いをなくし、魔導士たちが一丸となれるような体制を敷く、その一助になれればいいと思っているが、今のところその努力はすべて友人たちのもめごとを収めるためにのみ発揮されている。

ゲオルギウスはもう一度こっそりとため息をついた。

自分が理想へと進めているのか甚だ不安だが、今はやれることをやるしかない。

(そうしなきゃ、骨も拾いに来てもらえないんだから)

懐かしい友の顔を思い出しながら、ゲオルギウスは苦笑を漏らした。

セレスの感情

セレスって機嫌がいいのか悪いのか表情から読み取りづらいんだよなぁ……
基本無表情
あ……あたしは結構わかるようになってきたけど
興味のない相手と話すとき
探していた書物を見つけたとき
よくみると目に感情が表れてる
た…たしかに……
それでもやっぱり分かりにくいけど……

すれ違い

ジェフ
おまえさん頼んでないのに馬の飲み水の交換までやったみたいだな
!!
勝手なことをするなっておこられる…
ごっ…ごっ…(ごめんなさいっ)
あっ! まっまて!
ダッ
ごほうびのおやつをあげようとしていただけ
……

相談

はぁ……
何か あったの? ギイ
わたしで 良ければ 話を聞くわよ
いいの かい?
じつは 防護魔術の 講義の課題で 困ってる点が あって……
「防護魔術」……
そもそも 僕は防護魔術は あんまり 得意じゃない んだけど……
防護魔術と いえば この間読んだ 書物の中に 興味深い記述が あったわね…
攻撃と 防御を一度に 可能と記して あったけれど 今でも再現できる のかしら……
あとで もっと詳しく 術の組み上げ方の 解読を——
セレス…… 僕の話 聞いてる?
………
ごめんなさい あまり 聞いてなかったわ
もう一度話して

自然の摂理

たくましく成長したル・フェ
任務完了! みんな 引きあげるよっ…
ン?
猫……
怪我してる のか……
他の獣にでも 襲われたか…… これじゃ長くは 生きられない だろうね……
でもこの世は 弱肉強食……
それも 自然の摂理 か……
と 思ったんだが 連れて きちまった
あんたの 人脈で 飼えるやつを 町で探してくれ
仕事を 増やさないで くれ……!

習慣

あら
ギイ ちょうど よかったわ
町へ行ったとき 香草を調達して くれない かしら?
アレンカ…… ここはもう ネレイス城 じゃないいん ですよ?
そうね ごめん なさい
ギイを みるとつい 昔みたいに 頼み事したく なっちゃって
習慣って こわいわね
とはいえ 頼まれごとは こなさないと 落ち着かない ギイであった
習慣って 本当に こわい……

物は言いよう

セレス! いい加減 部屋を 片づけなよ!
なぜ?
なぜ って……
散らかりすぎで 同室者から 苦情が きてるんだよ!
わかって ないのね ギイ……
一見 散らかっている ように見えるかも しれないけれど
わたしは どこに何が あるのか 完全に把握 できているわ
つまり この部屋は今 整理整頓されている 状態ということよ
それらしい 言い訳しても だめ! 片づけなさい!
はあ……
めんどうね…

イラスト・巻末漫画　イヌヅカヒロ

検印
廃止

著者紹介　福岡県出身。西南学院大学卒業。2015年、第1回創元ファンタジイ新人賞優秀賞受賞。著書に『魔導の系譜』『魔導の福音』『魔導の矜持』『魔導の黎明』『少女の鏡』『願いの桜』『見守るもの』がある。

幽霊城の魔導士

2023年7月7日　初版

著者　佐《さ》藤《とう》さくら

発行所　(株)東京創元社
代表者　渋谷健太郎

162-0814/東京都新宿区新小川町1-5
電話　03・3268・8231-営業部
　　　03・3268・8204-編集部
URL　http://www.tsogen.co.jp
DTP　フォレスト
暁印刷・本間製本

ISBN978-4-488-53709-8　C0193